琼 瑶

作 品 大 全 集

彩霞满天

琼瑶 著

作家出版社

琼瑶，本名陈喆，作家、编剧、作词人、影视制作人。原籍湖南衡阳，1938年生于四川成都，1949年随父母由大陆赴台生活。16岁时以笔名心如发表小说《云影》，25岁时出版首部长篇小说《窗外》。多年来笔耕不辍，代表作包括《烟雨蒙蒙》《几度夕阳红》《彩云飞》《海鸥飞处》《心有千千结》《一帘幽梦》《在水一方》《我是一片云》《庭院深深》等。

多部作品先后改编成为电影及电视剧，琼瑶也因此步入影视产业。《六个梦》系列、《梅花三弄》系列、《还珠格格》系列等，影响至深，成为几代读者与观众共同的记忆。

琼瑶以流畅优美的文笔，编织了众多曲折动人的故事。其作品以对于梦的憧憬和爱的执着，与大众流行文化紧密结合，风靡半个多世纪，成为华文世界中极重要的文学经典。

我为爱而生，我为爱而写

文字里度过多少春夏秋冬

文字里留下多少青春浪漫

人世间虽然没有天长地久

故事里火花燃烧爱也依旧

　　　　　　　　琼瑶

第一章

乔书培漫步在沙滩上。

是三月的末梢，阳光暖洋洋地照射在海面及沙滩上。那些白色的细沙，被阳光染成了一片金黄。海面上，像是敲碎了一海的玻璃屑，反射着点点光华，亮晶晶的，闪熠熠的，明晃晃的……炫耀得人睁不开眼睛。

乔书培敞着夹克，迎着那带着咸味的海风，无意识地在海滩上走着。低着头，他看着自己在沙上留下的足迹，那单调的、清晰的、孤独的一行足迹。他微蹙着眉梢，陷在某种若有所待的沉思中。三月的末梢，天气仍然带着凉意，海边的风，吹扑在人身上，是凉飕飕的。这种季节，海边总是静悄悄的。不像夏天，这儿会充满了弄潮的孩子们，追逐嬉笑的少男少女，以及拾贝壳的、打水战的、又叫又闹的顽童们。夏季，这儿是孩子们的天堂。而现在，海边却阒无一人，只有他在这儿默默凭吊。

他数着自己的脚印，带着分寥落的、萧索的、酸楚的感觉。

在海湾的另一边，就是渔船出海及归航的所在，码头上永远热闹喧哗。码头和小镇是相连的，这西部的小海港虽然已在最近繁荣了不少，却仍然维持着它朴拙的民风。而海湾的这一边，绵亘着沙滩与岩石，顺着海岸走，你似乎可以走到世界的尽头。他曾经走过，一小时，两小时，三小时，从日出走到日落……只是，那时候，印在沙滩上的足迹不是他一个人的，另一对细小的脚印总是追随在他身边，一路追随到世界的尽头。

而今，那对脚印呢？

他一凛，心头似乎被针刺了一下，抬起头来，他看着那海边耸立的岩石，那些巨大的石块，被海浪日夜扑打，被海风朝夕侵蚀，日复一日，年复一年，都磋磨成了不同的形状，有的像恐龙，有的像老鹰，有的像张牙舞爪的怪兽，也有的平坦光滑如一片石板。小时候，这儿是捉迷藏的好地方，只要躲进这些石堆里，好几小时都可以不被发现，当你渴望孤独的时候，这儿也是隐藏住自己的最佳隐蔽所。他曾经隐藏过。在那些巨石与巨石之间，有个仅可容人的狭小石缝，缝后有个小小的石洞，他给它取了个名字叫"鹰巢"，因为这洞的上面，就是那块直耸入云、状若老鹰的巨岩。这石洞是他的秘密，全世界，只有另外一个人会在这石洞里找到他。

他心底的刺痛在扩大，扩大成了一片迷惘的、怆恻的情绪。不由自主地，他背向海洋，往内陆的方向走去。他的脚步熟悉地走往那个方向：那片稀疏的防风林。防风林在海滩的周边，由许多像松树般的树木造成的。小时候总是疑惑，沙地上怎能长出松树？他以为松树是属于高山峻岭的。长大后，才知道这些并非松树，而是一种名叫木麻黄的植物。走进树林，他再深入了几百米，地上仍然是软软的细沙，沙上躺着一些无人注意的、像松果般的果实。他弯腰拾起了一枚。多年前，他也曾在这树林中游荡。他直起身子，耳边似乎听到一个细小的声音在说：

"我捡到一只小麻雀，它不会飞了。"

他猛地一惊，抬起头来，四面没有一个人影。阳光穿过树隙，在四周投下许多树木的阴影。他深吸了口气，小麻雀，是的，那是只不会飞的小麻雀。他似乎感到一只小手把麻雀放进他的手中。

"你会治好它，是不是？"

他带走了那只小麻雀，只为了那个信赖的声音。一星期以后，小麻雀长成了，他们把它带回林中，望着它振翅飞去。那是他和她第一件共有的东西，共有的希望，共有的祝福和共有的欢乐。

他倚靠在树干上，迷茫地抬起头来，心里恍恍惚惚地想着拉马丁的诗句："旧时往日，我欲重寻。"谁能寻回旧时往日？永远没有人能够！他透过那稀疏的树木，眼光直射向林外，搜寻着望向东方，在那儿！他又看到了那栋老屋！那栋古老而庄严的老屋！"白屋"，大家都这样称呼这幢老房子，因为，据说它最初是由白色的大理石片砌成的，后来，石片斑驳了，才补上了其他五颜六色的建材。"白屋"早就不是白色了，但，它依然那样壮丽，那样倨傲，那样带着它特有的傲岸的气质。它耸立在那儿，漠然地面对着海洋，面对着那块高大的"鹰岩"。

"白屋"和"鹰岩"像两个对峙着的巨人。他总把这栋房子称为"巨鹰之家"。奇怪"白屋"和"鹰"之间的关系，它的主人姓殷，面对着"鹰岩"，是有意？还是无意？小时候，总觉得住在白屋里的人又神秘，又幸运，又与众不同。似乎比所有的人都要高一等。现在呢？老屋的外墙早已灰败，上面爬满了绿色的藤蔓，拱形的视窗，看不到窗纱，也看不到人影。倨傲的老屋只剩下了一分难以描述的寂寞和冷清。昨天，父亲轻描淡写地说过：

"知道吗？白屋要拆掉了，有人投资，在这儿盖一家观光旅社。"

他凝视那老屋，那楼上是一排窗子，从右边数去的第三个窗口，有个女孩曾倚窗而立，有个女孩曾倾听海鸟的啁啾，有个女孩曾弹奏着钢琴，用软软的童音，唱一支好单纯、好细致的歌：

> 彩霞满天，
>
> 渔帆点点，
>
> 海鸟飞翔，
>
> 海浪腾喧，
>
> 对此美景，
>
> 惜取少年！

> 彩霞满天，
>
> 落日正圆，
>
> 今宵过去，
>
> 还有明天，

珍惜光阴，

把握少年！

是的，彩霞满天！这海岸是朝西的。每到黄昏，落日就又圆又大又灿烂，镶着一圈金边，往海面缓缓沉落。而满天云彩，全被落日染成了绚烂的、亮丽的、变幻莫测而光芒耀眼的色泽。从小，他就被海边的黄昏所捉住，他常常屏息地站在海边，一瞬也不瞬地注视着那落日沉进海洋，和那满天的彩霞，逐渐变成幽暗的暮色。体会着造物的伟大，宇宙的神奇，和那日升日落、潮来潮往的玄妙……他常看得那么出神，那么专注，以至于忽略了身边那小小的"影子"。是的，她是他的"影子"，曾伴着他看落日，伴着他看彩霞，伴着他迎接暮色……

如今，那女孩呢？他闭上眼睛，不由自主地一甩头，过去的都过去了！弹琴的女孩、捡小麻雀的女孩、白屋里的女孩、到岩洞里找他的女孩、陪他看落日的女孩、跟着他走往世界尽头的女孩……是已经消失了，再也找不回来了。他垂下眼睛，强迫自己把目光从"白屋"上移开。用脚尖踢了踢脚下的沙子，他无意识地呼出一口气，抬起脚来，他离开了那伫立之地，在林中茫无目的地走着。他似乎走了很长的一段路，然后，他忽然站住了，记忆的底层，有一点小火花在闪动。他四面搜寻，终于，他看见了那棵林中最古老的大树，有纠结的树干，如云如盖如亭的枝丫和树叶，他奔了过去，用手扶着那树干，他围绕着它找寻，树干上有层青苔覆盖，他小心地去剥落那青苔，然后，他找到了！在树干的根部，有块老早老早被刀子削剥的痕迹，那痕迹上，是一片模糊的阴影，仿佛可以看出字迹。他蹲下身子，仔细地去辨认那用蓝墨水写下的字；什么都看不清了！只是一片模糊的阴影，一些污染的痕迹，没有字，没有蓝墨水，他瞪视那痕迹，在内心的刻版上，却清楚地重印出那两行字：

女生爱男生，羞羞羞！
殷采芹爱乔书培，羞羞羞！

就为了这两行字，当初这儿曾经发生多大的一场"战争"，他一个人打三个人，被打得鼻青脸肿昏天黑地，简直是第三次世界大战。他还记得自己被打倒在地上，躺在那儿动弹不得，肇祸的人一哄而散。然后，就是她了，那女孩悄悄地、怯怯地、无声无息地靠近了他，拿着条小手帕，枉然地想弄干净他脸上的血痕和污渍。而他，他怎样呢？他对着她一阵狂吼大叫：

"走开！你这个倒霉鬼！碰到你就倒霉！你最好离我远一点！走开！走开！"

至今记得她当时的神情，小脸蛋涨得通红，乌黑的眼珠被一池清泓所淹没，小嘴巴瘪呀瘪地，终于"哇"的一声，痛哭着跑走了。

这就是当年的自己！有一颗坚硬的、残忍的心！有一副倔强的、鲁莽的个性！有一份易感的、可怜复可叹的自尊！从小，他就是个孤僻的、矛盾的怪物！怎么值得一个女孩毫无理由的崇拜和关怀？

他轻叹了一声，为了那无知的童年。然后，靠着树干，他在沙地上坐了下来，仰起头，他望着那树叶隙缝里的天空，这正是彩霞满天的时候，落日洒下了无数的金色光点。低下头，他看着地上的细沙，那带着些儿湿润的、白色的细沙，他不知不觉地拾起一枝枯枝，在沙上无意识地写着字：

"殷采芹，殷采芹，殷采芹，殷采芹……"

他写了无数个"殷采芹"，当面前的沙地写满了，他就一个名字盖在另一个的上面，继续写着，直到那脆弱的树枝折断了。那清脆的折裂声使他微微一震，他终于抛掉了树枝，慢吞吞地把头扑在弓起的膝上。

海浪扑击着岩石，在喧嚣着。海风穿过了树林，在低吟着。他坐在老树干的下面，默默地咀嚼着那个名字，回忆着那个名字，思想着那个名字：殷采芹，殷采芹，殷采芹……殷家的女孩！白屋里的女孩！殷采芹，殷采芹，殷采芹……他的记忆被带回到许许多多年以前。那些记忆是一个片段接一个片段，像海浪般一波又一波，对他纷纷地、汹涌地、前仆后继地卷了过来。

第二章

乔书培第一次到这个西部的小海港，才只有六岁。

他是跟着父亲乔云峰迁居到这儿来的。当时，这儿的某机关需要一个办文书工作的人，相当于秘书的职位，说起来不算什么好工作，待遇低，又远处荒凉的海滨。但是，乔云峰却毅然放弃了台北的都市生活，带着他扑奔这远迢迢的陌生小镇。乔书培不知道父亲为什么做这样的决定，只隐约地明白，这件事和母亲的弃他们而去有重大的关系。母亲，母亲在他印象里已只是一个模糊的影子，像水雾里的一颗寒星，朦胧、遥远、虚幻而美丽。他总记得母亲有对含愁的眸子，总记得她离去之前常常抱着他暗暗饮泣，总记得她和父亲间曾有一段长时期的冷战……然后，她走了，不再回来了。然后，乔云峰把他带到了这个遥远的小海港。

到达这儿的第一天，他们住进了公家配给他们的宿舍，一栋好简陋好简陋的小屋，竹床、竹椅、竹书架……四壁萧然。至今，乔书培记得父亲把他拉到面前，严肃而郑重地盯着他，用近乎沉痛的语气，一个字一个字地说：

"这是一个新的开始，书培。从此，你只有父亲，没有母亲，就让我们父子二人相依为命。我们会过得很清苦，不过，我会教育你成一个独立自主的男子汉！"

这样，乔书培开始了他那海港中的童年。

第一次见到殷采芹是他念小学一年级那天。

那天，因为下午要新生训练，本来只上上午班的一年级新生，增加了下午的课程。因而，学校命令全体学生都要带"便当"（盒饭）。那真是漫长的一天，是记忆深刻的一天，是尴尬而难挨的一天！

便当是父亲给他准备的，乔云峰父兼母职，原就十分生疏，那便当的饭是从公家大厨房里盛来的，上面只有一些肉松、酱瓜和几丝辣椒萝卜干。乔书培不在乎他的饭盒寒酸，他深知父亲已经尽了他的全力。只是，上课第一天，他紧张得什么似的，所有的同学他都不认得，而那些同学彼此间都是邻居，大家熟悉得很，有说有笑有闹，只有他，孤零零的没有人理。而这些孩子中，有个长得又高又壮又结实的男生，显然是孩子头儿。乔书培不知道他的名字，只听到所有同学都叫他"小老鹰"。乔书培不明白这外号怎么来的，那孩子浓眉大眼，声音洪亮，一点也不像老鹰，倒像只老虎。

事情发生在吃午餐的时候。全班都坐定了，老师在台上喊了一声"开动"，大家就都打开便当吃饭。老师很威严，全班都怕老师，吃得好安静，只有"小老鹰"还不时发出吃吃的笑声。乔书培打开便当后，就整个人都呆住了。因为，父亲居然忘记给他放一双筷子或是一把汤匙，那饭盒里除了饭菜之外，什么都没有。

老师站在台上，很严肃地走来走去，不时命令着：

"快点吃！限你们十分钟之内吃完！"

他瞪着便当，急得头上冒汗，就不知道这种情况该怎么办才好。可不敢"报告老师，没带筷子"，怕老师骂，又不敢"不吃"。最后，他一急之下，居然埋着头，像小狗般"啃"起"便当"来了。一口一口地，伸舌头去舔那饭盒中的饭，只希望没有人注意到他的"狼狈相"，只希望那盒便当快点"舔"完，偏偏肉松沾上了鼻子，辣椒又呛了喉咙，他憋着气，既不敢咳嗽，也不敢出声音，怕引起别人注意……但，毕竟有人注意到了，那只该死的"小老鹰"！他只听到他那洪亮的嗓子，大嚷了一句：

"哎呀！他和野人一样吃饭！像我家的大狼狗！"

一时间，所有同学的目光都向他射了过来，他惊慌失措地抬起头，鼻子上沾着肉松，喉咙里噎着饭，只听到满堂一阵哄然大笑，同学都像看见什么稀奇怪物似的，指着他又笑又叫又说。教室里的安静再也维持不住了，严肃的气氛也消失了，有的同学跳到桌子上去了，有的把椅子摇得稀里哗啦响，有的鼓着掌唱歌似的叫：

"大狼狗！大狼狗！大狼狗！"

老师站在讲台上，很生气地拍着桌子叫：

"安静！大家坐好！安静！"

但是，没有人再听老师的，大家越笑越凶，笑得老师的声音都听不见了。乔书培呆坐在那儿，只觉得脸上发烧，一直烧到脖子上，连眉毛都发烫了。他真恨不得当时就从这教室里消失，当时就有个地洞让他钻进去……大家逐渐笑得忘记了原因，只是你推我搡地闹个不停。混乱中，他忽然觉得有人在轻轻地拉他的衣服，他回过头去，立刻接触到一对好温柔好甜的目光，有个小女生正悄悄地站在他后面，在他还没醒悟到她的来意以前，他就感到她飞快地把一样东西塞进了他的手中。他低头一看，是一双筷子！再也描述不出他那一瞬间的惊喜和感激！等他抬起头来时，小女生已经红着脸躲开了，他只注意到她有对又黑又亮的眼睛，和一副怯生生的模样。

他始终记得那双筷子和那筷子引起的后患。

那双筷子是与众不同的，是用红漆木做的，上面有雕花，筷子很短，显然是专门为了放在便当里用的。两支筷子之间，有一根细细的银链子相连接，又小巧，又精致，又讲究。那天放学的时候，他特地跑去找那个小女生，要把筷子还给她，谁知，她却和那个"小老鹰"手牵手地走掉了。

第二天，父亲竟糊里糊涂地把这双筷子放在便当盒中，根本没有追究它的来历，也没有为他另外准备一双。于是，他只好继续用这双筷子吃饭。那天，老师并没有在教室里监视他们，大家就有吃有笑有玩有闹的。谁知道，饭才吃了一半，他就觉得有个阴影罩在自己的头上，他本能地抬起头来，一眼看到"小老鹰"正像铁塔般站在他身边，恶狠狠地盯着他，大声责问：

"你为什么偷我的筷子？"

"你的筷子？"他讷讷地问，不知所措，"这……这不是你的筷子！"

"还说不是我的筷子！"小老鹰怒吼，声震四邻，所有同学的注意力又集中到他身上来了。"你把筷子拿出来！这有银链子的筷子只有我家有！你偷我的筷子！你是小偷！小偷！小偷……"他一个劲儿地大吼着，一迭连声地吼着，"小偷！小偷！小偷！"

"我不是小偷！"他急急地声辩，头上又冒汗了，全班同学都瞪着他，他急得不知该如何是好。放眼看去，同学都围了过来，黑压压的一群人，小女生也不知道躲在何处。"我不是小偷！不是！不是！"

"这筷子是你的吗？"小老鹰咄咄逼人。

"不……不……不是。"他越急，话就越说不清楚，"是……是……是人家的。"

"哈！是人家的！你说了！你偷来的！"小老鹰抓住了他胸前的衣服。

"我没有偷……没有，没有，没有！"他忍无可忍了，脸涨红了，脖子也粗了，奋力想挣脱小老鹰的掌握。在急怒之中，他伸手对那逼视着自己的脸孔一把抓了过去。于是，一场混战立即开始了，对方的拳头像雨点般挥向了自己。同学们惊天动地地吼叫着：

"加油！加油！加油！殷振扬加油！殷振扬加油！加油！加油！加油！……"

桌子翻了，椅子倒了，他个子小，被小老鹰压在地上，打得他浑身都痛不可忍。他愤怒极了，愤怒得完全没有思想，没有意识，也没有理智了。急切中，一切原始的本能都发作了，他忽然张开嘴，对小老鹰的手臂一口咬去，小老鹰杀猪似的尖叫起来，他却死命地咬住不放，越咬越紧，越咬越重……然后，他忽然觉得四周安静了，只有小老鹰在狂喊狂叫：

"他是只狼狗！他咬人！哎哟！哎哟！……"

在小老鹰的狂叫声里，传来老师严厉的怒吼：

"乔书培，松口！"

他惊慌地松了口，躺在地上，仰视着老师。从没看过那么严厉的目光，那么责备的眼神。老师伸出手来，一手一个，把他和小老鹰都从地上拎了起来。看看这个，又看看那个，老师声色俱厉地问：

"是谁先动的手？"老师的目光停在小老鹰脸上，"殷振扬，一定是你！你怎么永远不学好？留了一级了，还不好好读书，就会打架……"老师的话没说完，乔书培开了口：

"是我先动的手。"

"什么？"老师惊愕地瞪着他，"是你？"

"是我。"他简单地说，倔强地挺立在那儿，本来就是他先去抓小老鹰的，他想。老师有些糊涂了，小老鹰立刻理直气壮地抬起头来，大声说：

"是他！是他先动手！他是只狼狗！他咬我！老师，你看！他把我咬出血来了！他还是小偷，他偷我的筷子，他是小偷……"

"我不是！"乔书培挺直了背脊。

"不是他偷的，"有个细细小小的声音，蚊子叫般地哼了出来，"筷子是我送给他的，不是他偷的！"

乔书培看过去，小女生怯怯地站在屋角，脸红红的，眼睛亮晶晶的，声音细小得谁都听不清，见鬼，你不会说大声一点吗？

"他偷东西！"小老鹰还在吼，"是他！是他！是他！他是小偷，他是狼狗……"

"你是猪八戒！"乔书培对他喊了回去。

"住口！"老师大叫，"两个都不是好东西！又打架，又说脏话，每人罚站三小时，写注音符号一百次！现在，给我到黑板前面去罚站！去！"

于是，那天，当全班都在上课，他却挺立在黑板前面，脸对着黑板，一动也不动。小老鹰似乎并不以为意，不时回头对同学伸舌头，引得同学们吃吃发笑。也不时投给他一个恶狠狠的目光。他却认为是奇耻大辱，而且，又委屈，又恼怒，浑身又痛不可当，心里又急，因为衣服撕破了，不知道回去对父亲怎么讲。这样，好不容易挨到下了课，同学都散了，老师才把他叫下来，简单明了地说：

"乔书培，再发现你打架，就开除你！一连两天，都是你在惹麻烦，看你长得眉清目秀，怎么不学好？怎么开口咬人？只有狗才咬人，懂不懂？"

"他就是狗！"小老鹰又在一边插口。

"殷振扬！"老师吼了一句，于是，小老鹰不再说话，只回过头来，对他不怀好意地、轻蔑地、神气活现地做了个鬼脸。

殷振扬，殷振扬，乔书培在肚子里反复记这个名字，殷振扬，我会报复，总有一天，我要报复！等我长得和你一样高，等我的拳头和你一样硬，我必定要报今日之仇！必定要报你今日带给我的耻辱！

"好了，"老师结束了他的教训，"都给我回家去！"

乔书培回到书桌边，默默地整理着书包，同学都走光了，殷振扬也不知何处去了。他闷着头收拾书本、铅笔盒、便当……然后，他听到一阵细碎的脚步声，悄悄地、慢慢地挪近到他身边，他抬起头来，是那个小女生！穿着学校的制服，白衬衫、白裙子，那衣裙就是与众不同，质料又白又细致。她的那张小脸也硬是与众不同，皮肤又嫩又光滑。她站在那儿，微微地喘着气，嗳嗳嚅嚅地低语：

"你……以后不要和我哥哥打架，你打不过他，他……他是很厉害的，你……"

好哇！原来这小女生是殷振扬的妹妹！怪不得她说话像蚊子叫，不肯挺身而出帮他洗刷"小偷"的罪名！他瞪着她，你哥哥厉害，总有一天我比他更厉害！用不着你来帮他耀武扬威！他想着，咬紧牙关，一语不发，他从书包里找出那双筷子，递到她面前去。

"还给你！"他粗声粗气地说。

她往后退了一步，眼睛睁得大大的。

"不，我家有好多，这双送给你！"

他瞪着她，送给我？谁稀罕？谁要你殷家的东西？你哥哥冤我是小偷的时候，你为什么不大声说清楚啊？用了你家的筷子，又成了小偷，又成了狗，又挨了揍，又撕破了衣服，又被老师罚站，又被指责为不学好……倒霉！倒霉的筷子，倒霉小女生！一刹那间，昨日对她所有的那份感激之情，都已烟消云散。孩子的喜怒原是那样明显，孩子的爱憎原是那样易变，孩子的是非原是那样朦胧……他抓起那双筷子，对她重重地扔了过去，嘴里大声地嚷着：

"谁稀奇你家的东西？谁稀奇你家的臭筷子？拿去！"

筷子落在地上，银链子发出一串清脆的响声。小女生的脸孔倏然雪白，嘴唇瘪了瘪，眼睛里有了水雾，那小嘴唇却抿得紧紧的，倔强地忍住泪水，她挣扎着说了句：

"我……不敢跟老师讲，哥哥……他会打我！"

乔书培没有理她，抓起自己的书包，他冲出了教室，一口气跑得老远老远，把那个泪汪汪的小女生单独留在那暮色苍茫的教室里。

这小女生就是殷采芹。

第三章

虽然上课的第一天就引起了一场风暴，但是，接下来的学校生活，对乔书培而言，倒是很轻松也很光彩的。事实上，在进学校以前，那学文学的父亲早已给了他相当多的教育。乔云峰隐居到海港来之后，一心想当一个作家，白天上班，晚上就孜孜不倦地写作。乔书培耳濡目染，六岁已看完《格林童话》，知道安徒生和《西游记》。学校的课本对他是太简单了。第一次月考，他就拿了个第一名。接着，他在全校一年级作文比赛中又拿了第一，图画比赛中再拿第一。他成了班上一个特殊的人物，成了师长们夸赞的人物，也成了部分同学崇拜，而另一部分同学嫉恨的人物。不知何时开始，班上同学就成了两派，一派的头儿是乔书培，另一派的头儿就是殷振扬。这两派在以后小学六年的生涯中，一直是势同水火。

开学以后没多久，乔书培就知道殷振扬兄妹是住在"白屋"里的。白屋，那耸立在海边的"巨厦"，一直像有股魅力似的吸引着乔书培，每次在海边追逐嬉戏，或在防风林里捉迷藏时，他都会忽然忘形地对着那栋"巨厦"默默出神。那两层楼高的建筑物，有许多方形石柱，又有许多圆形拱门……总使他联想起童话里的古堡，幻想里面囚禁着一个公主，一些英雄。还有地牢、巨斧、铁链……种种残酷的刑具。当这些刑具出现的时候，殷振扬总是手持利器的那个大坏蛋。至于殷采芹呢，她在"白屋"中扮演的角色是模棱的，他总无法把她想成白屋的主人，倒像是白屋里的囚犯。

那时，乔书培最要好的两个同学，一个绰号叫"小胖"，因为他长得圆圆胖胖的很逗人喜爱。另一个叫"阿松"，长得又黑又壮，是班上的体育健将。他们三个常常结伴在海边玩，拾贝壳、捉迷藏、赛跑、游泳、钓鱼、爬岩石、钻岩洞……海边就有那么多做不完的游戏。一天，当他们在防风林里比赛爬树的时候，忽然，从白屋里传来一阵美妙的钢琴声，琴声悠悠扬扬如水珠奔湍，如海浪敲击岩石，一忽儿细碎如小鸟啁啾，一忽儿又激烈如万马奔腾。乔书培从小对音乐艺术方面，就有种与生俱来的兴趣，他不禁听得发呆了。

"你知道这是谁在弹琴吗？"小胖问。

"是谁？"

"是殷采芹的妈妈。"

"也就是殷振扬的妈妈？"他问。

"不是。"阿松整个身子都吊在一根树枝上，两手攀着枝丫，在那儿晃呀晃的，"原来你根本不知道老鹰家里的事，你真笨！"

"老鹰是谁？"

"老鹰就是殷振扬的爸爸，大家都叫他老鹰，他很凶，也很有钱，我们学校的风雨球场就是老鹰出钱盖的，所以，连校长都怕老鹰，殷振扬才那么神气。"

"老鹰不是殷采芹的爸爸吗？"

"当然是啦！"

"那么，殷采芹的妈妈为什么不是殷振扬的妈妈？"

"我爸爸说，"小胖傻呵呵地插嘴，"白屋有好多好多个妈妈！"

"白屋怎么会有妈妈？白屋是房子哩，傻瓜！"阿松说。他已经八岁了，乡下孩子学龄早晚不一，他显得比小胖成熟多了。

"是殷采芹有好多个妈妈。"

"哦？"乔书培睁大眼睛，还是没听懂。但是，欣羡之情，就不自禁地油然而生了："有好多妈妈，真好啊！"

"才不好呢！"阿松说，"我妈说，殷采芹的妈妈常被殷振扬的妈妈欺侮，因为她是老二。现在，老鹰又有了个老三，也好凶好凶。老三不敢欺侮老大，就天天欺侮老二。所以，我妈说，殷采芹的妈妈是个倒霉鬼，总有一天会给殷家的大老鹰小老鹰吃掉。"

"什么叫老大老二老三？"乔书培问，他完全弄不清楚，只模糊地体会到殷采芹有个会弹钢琴的妈妈，这妈妈似乎是这"古堡"里的"囚犯"了。

"你连老大老二老三都不懂？"阿松瞪大了眼睛，大惊小怪、老气横秋地问。

"我懂。"小胖又接嘴，"我家也有老大老二老三。我是老大，我妹妹是老二，我弟弟是老三。不过，我家的老二最凶。"

"你懂个鬼！"阿松打断了他，"又不是讲小孩子，是讲妈妈！"

"妈妈为什么也有大小？"

"当然有大小，"阿松一副"万事通"的样子，"我妈妈就比你妈妈大。"

"我懂了。"小胖说，"你妈妈是老大，我妈妈就是老二了。"

阿松从树枝上跳下地来，用手抓了抓脑袋，显然，他也被闹糊涂了。为了掩饰他自己的"困惑"，他转移了大家的目标，大声说：

"来！我们来比赛跑，看谁先跑到那棵神仙树下面！输的人请吃冰棒！"

神仙树指的是林中那棵老古树，因为它生得张牙舞爪，又巨大如亭，不同于防风林里那些秀气斯文的木麻黄，所以就被称为"神仙树"。

于是，孩子们开始争先恐后地奔跑，吆喝着，呼喊着，穿梭于树林之内，谁都忘了再去追究"老大老二老三"的问题。

不过，从这次以后，每当乔书培看到白屋，每当他听到白屋里流泻出来的琴声，他都会为这"古堡"幻想出一个"囚犯"，那就是殷采芹的妈妈了。为了"同情"这个"囚犯"，他对殷采芹的"敌意"（为什么会有敌意，他自己也闹不清楚了）也消失了很多。而真正和殷采芹做"朋友"，还是开始在那只受伤的小麻雀身上。那时，他们已经升到三年级，乔书培早已是全校闻名的"神童"了。

那天黄昏，乔书培刚和小胖分手，一个人逗留在防风林里面，收集着"松果"（事实上，是木麻黄的果实）。他收集松果，是要做一件"艺术品"。乔云峰刚教过他把鹅卵石漆成不同的颜色，使他初窥到"化腐朽为神奇"的窍门。立即，他举一反三，想用松果、贝壳、珊瑚、石头……来一一试验。他弯着腰，细心地找寻着松果，他要外表生得整齐而硕大的。正在他专心收集的时候，他听到了那个声音，那细嫩、稚气、娇弱的声音：

"我捡到一只小麻雀，它不会飞了。"

他站直身子，就看到殷采芹那瘦瘦小小的身影，站在他的面前。她默默地瞅着他，眼神里有着单纯的信赖和崇拜，她双手紧紧地捧着一样东西，那只小麻雀！他不由自主地伸出手去，她立刻把那正发着抖的小东西郑重地放进他的手心里，肯定而依赖地说：

"你会治好它，是不是?"

他觉得有股异样的感觉蹿进了他内心中。稚龄的孩子根本不解男女之情。可是，这温柔信赖的声音却鼓动了他的男儿气概和英雄感。女孩子真没用，一只小麻雀都弄得她束手无策！他想着，虽然自己也对掌心里那蠕动的小东西有些不知所措，却硬着头皮不肯表示出来。

"让我看看它怎么了。"他粗声说。

"我看过了，它的翅膀断了！"

翅膀断了？他吓了一跳。小麻雀的翅膀断了，他又能怎样?但是，他依然煞有介事地检查了一番，果然，那小麻雀的一边翅膀折了，显然是顽童们用弹弓射击的结果。他把它放在沙地上，它徒劳地扇动着未折的翅膀，在沙上小步奔走，看来是可怜兮兮的。他观望了一会儿，思索着童军课上教过的"急救"方法。

"要上夹板！"他说。

"我去找根树枝来！"她很快地说。

于是，他们坐在那软软的沙地上，用树枝和殷采芹系头发的毛线，忙着给那小麻雀包扎、上夹板，忙了个不亦乐乎。整整弄了一个多小时，才算把那翅膀给固定了。小麻雀在他们手心中不住扑动，叽叽喳喳地叫个不停。殷采芹就像哄婴儿似的，不住口地说：

"乖乖，别动呵！乖乖，绑好就不痛了呵！乖乖，好可怜呵！乖乖，不要哭呵！……"

他用一种崭新的感觉，惊讶地体会到一个女孩儿的温存和细致。然后，他忘了他的松果，忘了他的"艺术品"，忘了他的贝壳和珊瑚……当暮色来临的时候，他带回家的，是那只受伤的小麻雀。

"我带回去治好它！"

于是，他和殷采芹之间，有了一份共有的秘密。秘密的喜悦，秘密的希望，秘密的祝福和秘密的关怀。整整一星期，他早上一到学校，殷采芹就会远远地跑过来，热心地、悄悄地问一句：

"怎么样？"

"好些了！"

她会满足地跑开，整个小脸庞上，都绽放着光彩和快乐。这样，一星期后，他们把小麻雀带回树林，拆掉夹板，两颗小脑袋挤在一块儿，两对眼睛热烈地盯在麻雀身上，两双小手忙不迭地去拨弄那东倒西歪的小身子，两人嘴里，都不停地呼喊着、鼓励着：

"飞呀！快飞呀！飞呀！举起翅膀来飞呀！飞呀！飞呀！飞呀！……"

小麻雀扇动着翅膀，在沙地上摇摇摆摆地漫步，怀疑地昂起头东张西望……然后，它终于恢复了信心，大自然在呼唤它，白云在呼唤它，广阔的蓝天在呼唤它……它骤然仰首，发出一声尖锐的、喜悦的清啼，就"扑棱棱"一声振翅飞去。他们两个不约而同地抬起头，目送它飞向那白云深处。一刹那间，两双小手紧紧地握在一起，两人在树林内跳着、叫着、欢呼着：

"它会飞了！它会飞了！它会飞了！"

这是一个开始。从这一天起，乔书培发现殷采芹成了他的影子。孩子们还不知道男女之嫌，也不懂得异性相吸。两人只是天真烂漫地玩在一块儿。殷采芹正在学钢琴，放学后，她还常常留在音乐教室练琴，那练习曲单调而枯燥，常常要一次又一次地重复弹奏。乔书培说：

"难听死了！你妈妈弹得比较好听！"

"我也会弹歌曲！"殷采芹说。

"不信！"乔书培昂着下巴。

于是，殷采芹弹了一支《彩霞满天》，她边弹边唱，声音婉转动听。又弹了一支"月色昏昏。涛头滚滚，恍如万马，齐奔腾……"她还不会弹和音，常用单手弹奏。那琴声虽单调，却依然悦耳。乔书培羡慕极了，叹息着说：

"如果我也会弹，就好了！"

"我教你！"殷采芹立即热心地说，"你来试试看！"她拍拍身边的长板凳。

乔书培在她旁边坐了下来，用手指按着琴键，"多米索米，多米索米，多米索米……"他跟着她笨拙地练习，手指僵僵的完全不听指挥，"多米索米"变成了"多法索法"。她急了，脸就涨红了，她是最容易脸红的女孩儿。她不住口地说：

"不是这样的，哎哎，不是这样的……"

"是怎么样的嘛？"他不耐烦地叫，有些恼羞成怒，"你根本不会教，你笨死了！"

她睃了他一眼，清亮的大眼睛里充盈着歉意，好像这真的都是她的过失一般。

"是这样的……"

她搬动他的手指，去按在正确的琴键上。一个手指一个手指地去搬动：多米索米，多米索米……她那小小的手扶在他粗壮的手指上，多米索米，多米索米！她的脑袋也随着他手指的动作往下一俯一俯的，急得满头大汗，比她自己弹琴费力了一千倍。多米索米，多米索法……哎哎，又错了。

"不学了！"他生气地敲着琴键，"不好玩。"

"我们再来过，"她安慰地说，又去搬动他的手指，"你看，这样按，慢慢来，你不要急，我刚学的时候，没有你一半好，真的！没有你一半好，真的！"

她一再重复"没有你一半好"，眼睛睁得大大的，眼光里是一片坦白与真挚。于是，他又去按那琴键：多米索米，多米索米……直到音乐教室门口，传来一阵嘲弄的大叫声：

"好哇，男生爱女生！"

他跳了起来，回过头去，一眼看到那阴魂不散的殷振扬和他的三个跟班正站在门口。殷振扬双手叉腰，气势汹汹地瞪着他，又跳又叫又吼：

"乔书培，不要脸，一天到晚跟着我妹妹，你不要脸，男生爱女生，你不要脸！"

"我才没有跟她！"他怒吼着，"你才不要脸！"

"你不要脸！"殷振扬叫到他脸上来，"你是大狼狗！"

"你是猫头鹰！"他吼了回去。

"你是黄鼠狼！"

"你是臭老鹰！"

"你是大鲨鱼！"

"你是八脚鱼！"

"你是王八蛋！"

"你是王九蛋！"

"……"

这样对叫的结果，又是一次世界大战。和往常许多次的战争一样，乔书培挂了彩，鼻青脸肿，浑身伤痕累累。最后，老师赶来了，两人一起处罚，再打十下手心。殷振扬个子高大，皮肤也粗厚，挨十下手心满不在乎。他却被打得手心通红，好几天握笔都握不牢。那肇祸的殷采芹，只能眼泪汪汪地站在旁边，无助地在裙褶里绞着双手。事后，那女孩会挨呀挨地挨近他，好抱歉好抱歉地、低声下气地、乞谅地、讨好地说：

"我妈妈有白花油，擦一点就不痛了，下课以后，我回家去拿给你！"

"走开！"他没好气地叫，"都是你！你能不能离我远一点！讨厌！"

殷采芹低下头去，前额的一绺头发垂下来，遮住了眼睛，她默默地、一声不响地走开了。他望着她那娇娇怯怯、瘦瘦小小的影子，心里有些儿不忍，看到她肩膀微微抽搐，而那背脊却依然倔强地挺直着，他就更不忍了。于是，他粗声粗气地叫了一句：

"过来！"殷采芹蓦然回首，脸庞发亮。

"放学后罚你陪我去捡贝壳，我要捡好多好多，漆成花花绿绿的。"

"是！"她清脆地应着，眼底一片喜悦。

于是，那些日子就这样度过。他在海边游荡，她必定跟随在身边。他们共同走过长长的海岸线，共同拾过贝壳，共同捡过松果，共同看过夕阳，共同面对过海边的"彩霞满天"。那海边的黄昏，彩霞常常染红了整个天空，整个海洋，整个沙滩，整个树林。他的童年生活，是由殷采芹的友谊和殷振扬的战争交织而成的。每次和殷振扬打过架，他就会迁怒殷采芹，好几天不理她。事后，他又会溶解在她那歉然的温柔里。就这样，吵一阵，打一阵，好一阵……时间，就如飞般地过去了。

当然，在这些日子里，除了和殷振扬打架以外，还有许多记忆是不能磨灭的。其中，包括第一次见到殷采芹的父母，第一次了解人与人之间的距离，第一次体会到人类感情的复杂，以及第一次发现殷采芹的美丽……

这所有的"第一次"都发生在同一天。

第四章

小学毕业了。

毕业那天，真是乔书培的大日子，他在这一天中，可以说是出足了风头。早上，是毕业典礼，几乎所有毕业生的家长都到齐了，乔云峰当然也在座。乔书培以模范生的资格，代表全体毕业生领奖，致辞。他已经是个少年了。穿着笔挺的制服，眉目轩昂，气度从容，口齿清晰，带着抹稚气的神态，侃侃而谈。乔云峰坐在家长席上，不禁眼眶湿润。毕业典礼结束，家长们彼此东一堆西一堆地聚在一块儿，谈儿女，谈生意，谈他们共有的小海港。孩子们也东一堆西一堆地聚在一块儿，谈升学，谈学校，谈他们未结束的童年。只有乔云峰，孤独地站在操场的一隅。到这小镇已经七年，他仍然像只失群的孤雁。乔书培找到了他的父亲，他惊愕地发现，别人的父亲还年轻，他的父亲鬓边已有白发，额上已有皱纹，他那么憔悴，那么落寞。虽然唇边挂着个欣慰的笑容，却掩饰不住那抹寥落与沧桑。他紧偎着父亲，笑着说：

"爸，我带你去看成绩展览室！"

乔云峰把手放在儿子肩上，仔细地看他，也笑着说：

"一定有你的成绩！"

乔书培笑而不答。于是，父子两个走进成绩展览室，这是一间大厅，壁上有书法、图画，桌上有成绩簿、手工艺、劳作等，真是琳琅满目。乔云峰在墙壁上一再看到乔书培的名字，乔书培的画，乔书培的字，乔书培的作文……他呆了。在一种激动的情绪中，去体会、发现、欣赏儿子的才华。他侧过头去看书培，那张稚气未除的脸！他忽然就沉浸在一份突发的喜悦里。感到一种新生，一种取代，一种希望的转移……他宠爱地凝视儿子，父子二人都沉入某种密切的亲情里。就在这时候，有个轻轻的、柔柔的，虽然低微却很清脆的声音传了过来：

"妈，那就是乔书培！"

乔书培父子同时回过头去。

殷采芹正站在长桌的另一端，对这边热切地凝望着，在她身边，有个身材纤长，眉目如画的女人，带着种说不出的风韵，亭亭玉立地站在那儿。乔书培不自禁地怔了怔，听过很多人谈殷采芹的母亲，说她美，说她不平凡，他仍然没料到她还如此年轻，如此漂亮，他想起白屋里的琴声，就悄悄地对父亲说：

"那是殷采芹和她妈妈，就是白屋殷家！你知道吗？她很会弹钢琴。"

"谁会弹钢琴？殷采芹还是她妈妈？"乔云峰问。

乔书培笑了：

"是她妈妈，不过，殷采芹现在也弹得很好了。"

殷采芹母女已经向他们走了过来，采芹只看着书培笑，那笑容还是一贯性地充满了娇柔、依赖和崇拜。她们停在乔云峰父子面前了。殷采芹的母亲先对乔云峰展开了一个亲切而温和的微笑，柔声说：

"乔先生，我们家采芹一天到晚谈乔书培。真恭喜您有这样优秀的一个好儿子！"

"哪里哪里，"乔云峰慌忙说，对这种"客套"，他显然又陌生，又不善处理，"彼此彼此。您的小姐也不错，而且，您那位少爷人高马大，长得真结实，听说，书培在他手上吃了不少亏呢！"乔云峰总记得乔书培被打得遍体鳞伤回家的日子。他完全弄不清殷家的情况，只牢记住殷家还有个小霸王。

殷采芹的母亲脸红了。

"对不起，"她讷讷地说，"振扬是野了一点，家里只有那么一个男孩子，难免就宠了些。"她温柔地、歉然地看着书培，"他常常欺侮你，是不是？你不要跟他打架，将来，你会比他有出息。"

"哦，"乔云峰一怔，自觉说错了话，就忙于弥补，"我并不是责备您少爷，您别误会。现在时代不同了，百无一用是书生。男孩子，还是粗犷一些的好。何况，孩子们打架，总是两方面都不好，书培这孩子，别扭起来的时候谁都管不了，八成是他去招惹了您的少爷……"

"别这样说，"殷采芹的母亲急忙说，"对振扬，我比谁都清楚。"

她诚恳地叹了口气："他是被大家宠坏了，他无法无天，仗势欺人……"

"妈妈！"殷采芹忽然叫了一声，声音里满含着某种难解的惊惧与恐慌，目光直射向母亲身后。书培情不自禁地跟着她的目光看去，立刻，他看到一个身材高大，满面怒容的中年男人。眼光锐利如鹰，鼻子又高又大，似乎占据了脸孔的一半，浓眉，大嘴，一脸的倨傲，一脸的暴戾，一脸的烦躁和恼怒。

"阿秀！"他低沉地喊，声音里充满了压迫的、风暴的气息，"你真好，你真是个贤惠的女人，你真会讨好别人，真懂得谦虚的美德！我的儿子是被宠坏了，是吗？是被谁宠坏了？你能不能说说清楚？"

采芹的母亲顿时脸色雪白，她还来不及说什么，殷振扬不知从哪儿钻出来了。他大声地、挑拨地、半撒赖、半逞强地喊：

"爸！她刚刚还咒我，说我将来没出息呢！"

"没出息？"忽然间，有个胖女人就从人丛里挤了过来，她又胖又大，穿了件红色的软绸衫裤，更显得吨位惊人。她直奔向采芹和她母亲，眼睛恶狠狠的像要吃人一般，直瞪着对方，尖声吼叫起来："我儿子没出息，你就去生个有出息的呀！你这个装模作样，要死不活的死鬼！你怎么不生个儿子呢！你会管孩子，你念过书，你懂得教育，你的女儿怎么十来岁就会勾引小男生呢……"

"美银姐！"采芹的母亲战战兢兢地喊了一声，声音里带着泪，带着焦灼，带着无地自容的尴尬与羞怯，她细声地、急促地、讨饶地、乞谅地说，"是我不好，一时说错了，你不要冤采芹，有什么话我们回家去讲，这儿大庭广众的，给别人笑话……"

"哈！你怕别人笑话，我可不怕别人笑话！我冤了你的采芹，你怎么咒振扬的？如果将来振扬有一丁点儿不顺利，我就找你这个乌鸦嘴算账……"

"美银姐……"采芹的母亲声音抖索着，脸孔一阵红一阵白，"我说错了，算我说错了……"

"谁是你的美银姐？"胖女人得寸进尺，更凶了，"你错了就完了吗？你以为我不知道，你一天到晚就咒着我们母子，你以为你长得漂亮，可以勾引男人啊……"

"住嘴！"采芹的父亲忽然大喝一声，声音像轰雷般震动了整间屋子。这时，他们四周早已围了一大圈看热闹的人了，有家长，有学生，有教员，有男，有女，有老，有少……就像看歌仔戏似的。那"老鹰"似乎被气坏了，他大喊着说："你们吵什么吵？在家里还吵不够？要跑出来给我丢人现眼？滚回去！统统给我滚回去！两个没有一个是好东西！"

"殷耀祖！"胖女人挺着胸，一个字一个字地叫，"你这个王八蛋！你现在又弄上了个狐狸精，就要翻脸不认人了，谁不是好东西？我看你才不是好东西！一天到晚做些偷鸡摸狗的事，不要以为我不知道！姓殷的，你如果不把良心拿出来，我也不是好惹的……"

"美银！"那"老鹰"气得脸色发绿，"你是找我吵架？还是找阿秀吵架……"

"好了，好了，都不要吵了！"忽然间，校长的声音传来了，嘻嘻哈哈地直打哈哈，他穿过人丛，一把就握住"老鹰"的肩膀，又拍又敲又打，笑嘻嘻地嚷，"耀祖兄，你今天是双喜临门，高兴还来不及，怎么还生气呢！你瞧，一儿一女，都是今天毕业！世界上几个人有你老兄的福气！别生气了，别生气了，我请吃中饭，咱们喝几杯去，好不好？"说着，他又推又攘地把"老鹰"推开，一面回头说："殷振扬，送你妈妈回家。殷采芹，你还不去准备你跳舞的服装，今晚的同乐晚会，你是女主角呢！"

于是，一场风暴平息了。殷耀祖被校长连推带拉地带走了。胖女人和殷振扬一起走了，临走，那胖女人还恶狠狠地瞪了采芹母女一眼，意犹未尽地说了句：

"我们回家再算账！"

采芹的母亲伫立在那儿，像泥塑木雕的一般，半晌都动弹不得。人群散开了，大家都走了，采芹用手轻轻地摇了摇母亲，含泪说：

"我们也走吧！"

书培靠在父亲身边，目送她们母女离去。他想着那栋白屋，那两层楼的白屋，那方形的石柱，那圆形的拱门，那爬满藤蔓的墙壁，每到夏天，都绽开了一墙的小白花。那"巨厦"像个古堡，古堡里有野兽，有巨人，有狮子……还有被幽囚的公主和皇后——那就是殷采芹母女了。

参观成绩展览，竟引起了这么大一阵风波，乔云峰实在始料未及，而且为之在郁郁不快。他带着儿子走出学校，沿着那校园的围墙下，他们默默地向前走，乔云峰第一次对乔书培郑重地嘱咐：

"书培，答应我一件事。"

"是的，爸爸。"

"从今以后，离殷家的人远一点！不管是殷振扬还是殷采芹，最好都不要来往!"

"爸爸!"他有些惊愕,本能地帮采芹辩护起来了,"殷采芹并不坏,老师都常常夸奖她的!"

"我并没说她坏,"乔云峰忧郁地微笑着,"书培,你爸爸是个书呆子,还有些书呆子的观念。那殷家整个家庭太复杂,和他们沾上了,只会惹麻烦,虽然你还小,算我未雨绸缪吧,我不希望你和他们家有来往。行不行?"

乔书培抬头看着父亲,父亲那忧郁的眼神使他内心酸楚,从小,他和父亲相依为命,从没有什么事违背过父亲。何况,他并不觉得和殷家来往有什么好处,父亲的话很对,从上学第一天,他就为了殷采芹的好意,而和殷振扬打架。从此就没有天下太平过。真的沾上他们殷家,确实只会惹麻烦。不和殷家来往,对他也没损失,于是,他点了点头,顺从地说:

"好的,爸爸。"

乔云峰笑了,把手按在儿子的肩上,他的笑容里有些凄凉,有些落寞,有些深沉。

"别怪你父亲这么早就干涉你交朋友,我只怕——"父亲的声音低得像耳语,"你会步我的后尘。将来,我会告诉你。"

他不敢去追问父亲,他对乔云峰,一直是有敬,有畏,有爱的。反正,他潇洒地耸耸肩,和殷家不来往,对他也没损失!

真没损失吗?当晚,他就发现自己对父亲的一句承诺未免太草率,太没经过思想,太迷糊……而首次感到某种若有所失的情绪。

那晚,学校有个盛大的同乐晚会,为了欢送他们这些毕业生，表演的都是在校同学，只有压轴的一场"天鹅湖"芭蕾舞剧，是由殷采芹"领衔"主演的。乔书培知道殷采芹一直在学芭蕾舞，就像知道她一直在学钢琴一样。但是，他却从不知道殷采芹的舞跳得那么好，更不知道她脱掉学校制服，穿上一身白羽纱的衣裳，再经过化妆，会有那么一种慑人心魂的美丽！"美丽"，这两个好普通的字，从念格林童话就看过的字，到这个晚上，才真正让乔书培见到了。

那晚的殷采芹，头发上围着一个花冠，身上穿着定做的露肩的白纱舞衣，裙摆短短的，露出修长的腿。腿上穿着白色紧身长袜，脚上是白色舞鞋，全身都缀满了像星星似的闪光的小亮片，使她整个人都像个发光体。整个人都像颗小星星，她飞跃在舞台上，手臂柔软地摆动，那小小的腰肢，那轻盈的步伐，那飘动的长发，那美妙的转折……南国的女孩比较早熟，舞衣下已经有个玲珑动人的身段。她舞着、摆着、旋转着……无论什么动作，都美得像诗，柔得像水。

一舞既终，观众如疯如狂，大家拼命鼓掌，乔书培也跟着鼓掌，鼓得手心都痛了。殷采芹又出来谢幕，她谢了一次又一次，有个一年级的小新生跑上去献给她一束红玫瑰花，她捧着花站在那儿，浅笑盈盈，真是人比花娇！乔书培是完全看呆了。

同乐晚会结束了，乔书培还在那位子上呆呆地坐了几分钟，然后，他站起身来，不明所以地叹了口气。走出那礼堂的时候，他只觉得内心隐痛。别了，小学！别了，童年！别了，殷采芹！

为什么要"别了，殷采芹！"他不懂。为什么这一别，会使他心痛，他也不懂。只是，当他走进那夜雾深重的校园，看到那满天繁星，回忆着像颗小星星般闪烁在台上的殷采芹，他就觉得早上自己的演讲、模范毕业生……都变得微不足道了。

他往校门口走去，刚踏上通校门的那条石板小路，就听到身后有个急促的声音在喊：

"等一下，乔书培！"

他站住了，回过头来，就一眼看到殷采芹向他飞奔而来。她已换掉了舞衣，只是脸上的妆还没卸，红红的面颊，红红的嘴唇，那乌黑的大眼睛像支醉死人的歌。他局促地站着，不安、懊恼、烦躁、期待……的各种情绪，把他紧紧地缠裹着。

"什么事？"他粗声问。从眼角，他可以看到她的母亲正远远地站在她后面，怀里抱着她的舞衣，那舞衣仍然在黑夜里闪着光。

"你喜不喜欢我跳的舞？"她问，爱娇地微笑着，那笑容像朵盛开的花。

他耸耸肩。

"很好呵！"他轻描淡写地说。

她仔细地看了他一眼，微笑消失了。

"你不喜欢。"她低声说，叹口气，"男生都不喜欢看跳舞。"她自我解嘲地说，又伸长脖子四面张望："你爸呢？"

"他没来！"他尽量答话简短，而且气呼呼的。似乎这样就不算对父亲失信。

"哦！"她再仔细看他，"你在和谁生气？"

"没有。"

"哦。"她咽了一口口水，如释重负，"我妈妈要我帮她向你爸爸道歉，因为早上我们好失礼……"她凝视他，又微笑起来，"我妈说，请你明天晚上来我家吃晚饭……"她压低了声音，悄悄地、兴奋地、欢乐地低语，"告诉你，我爸爸明天一早就带我哥哥和他妈妈去台南，家里只有我和我妈，你不是一直想参观白屋吗？我们可以玩一个够！我带你去看阁楼里的储藏室，有几百年前的东西，连清朝的衣服都有，我祖先做过清朝的大官，你一定会喜欢那些东西，还有一口镶了珠宝的箱子，还有那些古古的家具，你一定会喜欢！"

他睁大了眼睛，鼓着腮帮子，这"邀请"真是诱惑极了。但是，他才答应过父亲，不和殷家来往！

"喂，你在想什么？"她惊愕地问。

"哦，没什么。"他回过神来。

"明天晚上等你？"她挑着眉毛，"不要晚上，你下午就来好了。"

他咬咬牙。

"我不去！"他短促地说。

"什么？"她吓了一跳，不相信地看着他，"你不去？"

"不去！"

"为什么？"她的眼睛睁得又圆又大，里面闪熠着清亮的光芒，"我说过了，我哥哥不在家，不会和你打架的，家里只有我和我妈呀！"

"我不去！说了不去就不去！"他恼怒地低吼，"你怎么这么啰唆？"

她呆住了，怔在那儿一动也不动。笑容消失了，乌云移过来，遮住了那对发亮的眼睛。她那红艳艳的嘴唇翕动着，却没有吐出任何声音。

他再看了她一眼，发狠地一跺脚，他掉过身子，飞快地就往校门外跑去。他跑得那样急，好像四面八方都有力量在拉扯他似的。

别了，小学！别了，童年！别了，殷采芹！他心里模糊地念叨着，跑得更快更快更快了。

第五章

真的就这样和殷采芹断绝来往了吗？真的就这样容易地砍断一段童年的友谊吗？真的就这样简单地把那些海边的彩霞满天，岩洞里的捉迷藏，树林里的捡松果，沙滩上的拾贝壳……统统都忘了吗？

一切并不这样单纯。

初中，他和殷家兄妹又进入了同一所中学。中学采取了男女分班制，他和殷采芹、殷振扬都同校而不同班。初中时代的男女生，比小学时腼腆多了，男生和女生几乎完全不交往。稍有接触，必然成为其他同学的笑柄。这样倒帮了乔书培的忙，他是自然而然地和殷家兄妹"不来往"了。

可是，这段时期里的乔书培，已经是学校里的风头人物，他办壁报，参加全省作文比赛，代表学校去和其他学校竞试，他的图画被选中为青年美展第一名……奖状，奖状，奖状……拿不完的奖状。乔书培三个字，成了全校的骄傲，几乎没有一个同学不知道他，没有一个老师不赞美他。他那时热衷于学习，近乎贪婪地去吞咽着知识，尤其是文学和艺术方面的。但是，在这忙碌的学习生涯里，他仍然悄悄地、秘密地、本能地注意着殷采芹。

殷采芹一样是学校里的宠儿。随着年龄的增长，她身长玉立，眉目分明，皮肤白皙，而体态轻盈。她童年时就具有的那份女性温柔，如今更充分流露在一举手一投足之间。和那些同年龄的女孩子——那些小黄毛丫头——相比，她硬是"与众不同"。而让她在学校里受到重视的，并非她的漂亮，而是她那一手好钢琴。每次同乐晚会，她一定表演弹琴，那琴键在她手指下，就像活的一样，会奔流出如小溪如瀑布如飞泉如长江大河的音浪，使人沉醉，使人叹息，使人不由自主地被卷入那水流里。

每当学校开音乐会，乔书培从没有错过她的节目。有时，当她的节目一完，他就会悄悄地离席而去了。他从没有深刻地去分析过自己对她的情绪，只觉得她手底的音浪和她弹奏时的神韵，加起来是一种不折不扣的"美"，一种令人叹为观止的"美"！

殷振扬在中学也是不寂寞的，也是顶呱呱的大人物，他初二那年又没有顺利地升级，却长得雄赳赳气昂昂，身高一八〇，成了学校里的篮球健将，每天活跃在操场上，代表学校，东征西讨。他手下的喽啰越聚越多，打架生事，对他如同家常便饭。每打一次架，他就被记上一个大过，每参加一次球赛，他又被记上一个大功，这样功过相抵，他就在学校里"混"下去了。

初中的生活，除了念书、拿奖状、参加比赛……这些光荣事迹以外，对乔书培而言，并没有什么特别值得留念的事，唯一在他的心灵里，留下了不可磨灭的印象的一件事，发生在他初三那年。

那年，他又被学校派为代表，参加全省美术比赛，他画了一张"海港夕照图"，把渔船、落日、海浪、彩霞满天一一收入画中。但，主题却并非夕阳，也非渔船，而在一个老渔夫的手上。那老渔夫坐在渔船的船头上面，正埋头修补一面渔网，落日的光芒，斜斜地射在他那骨节粗大，遍是皱纹的手上。这幅图是他多年以来，最感骄傲的一幅，更是自己最喜欢的一幅，更是美术老师赞不绝口的一幅。当这幅图选去参加比赛以前，曾经在学校的艺术室里先展览了一星期，当时，美术老师对全校同学肯定地宣布过一句话：

"乔书培这幅画一定会获得比赛第一名。"

如果没有这句话，如果不是那么自信，又那么自许，再加上那么自傲，后来，失败的打击都不至于那么重。这幅画参加比赛的结果，非但没有得第一名，甚至没有入选！画被退回了学校，评审委员批驳了一句话：

"主题意识表现不清！"

美术老师把那幅画交还给乔书培的时候，那么勉强地微笑着，勉强地挤出了几句话：

"乔书培，没有人能轻易地'评审'艺术的价值，除了我们自己！不要灰心！"

那天放学后，他没有回家。拿着那幅画，他走到海边。那正是隆冬的季节，海边没有人，海风强劲而有力，沙子刮在人脸上，都刺刺的生痛。他面对那广阔的海洋，忽然想放声狂歌狂啸狂叫一阵。但，他什么都没做，踯躅在海边，他望着那无边的海洋，第一次认真地评判自我的价值。然后，由于冷，由于孤独，由于心底的那份沉重的刺伤，由于失意……他像童年时代一般，把自己隐藏进了那岩石的隙缝里。坐在他那掩蔽的所在，他从隙缝里望着云天，听着海浪的喧嚣，忽然觉得自己好渺小，好渺小，好渺小……渺小得不如一粒沙，微贱得不如一粒灰尘。

就当他在那岩石中品尝着"失败"的时候，他发现有个人影闪进了岩洞，他抬起头来，是殷采芹！她正斜倚在高耸的岩壁上，默默地瞅着他。自从小学毕业以后，他就没有和她一起玩过，在学校里遇到，大家也只是点点头而已。现在，她站在他面前，不说话，不动，静静地瞅着他，大眼睛盈盈如秋水，皎皎如寒星……风钻进了岩缝，鼓起了她的裙子和衣衫，把她的短发吹拂在额前。他迎视着这对目光，也不动，也不说话，只觉得心跳在加速，呼吸在加重，血液的运行在加快……

好久好久，他们只是对视着，谁也不说话。然后，还是他先打破了沉寂，他粗声地、微哑地问：

"海边这么冷，你来做什么？"

她的睫毛微微闪了闪，轻声吐出两个字来：

"找你！"

"找我？"他的语气鲁莽，"找我做什么？"

她不语，又看了他好一会儿。那对眼睛那样清亮，那样坦率，那样说尽了千言万语……使他蓦然间就瑟缩起来，就恐慌起来，就本能地想逃避，想武装自己……尤其，他正在那么失意的时候，那么情绪低落的时候，那么自觉渺小的时候，那么自卑而懊丧的时候……他粗声粗气地开了口：

"你来嘲笑我的失败？还是来欣赏我的失望？"

她摇头，缓慢而沉重地摇头。然后，她靠近了他，在他对面的沙地上坐了下来，她弓起了膝，用双手圈在脚上，压住那被风卷起的裙摆。她睁大眼睛，一瞬也不瞬地看着他，低声说：

"你知道的，是不是？"

"知道什么？"他皱起眉头。

"你知道，你一直就知道。"她低叹了一声，眼光纯净如秋水，声音低柔如清风，"你在我心目里，永远是个英雄，永远是个胜利者！"

他的心猛跳。十六岁的少年，还是那么混沌，那么懵懂。但是，在这一瞬间，那异样的兴奋就像海浪般冲向了他，使他头昏昏而目涔涔了。他瞪着她，喉咙里干干涩涩的，声音沙哑而模糊：

"再说一遍！"他命令地说。

她瞅着他，蓦然间双颊绯红。

"不说了！"她含糊地说，掉头去看那阴沉天空，和那暮色苍茫的海面，"天都快黑了，你是不是预备这样在海边坐一夜呢？"

"你怎么知道我在这儿？"他问。

"我当然知道。"她继续望着海面，"你一离开学校，我就……跟在你后面。"

"你……"他睁大眼睛，摇摇头，不知道该说什么。

她回头对他很快地笑了笑，笑得羞涩，笑得含蓄。笑完了，她又掉头去看海面了，嘴里自言自语着：

"为了一次失败，就跑到海边来发呆，真傻！为了那些不会欣赏你的评审委员，就跑到海边来吹冷风，真傻！得不得第一名，就那么重要吗？真傻……"

他瞪着她。心里的结在打开。喜悦的情绪在胸怀里流荡，自悲自伤的情绪在飘散……鼓着腮帮子，他大声地、粗鲁地打断了她的话：

"我傻我的，关你什么事？要你来管我？要你来教训我？要你来跟着我吹冷风……"

他忽然住了嘴，发现她的眼光正对着他闪亮，她唇边漾着笑意。于是，顿时间，他们一起笑了出来，不知所以地笑了出来，欢乐地笑了出来……在这些笑声里，童年的时光就都回来了，他们又成了那对嬉戏在海边的、无忧无虑的孩子。他们相对而笑，好一会儿，笑停了。她抿了抿嘴唇，笑意仍然遍布在眼角眉梢，她柔声问：

"我们恢复友谊了吗？"

他微微一怔，多年前答应父亲的那句诺言，已经淡如海边的微云，被风一吹就散了。他深深地点了点头。

"当然。"他说。

"为什么你后来不理我了？"她又问。

他再度一怔。

"不知道。"他逃避地说。

"不知道？"她望着他，又笑，又叹气，"你是个又骄傲，又古怪，又喜怒无常的人！"

他在她的浅笑薄嗔下迷失了，眩惑了，撼动了。瞪视着她那嫣红如醉的面颊和她那盈盈如梦的眸子，他不自禁地目眩神驰，而不知身之所在了。

她在他的注视下惊悸了，瑟缩了，站起身子，她扑了扑衣服上的沙。

"我要回去了，天都黑了。再不回家，哥哥又会在爸爸面前胡说八道，我就又要倒霉了。"

他也站起身来，盯着她：

"你哥哥还是欺侮你吗？你妈妈还是那么受气吗？你家那个河马还是那样凶吗？"

"河马？"她呆了呆。

"那个又大又胖的河马，"他用手比划着，"殷振扬的那个妈妈！"

她要笑，用牙齿紧咬住下嘴唇。

"当心，"她忍着笑，说，"给哥哥听到了，又要揍你了！"她往岩洞外面走去，"明天，再讲给你听！"

"明天？"他屏息地问。

"明天下课以后，我们还在这里见面！"

"一言为定？"

她瞅了他一会儿。

"我对你失信过没有？"她说，"一言为定！"

他们走出了岩洞。暮色像一层轻烟轻雾，正在海面扩散开来。冬天的海边，就有那么种冷飕飕的、萧飒飒的气氛。但是，他那颗年轻的心，却像一盆烧旺了的炉火，热烘烘而又暖洋洋的。他走到岩壁那儿去拿他的画，当他进岩洞的时候，曾经把那幅画靠在石头上。但是，他呆了呆，他的画不见了。

"你把它藏到哪儿去了？"他问她。

"什么东西？"她不解地问。

"我的画呀，你别装糊涂！"

她怔了，眼睛睁得大大的。

"你的画不见了？"她问，"你确定是放在这儿的吗？会不会给风吹走了？"

"那么重的画框，怎么吹得走！"他说，四处找寻着，岩石前，岩石后，以及附近的海岸和沙滩。她也帮着寻找，连那防风林里都去看过了，那张画连影子都没有。然后，他们并立在海边，面面相觑，她的脸色有些苍白：

"有人知道我们在岩洞里。"她说，声音微微颤抖着，"有人拿走了那幅画！"

"拿走就拿走吧！"他甩了甩头，故作轻松地说，"大概是小胖，他从小就爱捣蛋！管他呢！反正是幅'主题意识不清'的画！"他看了她一眼，不安地耸耸肩，"回去吧，不会有什么事的，如果是小胖，他就是想敲诈我！"

"如果不是小胖呢？"她问。

"又怎样呢？"他挑起了眉毛，"有人规定了我们不能在岩洞里谈天吗？"

她望着他，笑了。

"那么，明天见！"她说。

"明天见！"

他目送她穿过防风林，跑向了白屋。目送她的影子被暮色所吞噬，他的心像鼓满风的帆，正驶向一片浩瀚的大海。失踪的画没有在他心中留下什么阴影，那种崭新的欢愉和透骨的喜悦把他包围着，使他根本没有空隙来容纳阴影。他哼着歌，轻快地往家中走去，甚至于忘记了比赛落选的事。

他回到家里，已经是晚上了。一进家门，他就吓了好一大跳。乔云峰正坐在书桌前面，严肃地、忧郁地、阴沉地坐在那儿，一句话也不说，在书桌上面，赫然是他刚刚失踪的那幅画！

"哦！"他怔在那儿，困惑地望着那幅画，"爸，你从哪儿拿来的？"

"你问我吗？"乔云峰冷冷地说，"我正想问你呢，你在什么地方丢掉了这幅画？"

他默然了，呆呆地望着父亲。乔云峰那阴沉的神态，那冷峻的语气和那严厉的眼光使他震动了，他从没有看过父亲如此生气，如此愤怒。

"在……在海边。"他讷讷地说。

"在海边！"乔云峰沉重地低吼，"你既然要做坏事，就不要让人抓住把柄啊！"他的眼光，锐利森冷得像两道寒冰直射向他，"你才多大？你才十几岁？就懂得勾引女孩子了？你答应过我，不和殷家来往，为什么又不守信用？为什么？"

"爸爸！"他挺直了背脊，本能地反抗了，"我没有做坏事！"

"没有做坏事，你和谁在岩洞里？"

"殷采芹。我们只是在那里谈天，除了谈话之外，我们什么事都没做。"他直视着父亲，坦坦然地注视着父亲，头抬得高高的，"爸爸，谈话也是犯罪吗？"

乔云峰凝视着儿子，他重重地呼着气，脸色发青。

"你是个不知天高地厚的傻瓜！"他咬着牙骂，"你知道是谁把这幅画送来的？是殷振扬和他的爸爸！你知道那只老鹰对我说些什么？叫我管教好我的儿子！说他们殷家不会接受……"他咬紧牙关，咽住了下面的话，狠狠地瞪着乔书培，他的眼睛涨得发红，脸色气得铁青："书培，你一向懂事，为什么要自取其辱？你父亲虽然只是个小书记，还有一身傲骨，你何必去沾惹那群土霸恶绅？难道你不知道那殷家是惹不起的吗？我老早老早就跟你说过了，沾了他们家，就会惹麻烦，你不懂吗？"

乔书培呆呆地望着父亲，从父亲那沉痛的语气里，终于体会到一件事，殷振扬父子，必定带来了一场风暴。而那只会念书、与世无争的父亲，也必定受到了一场侮辱。他深吸口气，垂下了眼睛。

"我懂了。"他闷闷地说。

乔云峰默然片刻，瞪视着儿子，他好久都没说话。然后，他忽然把书培拉到身边，用他那枯瘦的手，握紧了书培的手腕。他沉痛地、怜惜地、伤感地、忧郁地说：

"孩子，人世间的事不一定都公平，也不一定都有道理。你不懂，我知道你不懂。你不懂我们和殷家，各有各的自傲，我们有的是傲骨，他们有的是傲气。他们看不起我们，我也看不起他们。这中间的微妙，是你不能体会的，你还太小。我只能告诉你，你如果继续和殷采芹来往，会使我很伤心，也很难堪。书培，在你还没有陷得太深以前，拔出你的腿来吧，那殷家，是一个好大好大的泥淖，一个又脏又臭又污秽的泥淖。这话我本来不愿意讲，你逼得我非讲不可了。"

他紧偎着父亲，眼前看到的，只是父亲鬓边的几根白发和额上的几条皱纹。他不愿去想殷家是不是泥淖，不愿去分析这中间的矛盾和道理，他只看到父亲的白发和皱纹，只听到父亲那沉痛而伤感的声音。

"我知道了。"他短促地说，"我不会再去招惹他们家了！"

他挣开父亲，往自己的房里冲去。刚冲到房门口，他听到父亲在他身后喊：

"书培！"

他站住了，回过头来。

乔云峰深深地注视着他，用不疾不徐的语气，轻轻地说了句：

"那是张好画！"

他怔了怔，凝视着父亲。

"那是张好画！"乔云峰重复了一遍，"难得你能掌握到那个主题：那双夕阳下的手！"

他的心因父亲的赏识和了解而悸动了。

"它没得奖，"他说，"评审委员认为它'主题意识表现不清'！"

父亲点了点头。

"你瞧，这就是人生！好在，你的目的是画画，而不是得奖，对吧？"

他笑了笑，把自己关进了房间里。房门一合上，他的笑容也合上了。他想着殷采芹，今夜，她又会有什么命运？他倒在床上，用一种苦恼的、痛楚的心情去想她。明天，他和她有个约会。明天，在海边有个约会！他闭上了眼睛，咬紧了牙关，明天，他知道，他不会去海边了。

第六章

明天，不会去海边。但是，明天，注定是个未知数，注定是要出点事的，注定要改变许多人的命运。

早上，乔书培去学校的时候，情绪仍然低落，他几乎是忧郁而不安的。昨夜一夜没睡好，他想过许多事情，想过和殷采芹的友谊，想过那些为殷采芹打架的童年，想过小学同学在神仙树上写字来嘲弄他们的往事，想过殷采芹对他的感情……想过在岩洞里恍悟到的欢愉和震撼……而今，一切刚"开始"似乎就面临"结束"。正像父亲说的，他们家和殷家之间，有一条无法飞渡的无底深渊，他和采芹，像是伫立在两个山巅的人，只能迎风伫立，遥遥相望，切莫"再进一步"！

头一次尝到失眠的滋味，头一次领略感情的苦恼。不过，他叹息着想，反正都会过去的！他面前还有好多好多的事要做，好多好多的路要走。殷采芹毕竟只是他生命里的一个点缀，忘掉她吧！"好男儿当如是"！

他到了学校，上了四节课，在中午的休息时间里，小胖匆匆忙忙地找到了他，把他拉到一边说：

"小心，殷振扬已经约了打手，预备放学以后，在你回家的路上修理你！"

他愣了一下，自言自语地说：

"又要来这一套吗？"

"你最好躲一躲，下课后到我家去吧！反正殷振扬不敢在学校动手，训导主任已经说过了，殷振扬再打一次架就开除！"

"我不躲，"他本能地挺了挺背脊，"要打就打，我也不见得打不过他！"

"你一定打不过他！"小胖焦急地说，"你少逞匹夫之勇，他们有一伙人，你才只一个！好汉不吃眼前亏！"

"你不懂，"他望着小胖说，"我躲得了今天，躲不了明天，我不能躲殷振扬一辈子！"他忽然深思地靠在墙上，蹙着眉说，"或者我可以和殷振扬谈谈！为什么我和他之间，一定要结仇呢？我跟他讲讲理看，现在不是小时候，大家都大了。"

"唉唉！"小胖急得直跺脚，"你少糊涂，少当书呆子了，你骂了人家妈妈是大河马，又占了人家妹妹的便宜……"

"我占了他妹妹的便宜？"乔书培惊问，"什么话？什么东西叫便宜？"

"你没有吗？"小胖愕然地说，"雅丽告诉我，殷采芹昨天给她爸爸用鞭子狠抽了一顿，骂她不害羞，跟你不三不四的，抽得手臂上都是血痕，所以，今天朝会上，她连弹琴都不能弹。"

他呆住了，怔了两秒钟，然后，他拔起脚，就往女生教室的方向冲去。小胖一把抓住了他：

"你要干什么？"

"去看殷采芹！去问问清楚！"

"你还要惹麻烦，"小胖抓住他不放，"你麻烦还没惹够是不是？你要闹得全校都知道啊？"

"我不管！"乔书培挣脱了小胖的手，直冲向女生教室那边，自己也不太明白，为什么一听到殷采芹挨打，他就五内如焚了。只觉得又惊又怒又痛，把所有的理智、思想，连同对父亲的诺言，都抛到九霄云外去了。

他一口气跑到了殷采芹的教室外面。通常，男生找女生，总是有些偷偷摸摸，像小胖和雅丽的来往，就是相当秘密而鲜为人知的。他却跑到那教室门口，当门一站，对着里面直视过去。在全体女生的愕然中，他看到了殷采芹，她正坐在那儿对他发愣。他微微扬了扬头，殷采芹就乖乖地站起身子，走出来了。

"你干吗？"她悄悄地问，"有话放学之后再说，岩洞那儿不能去了，我在神仙树下面等你。"

"你挨了打吗？"他率直地问。

她震动了一下，看了看四周，同学们都在对他们行注目礼了。他惊觉过来，就领先向校园后面的一片密树浓荫里走去，她默默地跟在他身边，到了树林里，他回过头来瞅着她。就在这短短的一段路程里，他完成了一段心路历程，由一个懵懂迷茫的少年时期，走入了一个敢做敢当的青年时期。

"你挨了打？"他再问，重重地呼着气，"是不是？你爸爸用鞭子抽了你，是不是？"

她咬咬嘴唇，慌忙摇摇头。

"没……没有。"她支吾着说，"只……只是骂了我一顿。"

他一把拉起她的手臂来，捋起她的袖子，立即，他看到她整只手臂上都是鞭痕，一条一条青紫的痕迹，淤血地、肿胀地浮现着。她急忙夺下手来，用袖子盖住了伤痕，急切地、不安地解释：

"不是为了你！"

"是吗？"他打鼻子里问，又惊又怒，而且内心绞痛，"放学后，我去看你爸爸！我要问一问，我和你谈谈天，有什么地方错了？为什么要打你？"

"你疯了？"她惊呼着，"我爸会把你撵出大门！而且，我不是为你挨打，你不要误会，是……为了我妈，我爸要气我妈，他打我，是为了要我妈心痛。与你……与你一点关系都没有……你千万别来搅这潭浑水，这是我们的家庭纠纷……将来……将来我再解释给你听！"

他瞪着她。

"你发誓不是为了我？"

"不是！"她拼命地摇着头，"绝对不是！"

他沉吟了一会儿，仔细地审视她：

"你知不知道，你爸昨天去看过我爸爸？"

她大惊失色，嘴唇变白了，眼底里盛满了恐慌。

"怎样？"她问。

"我被禁止和你来往。"他说，"不只是你爸爸禁止，我爸爸也禁止。"

她的眼睛睁得好大好大，一瞬也不瞬地望着他，嘴唇更白了。

"你预备怎么样？"她再问。

"今天来上学的时候，我已经决定告诉你，我们到此为止。"他凝视着她，她那白皙的面颊光滑得像缎子，眼珠深黑、迷蒙，浮着薄薄的雾气，"但是，现在，我改变了主意。"

"哦？"

"知不知道海鸟怎么叫？"他忽然问。

她困惑地摇摇头。

"海鸟叫得吱吱叽叽的，听起来像两句话：'寄寄寄，去去去！'一点也不好听！"他说。

她仍然困惑地望着他，完全不了解他的意思。

"以后，每天晚上，你如果听到海鸟叫，那就是我在防风林里了。"他继续说。

她的眼睛闪亮，唇边浮起了笑意。她深深地点了点头。

"你不怕你爸爸知道？"她悄声问，"他会不会……打你？"

"我爸和你爸不同，他不是野蛮民族！"他说，不安地耸了耸肩，"他不会打我，永远不会。可是……"他坦白地说，"我怕他知道，很怕。"

她凝视他。

"而你还是要……'寄寄寄，去去去'？"

他笑了。那笑容一闪而逝。他又深思地蹙起了眉头，沉吟地说：

"最近，我很糊涂，我越来越不了解人与人间的关系，越来越不懂是非善恶的区分，我觉得我们接受的教育和我们实际的生活是两回事。我爸常对我说，成长本身就要付出代价，就像昆虫要费力地去脱壳一样。我有预感，我的代价或者会付得比别人大……"

他的议论只发了一半，上课钟响了。他们两个匆匆分开，各奔各的教室，临行，她又急急地交代了一句：

"如果临时有事找我，可以写条子叫雅丽传给我！"

"好的！"

他回到教室，照常上课，心里仍然乱糟糟的，但是，却比昨夜的辗转难眠和茫然若失要好多了。他知道自己做了个决定，这决定不知是对是错，能确定的，是违背了大人们的戒条——而大人，就一定对吗？他甩甩头，"我并不要做坏事，"他想，"我只要自由，自由地交朋友，自由地成长，自由地脱壳。"

可是，他忽略了这"自由"还有的另一项阻力。当天放学后，他就在学校附近的一块空地上，被殷振扬和七八个彪形大汉团团围住了。事实上，自从小学以后，他就没有和殷振扬打过架。当小胖警告他殷振扬要找他打架的时候，他也没有很重视这件事，在他的心目中，打架还是孩子们那一套，扭成一团，打几个滚，完全不登大雅之堂。他根本不明白殷振扬这么大了，十七八岁的人（他因一再留级，年龄比乔书培他们都大）怎么还会动不动就打架？因此，当他被围困的时候，他也一点都不紧张，只是举起手来，对殷振扬说：

"慢点！有话好好说，我们又不是还在读小学，我先声明，我可不和你打架！"

"打架？"殷振扬大吼，"谁要和你打架！我是要揍你！我不是要和你打架!"

说完,他一拳就击中了乔书培的肚子,乔书培只觉得一阵剧痛,五脏六腑似乎都裂开了。他再也按捺不住,就对殷振扬一头撞去,殷振扬毫无防备下,被撞了个正着,他"哇呀"一声大叫,嚷着说:

"好呀!他还真打呀!大伙儿上!"

一声令下,四面八方的人都围了过来,有几个人从乔书培身后一把抱住了他,反剪了他的双手,殷振扬就左一拳,右一拳,对着他的下巴、小腹、胸口……挥舞过来,乔书培挣扎着,那些大汉却把他箍得像铁桶似的,使他完全动弹不得,殷振扬每打一拳,就问一句:

"还敢骂我妈妈是河马吗?"

"还敢追求我妹妹吗?"

"还敢癞蛤蟆想吃天鹅肉吗?"

"还敢转我们殷家的念头吗?"

"……"

乔书培这时才知道,这再也不是童年的打架了,这是一种"暴行",一种致命的残杀!他的五脏六腑全在撕裂,浑身骨节都在散开,下巴的骨头似乎都裂了,嘴里咸咸的全是血……他痛得已经没有思想,没有意识,他开始疯狂地、不受控制地张嘴怒骂:

"你妈是河马,河马!河马!河马!河马!河马……"他一口气叫出几百个"河马",直到殷振扬一拳打中他的鼻子,血直流下来,滴在衣服上,他脑中轰然乱响,心想,今天这条命八成是完了。他痛得再也叫不出声音,再也骂不成句子……就在这时候，他听到一声女性的尖叫声，带着哭音的尖叫声：

"哥哥！你还不住手！我已经报了警！警察来抓你们了！"

他睁开眼睛，勉强集中自己要涣散的思想和意识，于是，他看到殷采芹扑了过来，和身扑在殷振扬身上，死命用胳膊抱住了殷振扬的手臂，殷振扬大吼着：

"你疯了？你这个不要脸的小婊子！走开！"他一把把殷采芹推翻到地上。采芹跌倒了，但她爬起来，又和身扑向她哥哥，乔书培心中大急，采芹，你在送死！果然，"啪"的一声，殷振扬给了采芹重重的一耳光，采芹又跌倒了。但是她再爬了起来，第三度扑了上去……

忽然间，警笛狂鸣，人声杂沓，那些抓住乔书培的大汉猛然松手，大家哄然一声，四散奔逃。乔书培对前面栽了过去，终于失去了知觉。

醒来的时候，他已经躺在自己的床上了。父亲正用一种沉痛而忧郁的眼神，默默地望着他。他周围全是人，放眼看去，有小胖，有阿松，有雅丽，还有几个其他要好的同学。他试着摸索自己，才发现下巴上、面颊上，全都绑上了绷带。他的手无力地垂了下来，只觉得浑身上下，无一处不痛。他张开嘴，用舌头舔舔嘴唇，他整个嘴唇都破了肿了。他望着雅丽，费力地、模糊不清地、喃喃地说：

"雅……丽，采芹她……她……"

"她给她爸爸捉回去了。"雅丽立即说。

他摇了摇头，心里又恐惧又担忧，他们父子会杀了她！他想起她手臂上的血痕，想起殷振扬对她挥去的一耳光，他瞪着雅丽，欲言又止。

乔云峰注视着儿子，他叹了口长气。

"放心，书培，"他沉声说，"老虎也不吃自己的孩子。你还是多关心一下你自己吧！我已经在警察局报了案，他们会治殷振扬的罪。"

他望着父亲，心里有几百种矛盾的情绪。如果殷振扬因此坐牢，他们和殷家的仇，也就再也解不开了。他无法说任何话，也无法表示任何意见，只是疲倦地闭上了眼睛。同学们看他倦了，也都纷纷告辞了。当同学都走了，乔云峰才坐在儿子身边，用手紧紧地握住了乔书培的手。

"下学期，我们搬到台中或高雄去。"乔云峰说。

乔书培一震，立即睁开了眼睛。他看到父亲好忧郁好忧郁的眼光，好沉重好沉重的神情。他挣扎着说：

"爸……"

"不要说话！"乔云峰忧愁地命令着，"我本来想，我已经在这儿住了快十年了，我几乎爱上了这个小城。但是，唉！"他叹了口长气，"十年前，我为你母亲而隐蔽了自己，十年后，似乎又该为了你，放弃这小城！"

他在枕上摇头，拼命地摇头，困难地说：

"不要，爸爸。不要！"

"不要？"乔云峰问。

"不要！"

"你要留在这小城里？为了我？还是为了殷采芹？"

他苦恼地把头转向一边。

"为了这小城，"他呻吟着，口齿不清地说，"我也爱它，它像是我的家乡，我是在这儿长大的，不能让殷家把我们从这儿赶走。"

乔云峰皱了皱眉。

"由衷之言吗？"他沉吟地问，"我很怀疑。我不信任你，书培。你留在这儿，恐怕还是为了殷采芹。不过，你说动了我，好吧，让我仔细地考虑考虑这件事。"

乔书培在床上整整躺了一星期，在这一星期里，父亲绝口不提殷家，也不提迁居到其他城市的事。乔书培也不敢多问，一星期后，他重新回到学校里。

到了学校，他才知道殷振扬被开除了。而殷采芹呢？自从打架出事那天之后，她就没有到学校来上过课。这使乔书培大大不安，大大震惊了。雅丽找到了他，递给了他一封信，安慰地说了句：

"看了，你就懂了。"

他打开信封，抽出信笺，那封信简短而扼要，显然写得很仓促。虽然只有寥寥数语，却充满了恻恻与无奈：

书培：

　　我被遣送到苏澳姨妈家里去了，我转学到那儿一家教会中学，我会过得很好，你放心。

　　哥哥再也不会找你麻烦了，你爸爸撤销了伤害告诉，条件是保障你以后的安全和送走我，我想，与其你转学不如我转学，所以，我走了。

日子长得很，是不是？书培，我们都还好小好小，小得没有力量改变这个世界上的许多事，但是，有一天我们也会长大，是不是？

我会在苏澳写信给你，寄到雅丽家转交，你呢？你不能写信给我，教会学校很严，我又受到特别监视。不过，这儿也有海滩，也有渔港，我会天天在海边去听海鸟的叫声："寄寄寄，去去去！"我要练习把那声音听熟。总有一天，我还是要回到白屋的。我回来的时候，希望那海鸟会在我窗子底下叫。会吗，书培？

临行不能看你，只能草草写两个字，珍重！书培！珍重！

采芹

他握紧了信笺，一语不发。

当天黄昏，他又漫步在沙滩上，望着那大海，望着那飞翔的海鸟。他倾听着海鸟的鸣叫声"寄寄寄，去去去！"他走入防风林，一步一步地，直到他看见了白屋。

靠在一棵树上，他看着白屋，那二层楼的第三个窗子，是殷采芹的房间。他望着那垂着窗纱、寂无人影的窗子，那是殷采芹的房间！总有一天，她会回来，那窗子将有灯有光有人影……那时候，他得学会海鸟的叫声。

他奔回到沙滩上，海浪起伏着，海风呼啸着，海鸟飞翔着……他望着那海鸟，一只又一只，张着那白色的翅膀，有韵律地、美妙地掠水而过，依稀仿佛，白色的海鸟变成了个小女孩儿，穿着一身银白色的羽纱衣裳，轻盈、柔软地旋转、摆动，舞在那大礼堂的舞台上。

他爬上了一块岩石，仰首向天，他骤然发出一声清越的长啸！他心中在呐喊着：长大！长大！长大！从没有一个时刻，他那样渴望长大！

是的，日子总会过去，他总会长大。但是，他却再也没料到，和殷采芹这一别，却足足有三年之久，再见面时，他真的是个大人了。已经考上大学了。而整个世界，都早已是另一番面貌！

第七章

　　高中三年，是乔书培最顺利，最没有风波，没有争斗的三年。他进了小城中最好的一所高中，一直保持名列前茅、品学兼优。高中是男女分校的，他仍然和小胖同一个学校。雅丽初中毕业后就没有再升学，小城中的风俗，女孩子能够念完初中，已经是很了不起的事了。她留在父母的杂货店里帮忙，仍然和小胖来往着。乔书培就依赖他们的来往，偶尔得到几封殷采芹的信。每次收到信，他总会兴奋得好几天不能平静。他经常把信带到海边，坐在那岩石上，一遍一遍地重读那些信。当他读信的时候，海浪就在他脚下呼啸着，海鸟就在他头顶飞翔着，海风就在他身边穿梭着，彩霞就在天边翻涌着。他把信捧在胸前，一如采芹正和他共用着这海浪，这岩石，这海风，和这彩霞满天。

　　别后的第一年，殷采芹的信很多，谈她的学校，谈校中的老修女，谈她那边的渔民和海港，谈放假后回家的时光。可是，放假了，她根本没有回来，只写了一封很简短的信告诉他：

……爸爸要我放假后仍然留在苏澳，我要从姨妈家
搬到学校里去住。以后，写信不会这么方便了，我恐怕
无法再常常给你写信，修女管理我们就像军官管理士兵
似的……

从此，她的信少了，到第二年，殷家就出事了。她寄来了最
后一封信，上面潦草地写着：

　　……书培，你知道我爸爸的大理石工厂倒掉了吗？
而且，他被牵涉进伪造文书和违反票据法里，听说要判
刑，全家愁云惨雾，哥哥已经到台北去另谋发展了。我
那第三个姨娘居然席卷白屋里的细软，和一个工人私奔
了。我母亲已经迁来苏澳姨妈家，正商量办法营救爸
爸。我可能会辍学，这儿的学费太贵，我不再是富贵之
家的小姐了。以后写信，诸多不便，请你原谅我忽然家
逢不幸，心乱如麻……我只怕，以后除非梦里，才会听
到海鸟的啁啾了。

这是她写来的最后一封信。那年，乔书培正念高二。而小
城中，也正盛传着殷家的"剧变"。事实上，殷家的事闹得很大，
绝非殷采芹信里那三言两语所能包括的。据说，殷耀祖涉嫌利用
渔船走私，并且是个庞大的走私集团的负责人，他被逮捕而且送
去法院调查，殷振扬和他那"河马"母亲全赶去营救。就在白屋

的真空状态中，那出身烟花的三姨娘，眼看殷家一败涂地，就和大理石工厂中的工头，席卷了所有白屋里值钱的物品跑掉了。当时，留守在白屋里的只有采芹的母亲，三姨娘跑掉，二姨娘遭殃，"河马"跑回小城，把采芹的母亲骂得半死，于是，白屋再也不能住了，那可怜的女人只得投奔到苏澳去依靠那儿的亲戚……

这所有的事，都是小胖阿松他们陆续告诉乔书培的，小城中没有秘密，殷家的事一传十，十传百，几乎尽人皆知。殷耀祖被捕后就没放回来，白屋的繁华在一刹那间就成过去。乔书培曾经亲眼看到那"河马"把白屋中最后的一些家具运走，其中包括紫檀木的雕花桌椅、镶珠宝的大檀木箱子，成套的雕花屏风，各式各样的矮桌矮凳……以及那乌黑油亮的大钢琴……

再也听不到白屋里的琴声了，再也听不到那小女孩儿用轻柔的声音低唱"彩霞满天，渔帆点点，海鸟飞翔，海浪腾喧……"的曲调了。那楼上的第三个窗子，再也不会亮起灯光了。乔书培已练得一级棒的海鸟叫，连一次应用的机会都没有了。在白屋的家具搬空以后，房子的门窗都被封死，没多久，就挂出了"吉屋出售"的牌子。又没多久，"吉屋出售"的牌子拿走了，换上法院的"查封"的条子……于是，乔书培知道，老鹰已经定罪，财产一律充公。往日殷家的富贵繁华，就像海面的海市蜃楼，转瞬间就烟消云散。

在殷家"败落"的这段过程里，乔书培说不出自己内心的感触，也没有人可以和他谈一点儿知心话。小胖他们只是幸灾乐祸，因为当初都受过殷振扬的欺侮。雅丽逐渐变成个平凡的小女人，一心想嫁给小胖，当贤妻良母，她对乔书培和殷采芹那段故事，已不再感兴趣，何况，也没有"情书"再让她转达了。于是，乔书培完全失去了殷采芹的消息，无从打听，也无从过问。

那段日子，他相当消沉，回了家，也变得落落寡欢。他越来越喜欢沉思，越来越喜欢孤独了。于是，有一晚，乔云峰在他书桌边坐下来，静静地开了口：

"我从没有告诉过你，关于你母亲的故事。"

他抬起头来，看着父亲。有一份本能的好奇与关怀，这是他从小就有的"结"，只是从来不敢问。

"你母亲出身豪富，是个世家之女，祖父是翰林。她很美，很美……你想象不出来的美。"父亲深思地说，脸上却淡淡的，毫无表情，像是在说别人的故事，"我和她是在大学里认识的，两人一见钟情，爱得天翻地覆。当时，我正半工半读，因为我只身来台，无亲无故，生活过得非常清苦。我们的爱情受到了阻力，她父亲并不是不讲理，而是很实事求是。他承认我有才华，有抱负，却叫我'拿出实际的成绩来，才可以谈婚嫁'。你母亲……她那么爱我，她在我一点成绩也没有的时候，就和我私奔了。"

父亲停止了叙述，在那一刹那间，乔书培注意到，父亲脸上闪过了某种温柔，某种深刻的温柔。他望着桌上的台灯，若有所思地用手指拂弄着灯罩上的穗子。

"我和你母亲公证结婚，然后就开始了一段漫长而艰苦的生活。在我们结婚前，你母亲对我说过：你是神，我跟你，你是鬼，我跟你，你是富翁，我跟你，你是乞丐，我也跟你！今生今世，如果你敢把我从你身边赶开，我立刻就跳楼！死了之后，变成鬼，我还是要跟着你！"乔云峰住了口，把眼光从台灯上收回来，落在乔书培的脸上，他深沉地、含蓄地、郑重地说，"书培，永远不要相信女人的誓言，永远不要相信女人的爱情，世界上所有的海誓山盟，到最后都成虚幻！"

乔书培默默地瞅着父亲，过了很久，才低声问：

"后来呢？"

"婚后，我们过得很苦，我一向不太适合于大都市的恶性竞争，我与世无争而又生性淡泊，这种个性，是二十世纪的废物。我的工作总是碰壁，生活的压力使你母亲面临整个的幻灭，你出世以后，生活更苦了。我再也不是你母亲心目里的英雄了，她毕竟是个娇生惯养的大家小姐，她看不惯我的日坐书城，她嘲笑我的自命清高，往日，她所欣赏我的地方，成为日后她所轻视我的地方。书培，记得你以前参加图画比赛落选的事吗？"

"记得。"

"你母亲，她要的是'奖'，而不是'画'。我呢？偏偏是'画'，而不是'奖'。"

乔云峰自嘲地微笑起来，那微笑显得又寥落，又失意，又苍凉，又忧郁。

"后来呢？"乔书培再问。

"后来，"父亲忽然振作了一下，提高了声音，"她遇到了一个奖！"

"一个奖？"

"是的。她遇到另外一个男人！一个二十世纪的男人，积极、奋斗、有前途、有事业……有一切我所没有的优点，一个像她父亲一类的男人。于是，她离开了我们。所有的海誓山盟都成过去，她毅然决然地离开了我们。"

乔书培不说话，只是默默地瞅着父亲，好久好久，他们父子二人，相对凝视，彼此在彼此的眼底，去阅读着对方的思想。然后，乔书培低问：

"为什么要告诉我这些？"

"你知道我为什么要告诉你这些。"乔云峰说，深沉而诚挚地望着书培，语重心长地说，"忘掉殷采芹吧！"

他震动了一下，不说话。

"答应我，书培，"乔云峰继续说，"永远不要为情所困，永远不要为情所苦。尤其，决不要为一个女人，付出你全部的感情，那会使你整个精神生活，面临破产。"

他凝视父亲："你破产过吗？"

"是的。幸亏我有你，从你身上，我又一点一滴地积蓄起来，现在你是我的全部财产了。你——会不会再让我破产一次呢？"他深深地瞅着儿子。

乔书培感动而震撼了。他望着父亲，情不自禁地喊了一声：

"爸爸！"

于是，他们父子之间，再也不谈这件事。而乔书培呢，他开始"努力"地去"遗忘"殷采芹。反正，她不再来信了。反正，她目前的行踪何处，他都不知道。反正，他的功课已经越来越忙了。反正，他和殷采芹，原也没有进入到什么"情况"，反正，他马上就要联考，功课已经压得透不过气来。

这样，直到他高中毕业，直到他已考完联考。直到放了榜，他考上师大艺术系。

就在他和父亲准备着他的行装，就在他要去台北就读的那最后一个假期，殷采芹不声不响地回来了。

那天黄昏，他一点心理的准备都没有，整天，他都幻想着台北的大学生活。白天，他办了许多事。黄昏时，雅丽忽然来找他，把他拖出家门，她神神秘秘地递给他一张纸条，他还以为是小胖托他办什么事。小胖没有考上大学，即将入伍受军训。他毫不在意地打开纸条，那熟稔的、娟秀的字迹就一下子跳进了他的眼帘：

晚上八点钟，我在岩洞前面等你。

他惊跳起来，一把抓住了雅丽。

"她回来了？"他傻傻地问。

"当然哪！否则谁写给你的条子？"雅丽笑着说。

"她住在什么地方？白屋吗？"

"白屋还能住吗？你越来越傻了！她……暂时住在我家。"

"暂时？她一个人回来的吗？她妈妈呢？"

"啊呀，你把问题留下来去问她吧！"雅丽急着要走。

他又一把抓住了雅丽。

"等一等，为什么要到晚上？我现在就去看她！"

雅丽按住了他。

"你还是听她的安排吧！急什么呢？三年都这么过去了，三小时还等不了吗？"

等不了了吗？三小时都等不了吗？那确是世界上最难挨的三小时！他根本一分钟都没有迟延，握着纸条，他就径直来到海边，坐在那熟悉的岩石上，那岩洞就在身后，他坐在那儿，用手托着下巴。整整三小时，他像根老树，像块化石，像那岩石的一部分，他动也不动，只是坐在那儿，看太阳沉落，看彩霞满天，看暮色来临，看海鸟飞翔……看夜色不知不觉地降临，看月亮不知不觉地升起，看海面不知不觉地洒下了点点星光……

忽然，像受到什么神秘力量的牵引，他蓦地转过头去，于是，他看到了她！

她站在海边，无声无息地站在海边，正默默地对他这儿注视着。她穿了件白色碎花的软纱衬衫，同质料的大裙子，披着一头如云长发，伫立在那月光下的沙滩上。海风卷起了她的衣衫，舞动了她的长发，她身长玉立，衣袂翩然。如诗，如画，如梦，如烟，如雾，如仙，如幻……如海面幻化的仙灵，如月光织成的幻影……

他慢慢地站起了身子，傻傻地对她凝望。她也一动不动，只是站在那儿，遥望着他。他们就这样对峙了好一会儿。然后，他走下了岩石，一步一步地，他往她那儿缓慢地移过去，移过去，当他走近了她，他们之间，只剩下一步路的距离，他站住了。

月光清晰地照射在她脸上，三年！三年的时间，把一个少女变成了仙子，把美丽已化为神奇！她双眉入鬓，双目如星，那流动的眼波，那长而微卷的睫毛，那粉红色的双颊，那小小的、颤动的嘴唇……他看着，看着，看着，不信任地看着，从她的头发，看到她的脚尖。她也同样在看他，那盈盈如秋水的眸子闪烁着优柔的清光。然后，不知怎的，她一下子就投进了他的怀中，他紧拥着她，连思想的余地都没有，他的嘴唇就紧贴在她那柔软、细腻而湿润的嘴唇上了。

虽然，他们从小娃娃的时代就已经认识，虽然，他们已经共同在海边度过不知道多少黄昏，虽然，他们也为了彼此而付出了代价，虽然，他们也因相知相许而引起过轩然大波……但是，他们却直到如今，才为彼此献上了自己的初吻。

那是怎样眩晕的一刻呵！天地似乎在这一刹那间才混沌初开，生命之火似乎在这一刹那间才熊熊燃烧，大海狂涛似乎在这一刹那间才翻滚汹涌，心灵与心灵似乎在这一刹那间才撞击出火花……他呼吸炙热，心脏狂跳，周身的血液，像海浪般在喧嚣奔腾。

终于，他抬起头来，用双手紧捧着她的面颊，他贪婪地、睃巡地注视着她，昏乱地低叹着说：

"你怎么可以这样子！怎么可以！"

她在他的埋怨下微微悸动。

"怎么样？什么怎么可以？"

"你怎么可以这样子美！怎么可以这样子迷人啊！"他低喊着，"你怎么可以三年没有踪迹，然后忽然从海底升起来一样站在我面前！你怎么可以！怎么可以这样子把我捉住！让我浑身像火似的燃烧起来！"

她闭了一下眼睛，那两排睫毛密密地垂着，微微地颤动着，有水珠逐渐地浸湿了那睫毛，于是，他飞快地把嘴唇压在那睫毛上，吮去了那两滴露珠。然后，他把她的头紧拥在胸前，用他那男性的、有力的胳膊，把她紧紧缠住。他的嘴唇埋在她鬓边的黑发里。

"不许哭，绝对不许哭！"他说。

"是。"她低应着，像个听话的孩子。

他们又紧贴了一会儿，然后，她抬起头来，他们再度彼此打量，彼此注视。

"你长得好高好壮了！"她低语，"我喜欢你的头发，以前，我不知道你有这么浓密的头发！"

"毕业以后才留的。"他说，用手捞起她那随风飘飞的长发，"你呢？这头发好像留了好多年了。"

"两年。"她说。

"两年？"他扬了扬眉毛，"修女许你留头发吗？"

"修女？"她怔了怔，"我早就不住在苏澳了。"

"哦。"他被拉回到现实，用手挽住了她的腰，他紧搂着她，肩并着肩，他们沿着海岸，向岩石那儿走去。"快告诉我，"他说，"这些日子你是怎么过的？你住在什么地方？你妈妈呢？还有——你没有考大学吗？我找遍了放榜名单，都没有找到你的名字。"

"你有多少问题？"她问。

"几百个。"

他们走到岩石下面，在一块平坦的石块上坐了下来。她依偎着他，用手抚摸他的手，爱怜地、温柔地抚摸着他手背上的筋络，喃喃地说：

"师大艺术系！我早知道的！你生来就是个艺术家！在你给

鹅卵石、松果、贝壳漆油漆的时候，我就知道你是个艺术家！"她拿起他的手来，用自己发热的面颊，紧依在那手背上："我喜欢你的手！"

"你喜欢我的头发，你喜欢我的手，"他失笑地说，"不喜欢我的人吗？"

她抬起眼睛来，热烈地、宠爱地、崇拜地看他。天哪！他重重吸气，这醉死人的眼光！

"我喜欢你的头发，因为它是你的一部分，我喜欢你的手，因为它是你的一部分，我喜欢你的……"她的声音低得像耳语，"一切的一切的一切的一切……"

天哪！这醉死人的语气！这醉死人的温柔！他重新拥抱住了她；天哪！这醉死人的、女性的胴体！他放开她，坐远了一点，对着那潮湿的、新鲜的、带着海洋气息的空气，深深地呼吸。

"你还是没有告诉我，"他说，"你这三年是怎么过的！"

"这三年！"她叹口气，"我不说，你也该知道，爸爸在牢里，哥哥失踪了。"

"失踪了？"

"反正，不知道跑到哪儿去了。我跟着妈妈，过着小家小户的日子，倒也平平静静的。当然，一切不能和在白屋里的生活来比了，不过，总算还过得去。"她忽然住了口，痴痴地望着他，"我们不谈这个好不好？最起码，今天晚上不要谈。"她把身子挪近了他，呆望着他，"你爸爸好不好？"

"很好。"

"一定更反对我了？"她说。

他微微一凛，心头有阵乌云飘过。她立即摇摇头，脸上涌出一个好动人好动人的笑容。

"不，不，我们也不谈这个。"她说，笑容在她唇边漾动，"你听过海鸟唱歌没有？"

"海鸟会唱歌吗？"他惊愕地问。

"会的。我后来天天在港口听海鸟叫，原来它们也会唱歌，歌词很简单，老是重复着同样几句话。"

"哪几句话？"

"寄寄寄，去去去，寄也不能寄，去也不能去！"她用海鸟似的啼声，轻轻地说着。月光卜，她的面颊上浮着淡淡的哀愁。

他瞪着她，一瞬也不瞬地瞪着她，觉得自己简直不能呼吸了。他立即体会到她那份狂热而无奈的深情，领略了这几年来她那份"欲寄无从寄"的惨切。于是，他骤然又把她拥进了怀里，带着贪婪的甜蜜，疯狂地甜蜜地去吻她。她一心一意地反应着他，身子软绵绵地贴在他胸怀里，软绵绵的像一池温水，缓缓地淹没他，淹没他，淹没他。淹没他的理智，淹没他的思想，淹没他的意识……他喘息地把嘴唇移向她耳边，喘息地低语：

"赶快离开我！"

"为什么？"

"你知道为什么，我要你。"

她更紧地贴住他，她的呼吸热热地吹在他脸上。她的面颊烧得像火，嘴唇也像火。她用嘴唇贴住他的脸，他的耳垂，他的颈项，她低低地说：

"我不在乎。如果你要，我不在乎。"

他的手摸索到她胸前，那儿有一排小小的扣子，他解开了一个，再解开了一个，他的手指探进去，那细嫩的肌肤，温软如棉，他头中昏昏的、乱糟糟的，他喘息地说："你该在乎，你该在乎，你该在乎……"

"为什么？"她说，"从六岁，我就知道我是你的！"

他的手更深地探进去。然后，他听到附近有一只海鸟在叫，不停地在叫，尖锐地在叫：

"住住住！住住住！住住住！"

他跳起来，把她一把推开。他一直走到海水边上，脱下鞋子，他走入那凉凉的海水中，海水淹过他的脚背，浸湿了他的裤管。他甩甩头，迎着那迎面而来的海风，他静静地伫立着。

她悄悄地走了过来，也踩进水中，她踏着海浪，走到他的身后，用胳膊环绕过来，从后面抱住了他，她把面颊静悄悄地贴在他的背脊上。

他抚摸着她的手指，那环绕在自己腰上的手指，他轻声地、温柔地、郑重地说：

"有一天你会成为我的，我要你披上白纱，做我的新娘。现在，我们面前还有好多阻力，好多问题，等着我们一个一个地去冲破。"

她在他身后轻声叹息，低语着说：

"我以为——月光是我的婚纱，青天是我的证人。"

"你说什么？"他没听清楚。

"没什么。"她慌忙说，"我在听海鸟唱歌。"

他回过身子来，紧紧挽住她。

"采芹，让我们有个周密的计划，有个长远的计划，我……"
他凝视她，"爱你。"她屏住呼吸。

"十三年来，这是你第一次说这句话。"她说。

"是吗？"他问。

"可惜我没有办法留住这声音。"她又叹口气。

"你不用留住，以后我每天在你耳边说。"他拉住她的手，
"来，让我们做一个完整的计划，你先告诉我，你以后预备再念
书？还是……"

她用手蒙住他的嘴，对他娇媚地微笑着。

"明天，"她说，"明天再去计划。今晚我太兴奋，太快活了，
我没有多余的心去计划未来。让我先醉一醉，明天我们反正还要
见面，明天再去计划。"

他笑了，紧拥着她，他们漫步在海滩上，月光下，两人的
足迹清晰地排列着，沿着海岸线绵延着，似乎一直绵延到世界的
尽头。

第八章

这一夜，乔书培是休想睡觉了。

整夜，他想着她。她的笑，她的温柔，她的甜蜜，她的细腻，她的美丽，她的一切的一切！他想着她。奇怪，从小在一块儿捡贝壳，拾松果，养小鸟……他从没有觉得她有多了不起过。自幼，她常像个小影子似的跟着他，他总是嫌她烦，总是嫌她给他惹事，几时曾经珍惜过她！他对她永远那样凶巴巴的、命令的、烦躁的……她也永远逆来顺受。哦，童年，童年的他是多么鲁莽，多么粗枝大叶，多么不懂得怜香惜玉啊！他在床上辗转翻腾，叹着气。好在，来日方长，他有的是机会弥补。但是，台北，大学，他又要和她分开了。进大学的喜悦，和与她分开的离愁似乎不成比例。哦，再也不要分开！再也不要分开！再也不要分开！他从没有如此强烈的一种渴望，渴望和她在一起，渴望长相聚首，耳鬓厮磨。

瞪视着天花板，他完全不能合眼休息，周身的血液仍在喧嚣奔腾，心脏仍在那儿不规则地、沉重地搏击。太多的话还没跟她说，太多的未来还没有去计划，初见面的狂喜已经冲昏了头，怎么那样容易就放她走啊！他从床上坐了起来，眼巴巴地望着窗子，眼巴巴地等着天亮，只要天一亮，他就可以到雅丽家去找她了。他回忆着她的眼光，她的唇边的温馨，那醉死人的温馨。真没想到，当初在防风林里的那个小黄毛丫头，竟会让他如此牵肠挂肚，神魂颠倒！他咬着嘴唇，把下巴放在弓起的膝上。时间过得多缓慢，天怎么还不亮呢？

终于，黎明慢慢地染白了窗子，那窗玻璃由一片昏暗，变成一抹朦胧的灰白，再由朦胧的灰白，变成了一片清晰的乳白……他一动也不动，听着自己的心跳，数着自己的呼吸，他耐心地等待着。总不能在凌晨时分，就去敲雅丽的房门啊。那清晰的乳白变得透明了，初升的朝阳在绽放着霞光，透明的白色又被霞光染成了粉红。他再也按捺不住，披衣下床，他看看手表，才早上五点钟！

才五点，时间真缓慢！总不能五点钟去扰人清梦，可是，他也无法再睡下去了。悄悄地去梳洗过后，倾听了听，父亲还熟睡未醒呢！今晚，他要做件事，今晚，他要把采芹带回家来，今晚，要跟父亲彻底地谈一次……殷家是个污秽的泥淖，泥淖也种得出清丽脱俗的莲花啊！爸，你没念过《爱莲说》吗？

他扬扬眉毛，不知怎的，就是想笑。一夜未睡，他仍然觉得胸怀里充溢着用不完的精力。那崭新的喜悦，就像喷泉似的，从他每个毛孔中向外扩散。他穿好了衣裳，悄悄地走出房间，悄悄地走出家门，才早上五点钟，他不能去吵她！他伫立在黎明的街头，那带着咸味的、熟悉的海风，正迎面吹了过来。于是，他清啸了一声，就拔腿对海边跑去。

他跑到了海边，沿着海岸线，他狂奔着，又跳又笑又叫地狂奔着，把水花溅得到处都是，他像个疯子，像个快乐的疯子。跑呵，跳呵，叫呵，笑呵。大海呵，阳光呵，朝霞呵，岩石呵，你们都来分享我的喜悦呵！

他在海边来来回回地跑了一次又一次，跑得浑身大汗，跑得气都喘不过来了。然后，他把头整个浸进海水里，再抬起头来，他觉得自己浑身都是"海"的味道了。拂了拂那湿漉漉的头发，他再看看手表：七点半了，可以去找她了。雅丽一定会嘲笑他，哦，让她去嘲笑吧！

他用小跑步跑回小城，一路上，对每一个他碰到的人笑。卖菜的、卖鱼的、上班的、上学的……他对每个人笑。渔夫呵，小贩呵，老师呵，学生呵，小姑娘呵，阿巴桑呵……你们都来分享我的喜悦呵！

他终于停在雅丽家的门口。

雅丽的杂货店才刚刚在卸门板，他对着里面东张西望，冲着门口的伙计笑。于是，雅丽出来了。看到他，雅丽微微一怔，一句话没说，她转身就往屋里冲去。懂事的雅丽呵，你知道我来做什么。他靠在门口的柱子上，对着杂货摊子笑，期待和喜悦像两支鼓棒，正交替地捶击着他的心脏，他用手按住心脏，少不争气好不好？为什么跳得这样凶！

雅丽又跑出来了。他伸长脖子往她身后看，没见到采芹，怎么，她还害羞吗？还是尚未起床呢？

"乔书培，"雅丽拉住他，把他拖向了街角，"她已经走掉了。"

他怔了怔，瞪着她，不解地皱起了眉头。

"你是什么意思？什么叫走掉了？你是说，她去找我了？还是在什么地方等我？"

"不是，不是，"雅丽拼命摇头，"她是走掉了。她坐早上五点钟的火车走了。"

乔书培的心脏"咚"的一下，就掉进了一个无底的深渊里，他的呼吸几乎停止了，手心冰冷，他死盯着雅丽，不信任地、昏乱地、恼怒地说：

"不要开玩笑，雅丽，不要开这种玩笑。"

"我没有开玩笑。"雅丽睁大了眼睛，眼里闪起了一抹泪光，"她一夜都没睡，坐在那儿写啊写啊，她写了封信给你……"她从口袋里掏出一个信封，递给他，"早上五点，她就搭最早的一班火车走了。"

他接过那信封，瞪着信封上的字：

留交

乔书培

他心里有些明白了，有些相信了。他忽然觉得天旋地转起来，忽然觉得太阳变成了黑色，他把身子靠在墙上，脑海里还有分挣扎着的思想和残余的理智。

"为什么？"他喃喃地说，"为什么？早上五点钟，那时我已经起来了，我还来得及阻止她……火车？她到哪儿去了？"他一把握住了雅丽的手臂，"她的地址呢？给我她的地址！"

雅丽挣开了他的掌握。

"没有。她根本没告诉我她从哪儿来，或者要到哪儿去。我也不知道她的地址。你为什么不看看她的信呢？或者，她会在信里写得清清楚楚，或者，她会在信里告诉你她在什么地方等你！"

一句话提醒了乔书培，放开了雅丽，他慌忙抽出信笺，一看，竟密密麻麻地写了好几张信纸。心里就凉了一半，不祥的预感，立刻把他牢牢地抓住了。握紧信笺，他不再追问雅丽，就径自往海边走去。

他又回到了海边，回到那岩石前面，回到他们昨晚接吻拥抱的所在。他在那岩石上坐了下来，摊开信笺，好久好久，他不敢去看那字迹。最后，他终于咬咬牙，对那信笺仔细地、一口气看了下去。

书培：

当你收到这封信的时候，我已经离开这小城了。可能永远离开，而不再回来了。换言之，我和你之间，大概也就缘尽于此了。

别恨我，书培，也别怪我，书培。要知道，在你对我根本还不怎么样注意的时候，我就爱上了你。或者，童年的爱情都是糊糊涂涂而不自觉的，但，在我好小好小的时候，就那么依赖你，那么崇拜你，那么喜欢你……只有在跟你相聚的时候，我才会快乐，我才会欢笑，会唱歌。小时候，许多事都是为你做的。我至今记得，毕业晚会上，我因为有你而跳那支"天鹅湖"，可是，你并不欣赏，也不喜欢，那晚，你对我好凶好冷淡，你拒绝我的邀请……知道吗，书培？那晚我竟哭了一整夜。而且，从此之后，再也不学芭蕾舞！

我重提这件往事，只是要告诉你，你在我心里的分量。从小，你就品学兼优，常使我欣羡不已，我苦练钢琴，只因为你爱听。初中时，每次音乐晚会，你坐在那儿，我就弹得悠然神往，你走了，天地也就等于零了，我也就意兴索然了。这些事，你是不会知道的，你一直那样自傲，又那样超然，你不会晓得，我从小就爱你！爱得好深好固执，爱得好疯好炽烈。

当然，我也了解我们间的距离，我出身豪门（怎样可悲的"豪门"！）你出身于诗书之家，你父亲像希腊的"苦修者"，是个哲学家、艺术家兼隐士。我父亲却是个为达目的不择手段的人。我们家生活奢华，你们家生活清苦。贫富之分，还构不成我们间的问题，最大的问题是，我们两个家庭，在精神上、思想上、境界上的距离，这距离像一片汪洋大海，简直难以飞渡！

信不信？我很早就在为这距离造船、架桥。我念了很多书，包括中外文学。尤其在我被充军到苏澳去以后，我拼命苦学，我背唐诗，念宋词，甚至猛磕元曲。只希望有一天，你父亲会接纳我，认为我也有一点点"墨水"，能配得上你。哦！书培，你决不会相信，我用心多苦！

可是，我家出事了。父亲锒铛入狱，粉碎了我所有的计划，也粉碎了我的未来。哦，书培，请你原谅我，今夜，我没有对你说实话，我骗了你，骗你认为我们还有"未来"，因为，我实在不忍心破坏这么美丽的晚上。奇怪，书培，我们认识了十三年，你为什么等到今夜才吻我？我们真浪费了很多时间，是不是？

现在，让我向你坦白我的实际情形吧。书培，我没有考大学，因为，我连高中都没有读毕业。父亲出事之后，我就被迫辍学了，那阵子家里好乱，所有的钱财，充公的充公，被卷逃的卷逃，只一刹那间，我们就从"豪富"变成了"赤贫"。这还没关系，问题是我们如何生活下去。哥哥一直没有好好念过书，出事后，他干脆一走了之。我的生母和"河马"，日日奔波于营救父亲……这之间的艰苦情况，绝不是你能想象的。往日的亲友，忽然间都成了陌路，我们母女三个，处处遭人白眼，而父亲在狱中，多少需要钱用，于是，我成了家里唯一的财产！

别紧张，书培，我再潦倒，也不会走上堕落的路，更不会走入风尘，这一点，你必须信任我。这些日子，我和母亲反复思量，唯一可行的路，是接受D君的资助。原谅我不愿直书他的名字。D是一个很有办法的人物，他答应为父亲上诉，并保证能有帮助。我想，写到这儿，你应该明白了，我已经在今年五月，和D君订了婚，马上，我就要嫁入D家了。

书培，我原不该再回来这一趟的，我原不该再见你这一面的。让你就这样以为我已经从世界上隐没了，可能对我们两个都好得多。可是，我在大专联考的放榜名单里，找到了你的名字，你知道，我多为你高兴呵！于是，想见你一面的欲望，把什么理智都淹没了，我觉得，我不见你这一面，我简直就会死掉了。所以，我回来了，所以，我见到了你！所以，我不能跟你计划未来！你懂了吗？可是，书培，今夜，你"怎么可以"用这样强烈的热情来迎接我啊！你为什么不像小学毕业那晚那样冷冰冰，让我可以死心离去啊？你"怎么可以"这样缠绵温柔，让我简直梦想你是从童年时就在爱我的了。你怎么可以？怎么可以？怎么可以？书培，你已经把我的五脏六腑都搅得粉碎了，你知道吗？

我必须逃走了，否则，我会置父母于不顾，我会连天塌下来都不管，而跟定你了。我也想过，或者，我即使嫁给D，也不见得能帮助爸爸。你瞧，你几乎让我不顾一切了。可是，书培，你已经是大学生了，我只是个读到高一的乡下姑娘，我配不上你，我"必须"配不上你，我"一定"配不上你，我非用这一点来说服自己不可。否则，我会跟你去台北，会跟你到天涯海角，我会跟定了你！

今夜，我曾经安心想委身于你，别说我不知羞呵。目前，我还纯洁得像张白纸，你实在应该拥有我的！你早就拥有我的心了，我又何必去在乎我的身体呢？我是安心要给你的，因为，我不甘心给别人，真不甘心！可是，书培，你实在是个"君子"，这样也好，让我们开始得"纯纯洁洁"，结束得"干干净净"！

我走了，书培。再见面时，我可能已红颜老去。记住我今夜的样子吧，不不，忘了吧，还是忘了比较好，人如果没有"记忆"，一定会少掉很多痛苦，是不是？忘了我吧！不不，你得记着我，如果你真把我忘了，我会伤心而死！你怎能忘记我？我爱了你那么久！哦，你瞧，我已经语无伦次了，我自己都不知道在写些什么了。

不能再写了，天都快亮了。告诉你一个秘密，我最怕在黎明时分，听火车汽笛声，因为那声音代表了离别，代表了远行，代表了不可知的未来。三年前，我也在黎明时被火车带走。那汽笛声好苍凉好苍凉……

可是，我已经听到汽笛声了。

别了，书培。你一直是个好洒脱好洒脱的男孩子，每次你遇到烦恼时，你总是"甩甩头"，就把它"甩掉"了。现在，是你"甩甩头"的时候了。别了，书培。

祝幸福永远

采芹

乔书培一口气念完了这封长信，他是呆住了，傻住了，完完全全地呆住傻住了。有好长一刻，他觉得自己几乎没有什么意识，几乎是麻木的，几乎是没有知觉的。然后，他慢吞吞地折叠起那封信，把它放进衣服口袋里，他就站在那儿，看海浪，看太阳，看云雾，看海鸟……看浪花的翻翻滚滚，看潮水的来来往往，看海面的起起伏伏，看阳光的闪闪烁烁……骤然间，他翻过身去，用尽浑身的力量，对身后那高耸入云的岩石一拳捶了过去。他的拳头重重地击在一块岩石的棱角上，那棱角直刺进他的皮肉里，他觉得痛了。那痛楚一直抽进了他的心脏，他坐下来，沿着那石壁坐下来，用双手紧紧地抱住了头，紧紧紧紧地抱住了头，嘴里模模糊糊地呻吟着：

"怎么可以这样子？怎么可以这样子？采芹！这太残忍，太残忍，太残忍……"

他把头偎蜷在膝上，他不知道这样抱着头坐了多久，然后，他忽然感到有一只温柔的、女性的手扶住了他的肩，他浑身一震，是采芹！是采芹！这封信只是开个玩笑，只是试探他的感情，他狂喜地抬起头来，狂喜地喊：

"采芹！"

不，不是采芹，站在他面前的，只是那好心肠的雅丽。她望着他，泪眼凝注。

"不要这样，乔书培，"雅丽含泪说，"她拜托我照顾你，叫你不要太伤心。好在，大家都生活在台湾，早晚有一天，还要遇见的！"

他抓住了雅丽，像是溺水的人抓住了救生圈似的，他紧紧地攥住了她，热烈地说：

"她还对你说了什么？还对你说了什么？告诉我，都告诉我！她在什么地方？什么城市？我要去找她，我要告诉她这是不对的，她不能用婚姻来买她父亲的平安，这是件莫名其妙的傻事！我可以办休学，我可以先去找个工作，我可以养她们母女三个，我也可以想办法去营救她爸爸，我去问，去打听，去找门路……"

雅丽用手揉着他的头发，像个大姐姐在安抚胡闹的小弟弟，她勉强地微笑着，诚恳地说：

"你知道你在说傻话，你知道你办不到！你还太年轻，乔书培，你才十九岁，而且，你生来就注定是个艺术家的料！你没有办法帮殷家的忙！"

"但是，我还是要找到她，她在哪儿？告诉我，雅丽，你一定知道！我只要一个城市的名字！"

雅丽摇摇头，深思地望着他："如果我是你，我会到台北再说！"

"台北？"

"你该去台北了，早些去注册，去办住校手续吧。至于殷采芹，你——最好忘了她。否则……台北是个大城市，殷耀祖犯的是个大案子……说不定，采芹根本就在台北。她可能故意跑回来一趟，混乱你的注意力……"

乔书培直跳起来，紧握了雅丽的手一下。

"雅丽，你知道吗？你是个天才！"

于是，三天后，乔书培就去了台北。

在台北，忙于注册，忙于办理住校，忙于购买书籍和应用物品，忙于应付大都市的生活……他到一个星期之后，才有时间去调查殷耀祖的案子。他那么陌生，又那么没经验，奔走了将近两个月，才知道，殷耀祖发放到外岛去了。至于他的案子到底在哪儿审理的，根本就弄不清楚！

殷耀祖在外岛，殷采芹呢？茫茫人海，漠漠天涯，殷采芹，你在何方？

日子一天天地过去，采芹杳无消息，他投身在大学生活里了。一天又一天，一月又一月，他忙着念书，忙着吸收，忙着绘画，忙着考试，也忙着回忆和相思，但是，殷采芹是已经从这世界上消失了。

一个学期过去了，第二个学期又来了。时间的磨子，永远在不停地转动，转走了夏天，转走了秋天，转走了冬天，然后，就又是新的一年，新的一个春天了。

第
九
章

三月底，学校开始放春假，乔书培又回到了海边。

这就是我们故事一开始，在那三月的末梢，乔书培会坐在防风林里，反复在沙上写着"殷采芹"的原因了。殷采芹，殷采芹，左一个殷采芹，右一个殷采芹，无数无数的殷采芹……这树林，这沙滩，这海洋，这岩石，这风，这云，这海浪，这白屋……处处处处，都有殷采芹的名字，可是，殷采芹，你在何方？

点点滴滴，丝丝缕缕，旧时往日，我欲重寻！那个三月的末梢，乔书培在海边追悼着过去，那个三月的末梢，乔书培在料峭春寒中，一直坐到太阳沉落。那个三月的末梢，乔书培终于了解了一件事：人，永远不可能挽住春天，留住海浪。

过去的是过去了，再也追不回来了。殷采芹不论在世界的哪一个角落，与他乔书培都不会有关系了。当暮色在林中慢慢笼罩下来，当太阳在海面慢慢沉落下去……他终于拿起一枝木麻黄的叶子，像扫帚般横扫掉地上那无数无数的"殷采芹"。站起身来，他对着海洋深吸了口气。脑子里掠过了李义山的两句诗：

"此情可待成追忆，只是当时已惘然。"

或者，人生的事，就都是这样的。古往今来，感情是同一个模子里印出来的故事，让你甜，让你苦，让你酸酸楚楚，永无了时。

甩甩头。"你一直是个好洒脱好洒脱的男孩子，每次你遇到烦恼时，你总是甩甩头，就把它甩掉了。现在，是你甩甩头的时候了。"他苦涩地想着，苦涩地笑了，苦涩地甩甩头。人呵，你身上永远背负着那么多的责任，你有个孤独寂寞的老父，你有个正待开发的未来……你不能把自己永远埋葬在回忆里！听吧，海鸟在唱歌呢！

"去去去！去去去！莫迟疑！去去去！去去去！莫迟疑！"

于是，乔书培再甩了甩头，在那个三月的末梢，他试图甩掉他的过去。踏着落日的余晖，他大踏步地回到了家里。

家，一如往日，简单，清苦，却充满了书香。父亲有颜回精神，一箪食，一瓢饮，人不堪其忧，回也不改其乐。乔云峰用宠爱的眼光望着儿子，不管怎样，他这一生虽然谈不上一点点成就，他毕竟带大了这个儿子！这个苗壮的、漂亮的、优秀的、卓越的儿子！人，一旦进入老年，对下一辈的宠爱，居然会如此强烈！强烈得近乎依赖了。

"去拜访了你的老朋友吗？"乔云峰问。

他深思了一下。

"是的。"他微喟着说。

"大家的变化都很多吗？"

"不。"他迟疑着，"我的变化比较多。"

乔云峰深深地看了他一眼，是的，这是个简单的、单纯的、宁静的小海港，大家永远过着守旧而近乎保守的生活，对个台北的大学生来说，"距离"会在不知不觉中产生了。

"你在大学里……"他忍耐不住自己最关心的问题，从他一回家，他就想问的问题，"有没有交到女朋友？"

乔书培抬起眼睛，读出了父亲眼底的期待和关怀。

"有个中文系的女同学，"他静静地说，带着种深思的表情，"大家还很谈得来，不知道算不算是女朋友"。

"哦？"乔云峰更关心了，"她叫什么名字？"

"她姓苏，名字叫燕青，小燕子的燕，青颜色的青。也是大学一年级。"

"苏燕青，"乔云峰微笑起来，"蛮好听的名字。她家住台北吗？"

"是的，她父亲是个大学教授，在辅大教中国文学，她母亲也是学教育的，在教中学。"

"哦，"乔云峰的微笑加深了，笑容填满在每条皱纹里，"你见过她父母？"他不经心似的问。

"去她家吃过几次饭。"他也不经心似的答，"他们知道我家不住在台北，对我比较照顾一些。"他抬起眼睛，注视着父亲，"你知道学教育的人，他们把所有年轻人都看成自己的子女一样。"

乔云峰笑了。

"你的意思是要告诉我，他们对你并没有另眼相看？"他笑着问。

"我没有什么意思，"乔书培也笑着，心底，有层迷惘的隐痛在扩大，那隐痛像一张大网，把他整个罩在里面，"我们只是普通朋友，很普通的……只是同学而已。我想，我才读大一，谈这个问题，还是太早了。何况，苏燕青是中文系的宠儿，追她的人大有人在，我——并不属于其中的一个。"

乔云峰深深地注视着书培，然后，他站起身来，走到儿子面前，他把手紧紧地压在书培的肩上，沉挚地、了解地、语重心长地说：

"书培，你该把过去那一段情忘掉了，答应我把它忘记！否则，你会作茧自缚，终生不能获得快乐。要知道，人生许多机会，许多幸福的机会，都是稍纵即逝的。你很可能轻易就放掉了到手的幸福，以后，你再后悔就来不及了。书培，你答应我，不要让以前的事情，成为你以后幸福的绊脚石，好吗？"

乔书培看着父亲，看了好久好久，终于，他毅然地一甩头，站起身来，粗声说：

"我知道，我统统知道。今天下午，我已经把过去埋葬掉了。你放心，回台北后，我会重新开始！"

乔云峰眼底一片喜悦。

四月初，带着份壮士已断腕的情绪，带着份"重活一遍"的决心，乔书培回到了学校里。春假过去了，等于又一个春天过去了。乔书培上课的时候，就已经决定了，过去种种譬如昨日死，一切要重新开始，一切要重新争取，新的生活里没有"殷采芹"的名字。采芹，她被木麻黄的叶子扫掉了，被海浪卷走了，被海风吹散了。

于是，这天下课后，他和苏燕青去看了场电影，又到"甜心"去吃豆浆油条。燕青的脸圆圆的，有对小酒窝，长得相当甜。她喜欢穿件格子衬衫，穿条牛仔裤，打扮得像个小男生。某些时候，她也确实像个小男生，满头被风吹得乱糟糟的头发，一对慧黠而调皮的眸子，嘴里总是轻快地哼着歌，要不然就嚼着口香糖。她是活泼的，明朗的，爱笑的，而又美丽逗人的。

这天，他们看了场《仙人掌花》，是英格丽·褒曼东山复起的片子，另一个女星是歌蒂·韩。他们在吃豆浆油条的时候，两个人就不停地讨论着剧情。苏燕青不停地吃，她已经吃了一碗甜豆脑，又吃了一碗咸豆浆，再吃了两根油条，一个烧饼……现在，她又在叫着了：

"我真想吃隔壁牛肉面大王的红油抄手！"

"你只是'想'吧？"乔书培问，"我不相信你还吃得下去！"

"不相信？"燕青挑起了眉毛，招手就叫住了伙计，"你能不能帮我去隔壁叫一碗红油抄手，送到这儿来？"

"可以！可以！"伙计走了。燕青冲着他笑。

"你看吧，我说吃就吃！"

"很好，你尽管吃！"乔书培笑着说，"总有一天，你会胖得像只河马！"

"河马？"燕青又挑挑眉毛，又望望他，又噘噘嘴唇，"你在吓唬我，哪里有人会胖得像河马！"

"我就认识一个女人，胖得像河马，丑极了。"

"哦，"燕青咽了口口水，"真的像河马吗？"

"真的像。"他一本正经地说。

红油抄手送来了，燕青瞪着那碗发怔，拿起筷子，她悄眼看乔书培。

"你是不是怕我吃太多，你付不出账来？"她问。

"你吃豆浆油条，红油抄手，还吃不垮我！"乔书培笑了，"只要你不闹着吃牛排就好了。何况，如果我真付不出账，你小姐也得自己付。"

"那么，"燕青端起碗来，"我吃了哦？"

"吃呀，没人叫你不吃呀！"

燕青看了看那碗油腻腻的抄手，辣椒味香喷喷的。她骤然把碗放回桌子上，瞪着乔书培：

"你认识的那个'河马'，有多少岁？"

"大概……四五十岁吧！"乔书培有些恍惚。"河马"、毕业典礼、展览会、采芹……他重重地一甩头。

"哎！那么老呀！"燕青如释重负地喊，"管他呢！二十年以后，管他是像河马还是大象呢！"她稀里呼噜地吃起红油抄手来，边吃边眉飞色舞地说，"我告诉你吧，女人活过三十五岁就没意思了，你瞧，那个阴沟里的褒曼啊，以前美得像仙女一样……"

"阴沟里的什么？"他听不懂。

"英格丽·褒曼呀！傻瓜！"燕青喊。

"哦！"

"你记得《战地钟声》里的英格丽·褒曼吗？"燕青收住了笑，正色说，"剪得满头短短的头发，像个小男孩子，抱着马肚子和马说话，祷告上帝保佑她的贾利·古柏，那样子真美极了，可爱极了。但是，今天《仙人掌花》里的她，所有风韵都给歌蒂·韩抢走了。所以，女人是不能老的。世界上再也没有比红颜老去，年华不再更悲哀的事了。我看《愚人船》里的费雯·丽，也有这种感觉，岁月不饶人，再美丽的女人也禁不起时间的考验。所以，我奉劝天下的女明星，如果老了，千万别再东山复出！"

"照你这么说，"乔书培有些失笑地说，"女人老了怎么办呢？"

"所以，"燕青忽然变得一本正经起来，她那小脸显得少有的庄重和严肃，眼珠黑溜溜地盯着乔书培，"越美丽的女人越悲哀，美丽的女人常常以为仅凭美丽就可以征服全世界，殊不知美丽是很残忍很可怕的东西，因为它一定会消失，会老去，世界上没有永远开放的花朵。"她歪着头，把手指插在短发中，那深思的眸子里满蕴着智慧。"一个聪明的女人，要懂得充实自己，懂得去吸收知识，懂得去了解人生……于是，一旦老去以后，虽不能再像花一样地明艳，还可以像树一样地长青。"

乔书培注视着她，有些眩惑，有些震动，有些惊奇。

"你很可怕！"他忽然说。

"我很可怕？"她抬起了下巴，"怎么说？"

"你的脸像花，你的思想像树，这种女人，岂不会让天下男孩子遭殃！"

"哎！"她笑了，"你是在捧我？还是在讽刺我？"

他瞅着她。

"你自己说呢？"

"我说吗？"她对他点点头，"你是一本很难读很费解很复杂的书。如果我聪明的话，最好对自己看不懂的东西，表示沉默。"

他不说话，他们两个相对注视了好一会儿，然后，他叹了口气，逃避似的说：

"我并不难读，也不复杂，我只是比较会隐藏自己，我怕太容易被看懂，你就会发现我一无所有了。"

"啧啧，"她咂着嘴，不同意地摇头，"别说得那么好听，更不要故作谦虚。我打赌，你并不想让我看懂你！"

"我也打赌，你并不真想看懂我！"他说。

"是吗？"她深深地瞅着他，用小匙搅着碗里的辣椒油，她已不知不觉地吃光了她那碗红油抄手。"我有点怀疑……"她转动着眼珠，一股"怀疑相"，"你在引诱我说出我想看懂你，我……决不中计！"

他笑了笑。不说话。

她望着他，狐疑地、深思地、好奇地、探索地望着他。她眼底那抹慧黠的小火花在闪动，她从他的头发打量到他的鼻梁，从他的眼睛打量到他的嘴唇。然后，她忽然说：

"我中计了，我想看懂你！"

他微微震动了一下。抬起眼睛来，他接触到她那坦率的、真挚的、热切的眸子，这眼光使他全身一震，背脊上立即冒出一股凉意，多年以来，有另一个女孩也曾用这样的眼光看过他，只是，那眼光里面还掺杂着更多的一份崇拜和依赖。他跳了起来，仓促地说：

"你吃够了吧，我们该走了！"

她悄悄地把眼光挪到桌面上，微喟了一声：

"当然吃够了，我总不能把人家整个店都吃下去！"

他付了账，走出豆浆店，他们漫步在那初夏的街头。星光很好，闪闪烁烁地布满了整个天空。夜色也很好，不冷不热，晚风吹在人身上，是凉爽而清新的。他们并肩而行，她的家就在这附近，他本能地陪着她往她家的方向走去。一时间，两个人都很沉默，都有点儿心事重重。一直走到快到她家门口的时候，他忽然开了口：

"燕青，改天，我要告诉你我的故事！"

她站住了，有些惊惶。

"不不，"她很快地说，"你不必告诉我！"

"为什么？"他瞪着她，"你不是想看懂我吗？"

她睁大了眼睛，有股调皮的、稚气的、天真的神韵，遍布在她那年轻的脸庞上。

"我不要你为我编故事！"她说。

"你以为——"他结舌地说，"我会为你编一个故事出来吗？你以为……"

"我以为你被一个女孩子遗弃了！"她笑嘻嘻地说，脸上的小酒窝忽隐忽现，"我以为你曾经轰轰烈烈地爱过，又轰轰烈烈地结束了。我以为——你在你那个海边的岩洞里，藏着一个人鱼公主。"她扬起眉，"是吗？"

他的面容僵硬。他瞪着她，好一会儿，他没有说话，然后，他低声地、微哑地、粗鲁地说了一句：

"再见！"

转过身子，他正要离去，她伸出手来，一把就握住了他的手。他回头，忧郁地凝望她。她脸上那调皮的笑容消失了，眼底是一片真挚，一片诚恳，一片女性的温柔。

"改天，你一定要告诉我你的故事！"她郑重地说。

他摇摇头，有些被弄糊涂了。

"你是个很难缠的女孩子！"他困惑地说，"你聪明、机智、多变而莫测高深！"

"你也是个难缠的男孩子。"她说，"你骄傲、忧郁、深沉而喜怒无常。"

他瞪视她，对于她随口答出来的话惊愕无比，而衷心佩服，他从没遇过反应如此敏捷的女孩。

"你知不知道我有些怕你？"他说，"我怕聪明的女孩更胜于怕美丽的女孩，何况二者兼备。"

她居然脸红了，她又微笑起来，那对酒窝就又在颊上闪动。

"你这句话有没有对别的女孩说过？"她问。

"没有。"他坦白地回答。

"好。"她郑重地说，"我会把它收得牢牢的，如果我自卑感发作的时候，我就把它拿出来自我安慰一番。"她紧握了他的手一下，"明天见吗？"她问。

"明天下午你有课吗？"

"有两节中国通史。"

"我会来找你！"

她笑笑，翩然转身，回家去了。

他仍在那巷口待了待，然后，他转过身子，慢慢地、安步当车地往学校走去。他是最不愿搭公共汽车的人，不管多远的路，他都喜欢徒步走去。尤其，在他心里充满了矛盾的感情和思想的时候。散步可以给他思想的时间。他走着，心里模模糊糊地想着苏燕青，那慧黠、灵巧、充满活力而又娇媚可人的女孩。在学校里，她曾使很多男孩子倾倒。而他呢？他又有哪一点值得她垂青？他反而对她总是爱搭不理的。他想起父亲的话："人生的许多机会，许多幸福的机会，都是稍纵即逝的。"他是不是要放走这稍纵即逝的幸福呢？不不，他已经决心重新开始了。

他叹了口气，幽幽地叹了口长气。于是，他依稀听到，他身后有个女性的声音，也幽幽地叹了口长气。

闹鬼吗？还是苏燕青在和他开玩笑？他蓦地回首，身后有一排尤加利树，有个人影飞快地闪到一棵树后面去了。他有些失笑，淘气呵！实在是够淘气的。他往那棵树走了两步，忍着笑，他命令地说：

"燕青，别闹着玩了，你跟着我干什么？出来吧！"

树后寂然不动，他伸长脖子看去，依稀看到一些发丝和衣角，他笑着说：

"燕青，我已经看到你了，再不出来，我就来抓你！不信？你试试看！"他重重地往前再跨了两步。

于是，树后的女孩走出来了，长发垂肩，衣袂翩然，穿着一身全黑的衣衫，鬓上插着朵小白花。她站在那儿，亭亭然如玉树临风，飘飘然如倩女还魂……她的眼睛睁得大大的，盈盈然如秋水，皎皎然如星辰，默默地、静静地、幽幽地瞅着他。

他只觉得脑子里轰然一响，立即感到天旋地转。他的心脏怦然狂跳，脑子里如万马奔腾，他张着嘴，竟吐不出声音，好半天，他才大大地喘出一口气来，他伸手揉揉眼睛，再对她看去，又伸手敲敲脑袋，再对她看去。终于，他有些真实感了。他喃喃地、昏乱地、迷惑而不信任地说：

"采芹，会是你吗？可能吗？采芹？你过来，让我看看是真的还是假的，你过来！"

她向前走了两步，停在他的面前了。他伸出手去，怯怯地碰了碰她的衣角，再怯怯地轻触她的面颊，又怯怯地轻抚她的长发，她动也不动，只是站在那儿被动地看着他。于是，他骤然发出一声喜极的狂呼：

"采芹！"

就不顾一切地，把她紧拥在怀里了，哪怕街车还在穿梭，哪怕行人还偶尔掠过，哪怕街灯还在闪亮……他什么都不管，只是紧紧地、紧紧地把她抱住了。

第十章

二十分钟以后，他们已经并肩坐在校园一角的一棵大榕树下面了。这榕树有些像家乡里那棵神仙树，有合抱的树干，密密的树叶，如伞如亭如盖的枝丫，它的下面，是个很好的隐蔽的所在。对许多大学生来说，校园是情侣们免费的休憩所，这儿有天然的冷气（夜风），天然的音响（虫鸣），天然的灯光（星辰）……而且不会受营业时间限制。所以，一到夜晚，校园里各个角落，常常都有双双对对的亲热镜头。乔书培每晚散步在校园里，可以说司空见惯，却没料到，今夜，自己也成为其中一对。

拥着采芹，他只是不信任地看着她，不信任地抚摸着她的眉毛、眼睛、面颊、嘴唇……不信任地去握她那双柔若无骨的手，又不信任地抚弄她的头发，不信任地去触摸她的衣角，不信任地去握她的肩……坐在那大榕树下，他就这样神魂颠倒，坐立不安地盯着她，不住口地问：

"你怎么这样神秘？你怎么每次都像奇迹似的从地底冒出来？

你从哪儿来的？你怎么会跟在我后面？这些日子你都藏到哪里去了？……"

她幽幽地看着他，幽幽地叹口长气，幽幽地说：

"还是有几百个问题啊！"

"是的，每次见你都有几百个问题！"他说，瞪着她，一瞬也不瞬地瞪着她，忽然把手指送到她唇边去，命令地说，"咬我一口，快，你咬我一口！"

她回避了一下，惊愕地说：

"你要干吗？"

他重重地呼吸，重重地喘气，又重重地叹息。

"我不相信呀，"他说，"我实在不能相信是你，这一切，像个神话似的，你忽然就这么出现了……不行，"他内心烦躁地说，"你得咬我一口！证实一下你是个活生生的人，你得咬我一口！"

"如果我告诉你，我是个鬼呢？"她说，声音虚飘飘的，"我很可能已经死了，现在是我的鬼魂来见你！"

他盯着她，用双手捧住了她的面颊，他的眼睛里燃烧着火焰：

"如果你是鬼，"他一个字一个字地说，"你会是第一个被'人'缠住的'鬼'，我会缠住你，缠得你当鬼都当不安宁！"

"哦！"她低呼着，眼里迅速地蒙上了泪影。她投身在他怀中，轻颤着像一只依人的小鸟。"书培，乔书培！"她热烈地低呼着，"我多想你多想你呀，我快要为你死掉了！再见你这一面，我是死也值得了！再听你说这些话，我真的是死也值得了！哦，书培，乔书培，你并没有忘掉我？你还记得我？你还想念我？……"

"忘掉你？你这个莫名其妙的傻瓜！"他恨恨地骂着，用力扳起她那埋在自己怀里的头，就用嘴唇紧压在她的唇上。他吻她，用力地吻她，吻得一点也不斯文，吻得既野蛮又粗鲁。他的胳膊箍紧了她那小小的身子，似乎想挤碎她。他疯狂地、悲愤地、恼怒地吻她。然后，在她耳边咬牙切齿地说："我是该忘掉你的，你这个残忍的、没心肝的傻瓜！你让我做了一夜的梦，然后你就这样跑掉了，不声不响地跑掉了，你不怕我一头撞死在那岩石上吗？你这没心肝的、残忍的女人，我该杀了你，我该勒死你……"他用手抚摸她的脖子，她那细腻的脖子，然后，又骤然把脸埋进她的长发中。"哦，采芹！"他辗转地、悲喜交集地、温柔地，而又恐惧地问着，"你——嫁给他了吗？"

她屏息不语，浑身颤抖。

他的心脏似乎停止了跳动，他不敢要那个答案了。抬起头来，他看到她鬓边那朵小白花，滚进他的衣褶里去了。他拾起那朵小白花，那用毛线织成的小白花，他凝视着，担忧地、小心地问：

"你为什么戴白花？"

她的头慢慢地从他怀中抬了起来，用手拂了拂凌乱的长发，她坐在那儿，静静地望着他。月光下，她的脸像用白玉精工雕塑而成的，白皙，光滑，玲珑剔透，而绽放着一种夺人的光华。她的眼珠黑亮深幽，似两颗掉落在深潭里的黑宝石。她的嘴唇轻轻地嚅动着，像两瓣在寒风中轻颤的花瓣，她的声音低沉而苍凉：

"我妈妈——她死了。"

他一凛。所有的神智，都从那初见面的狂喜和昏乱中苏醒过来。他深深地注视她。用手握住了她的手，她的手冷得像冰。他专注地、关怀地、怜惜地凝视她：

"你妈妈？"他惊痛而惋惜，"怎么会？她还那么年轻！"

"她死了！"她重复了一句，声音更幽冷了，像空谷里传来的回音，"她是自杀的！她……吞了安眠药，就这样死了。"

他紧握住她的手。

"多久以前的事？"他问。

"半个月了。"

"为什么？"

她垂下了眼睑，注视着裙子里的一片落叶，她坐正了一下身子，把手从他的掌握中抽出来，她拾起那片落叶，无意识地玩弄着。她就这样低俯着头，慢慢地、不疾不徐地，像在述说别人的故事一样，轻轻地说了起来：

"我们一直住在台中。爸爸的案子是在台中审判的，他被押在台中的看守所里。我们找了很多门路，求过很多人，花了很多钱，到处碰钉子，到处看白眼，钱也白花了。然后我们认识了那个姓狄的人。他是个律师，已经四十几岁了，他说他和司法部里的大官都是朋友，和立法院也有交情，他来往的确实都是大人物，他又有钱，用钱像倒水一样。他住在一个豪华的大厦里，有汽车，有司机，有三个用人。他说他的太太去世已经三年了，如果我嫁给他，他就负责营救爸爸出狱。"她抬起眼睛来，很快地瞅了他一眼，"这些，我上次给你的信里，已经大致都提过了。"

他点点头，注视着她。

"妈妈知道我是爱你的，"她继续说，又垂下了头，"她始终知道我是爱你的，比你知道得还要清楚。可是，当时已经没有别的路可走，大妈——就是那个'河马'——又一直在逼迫着我们，好话坏话都说尽了。于是，我和那个姓狄的订了婚，到家乡去和你见了最后一面。回到台中，正赶上高等法院要重审爸爸的案子，大家都认为很有希望，认为那姓狄的出了好大的力量，于是，我就被送进了那个姓狄的家里……"她的声音低了下去，头也低了下去，她的双手死命地揉搓着那片落叶，把那落叶揉成粉碎了。"我就被送进了那姓狄的家里……"她低低地重复着，声音里充满了泪痕，终于，有两滴水珠落了下来，掉落在裙褶中，她轻轻抽噎，"我曾经想给你……那晚，在岩洞前面，我……曾经想给你……那时候，我是……好干净……好干净的，我……"

他闭了闭眼睛，把她拉进了自己的怀中。他用胳膊拥着她，轻轻地摇撼着她，他的下巴温存地贴着她的鬓角，他的嘴唇温柔地轻触着她的前额。他不敢说话，因为他的喉头哽着一个好大的硬块，他的心脏像绞扭般痛楚着。他不说话，只是好温柔好温柔地拥抱着她。

好半晌，她似乎平静了些，吸了吸鼻子，她用手拭去了面颊上的泪痕，又继续说了下去：

"案子开庭了，我们才发现希望渺茫，姓狄的只是敷衍我们，要我们等待，等待，等待。等到后来，爸爸的罪判定了，被送去外岛服刑了，我们才知道上了姓狄的当。可是，人已经是他的了，便宜也给他占去了，还说什么呢？妈妈就怄上了，整天哭啊哭啊，我只好安慰她，告诉她这是我命中注定的，反正女孩子长大总要嫁人的。好在姓狄的对妈妈和大妈都挺照顾，并不缺钱用。然后，我那个哥哥突然出现了，带了一大伙人，他对那姓狄的说，我妹妹不是贱卖的，他要姓狄的拿一笔钱出来，不知怎的，就吵起来了。我这才知道，我根本不是他太太，他早就有太太了。哥哥指着我妈的鼻子说：‘你办的好事，赔了夫人又折兵！’我妈气得昏倒了，醒来就逼着姓狄的和太太离婚，正式娶我，姓狄的对我妈说：‘你自己是什么料，你女儿也是什么料！我姓狄的是什么身份，怎么可能娶一个走私犯的女儿，何况是小老婆生的！你少做梦了！’我妈这一怄，当晚就吞了安眠药了！”

她停止了叙述，坐在那儿，她的头俯得低低的。有一绺长发从额前垂了下来，遮着她的面颊。她就这样坐着不动。他默默地瞅着她，只觉得五脏六腑都在翻腾、痛楚，也一句话都说不出来。

“妈妈死了。”她又幽幽地说了下去，“爸爸送去了外岛，我什么都没有了，连顾忌都没有了。我就天天哭，天天哭，哭妈妈，哭爸爸，哭我自己。哭到后来，姓狄的发火了，他说他花了钱，弄来了一个哭死鬼。他对我又吼又叫，说是如果再哭啊，就把我赶出去，让我在街上饿死。我告诉他，我是宁愿饿死的，宁愿饿死也不要跟他的。他揍了我，狠狠地揍了我。我骂他是魔鬼，是骗子，是吸血虫……于是，他把我赶出来了，叫我滚得远远的，叫我一辈子也不要回去，叫我永远别让他看见。”她深吸了口气，把额前的头发拂向脑后，她慢慢地抬起头来了，慢慢地扬起睫毛，她用那对黑白分明的眸子，静静地瞅着他。

“我身上只有两百多块钱，当时，我想去跳河算了，死了算了。因为，我不知道我活着还有什么价值。可是，我又不甘心了，我想，就是要死，也要先见你一次。否则，我是死不瞑目。这样，我就坐火车到台北来了，我知道你在师大艺术系，以为来了就可以找到你。三天前，我就来学校等你了，可是，学校里没有人，后来我才知道你们在放春假，我也不知道你什么时候开始上课，我也不敢问人，怕别人知道了，嘲笑你有我这样一个见不得人的朋友。我就天天到学校来等着，在校门口的那棵大树后面等着。一直等到今天下午，我看到你出来了，可是，你带着那个好漂亮的女同学，我不敢上去认你，怕给你丢脸。我又舍不得离开，我就自己也不知道是怎么了，就傻傻地跟在你们后面。你们去看电影，我跟到电影院，你们去喝豆浆，我就守在豆浆店门口，你们出来了，我又远远地跟着，一直等到你和她分开了……"

她的声音停止了，她的眼睛大大地睁着，眼光痴痴地停驻在他脸上。他吸口气，咬咬牙，终于问出一句话来：

"这三天，你住在哪儿？"

"女青年会，她们收容无家可归的女孩子。"

他默默地凝视她，在一片紊乱的、痛楚的思潮里，去试着整理出来一个头绪。听了这一篇叙述，他才了解到她目前的处境，无家可归的女孩子！她已经家破人亡，无家可归了！他怜惜地、心痛地想着，那个白屋里的小公主，尝尽了天下所有的苦难，现在，是投奔他而来了！因为，在这世界上，他是她唯一的亲人了。他凝视着她，在那深切的怜惜的情绪中，竟不知道该说什么了。

他的沉默使她悚然而惊了，使她心慌，使她迷惘，而又使她自惭形秽了。她挣扎着、勉强地、瑟缩地、哀伤而又谦卑地说：

"对不起，书培，我并不是存心要跟踪你们，我只是……只

是……只是身不由己。现在，我……我也放心了。那个女孩子，她好漂亮，好活泼，好可爱好可爱的。我看到她也拿了书，她是你的同学，是吗？这样，就会有人照顾你了，这样，你在台北就不会寂寞了，这样，你终于有了配得上你的女朋友了……我来这儿，绝不是还有什么奢望，我只是……只是……只是要见见你，见到了你，我也心满意足了。你不要为难，我会……我会安排我自己……我会……我会走开……"

他一直瞪着她，听她吞吞吐吐地说着，听她自言自语地说着。这时，他再也忍不住，就把她一把抱进怀中，用嘴唇温柔地盖在她的唇上。他好温柔好温柔地吻她，好细腻好细腻地吻她，好怜惜好怜惜地吻她。他的嘴唇接触到她那颤抖着的嘴唇时，他觉得自己的心都碎了，因心痛而碎了，因怜惜而碎了。然后，他把她的头压在自己的肩上，他拍抚着她的背脊，像拍抚一个无助的小婴儿：

"你不许走开！"他说，温和而固执地说，"你什么地方都不许去。因为，我再也不许你离开我了！"

她挣扎着抬起头来，不信任似的看着他，费力地从嘴里迸出几句话来：

"你真的……不必顾虑我，我不是来给你惹麻烦的。你真的不要为难。你真的不必管我……"

"你在说些什么鬼话？"他粗声地问，死盯着她，"我发疯一样地找你，发疯一样地等你，发疯一样地想你，现在，好不容易把你等来了，你以为我还会放掉你吗？我还会像上次那样傻，把我的幸福和欢乐一起放走吗？采芹！你休想，你休想再逃开我！

你休想！如果你敢再从我身边走开，我会杀掉你！知道吗？我会杀掉你！"

她随着他的声音，眼睛越睁越大，随着他的声音，泪水涌进了眼眶，越涌越多，终于，那睫毛再也承受不住泪水的分量，成串的泪珠就扑簌簌地滚了下来。她哭了起来，整晚，她叙述了无数的悲剧，叙述了人生至惨的生离死别。她都没有这样放声一恸。这时，她哭了，她哭着投进他怀里，哭着抱住了他的腰，哭着把脸藏进他胸前的衣服里。

"我已经……我已经……"她边哭边说，"我已经是残花败柳了。怎么配……怎么配……再来跟你？你如果真的还要我，我就……我就给你当个小丫头。你和那个好漂亮的小姐谈恋爱，我也……我也不吃醋……"

"胡说八道！"他轻叱着，觉得自己的眼眶也湿了，觉得自己的声音也哽了，"我看，我真需要一段时间，才能治好你的自卑感。别再说傻话了，别再说莫名其妙的话了，让我听了都生气！你以为全天下的男人都和你爸爸一样？三妻四妾，用情不专？不，采芹，你将是我生命里唯一的女人，再也不允许别人插入！"

"可……可是，"她嗫嚅着，"那个，那个好漂亮的小姐……"

"天哪！"他叫着，用双手抓住她的胳膊，把她从自己胸口推开，他盯着她的眼睛，似乎想一直看到她内心深处去。"你有完没完？你撞见我请一个女同学看电影、喝豆浆，你就认为我和她之间，有特殊的感情吗？"

"我……我不是吃醋，"她慌忙解释，泪珠仍然在眼眶里打转，"我已经没有资格吃醋……"

"为什么没资格吃醋?"他打断她,"你可以吃醋,不可以给我乱戴帽子。任何一个妻子,都可以吃丈夫的醋,你当然也可以吃醋!"

她停止了呼吸,眼睛里,泪光闪亮。

"你说什么?"她做梦似的问。

"我说——"他清晰地、有力地吐出几个字,"我要娶你。"

她把手压在胸口,她的脸色和月光一样白。

"你一定不是认真的,"她喃喃地说,"你只是同情我。你从小就有一颗好善良好善良的心,你同情受伤的小鸟,现在,我就是那只受伤的小鸟。哦,书培,你可以治疗受伤的小鸟,但是,不必娶她的!"

"喂!"他有些生气了,他提高了声音,"我看,你的脑筋有些不清楚了。让我告诉你吧,我爱你,我不能缺少你,我要你成为我的,我一个人的!我再也不允许别人把你从我怀里抢走!你懂了吗?"

她屏息片刻,眼光在他脸上睃巡,她重重地喘气,一句话也说不出来了。

"让我告诉你我们该怎么做吧!"他握紧了她的双手,语气坚定而有力,"明天一早,我就去找房子。我现在有公费,数字虽然很少,付房租大概还没问题。找到房子,你先搬进去住……不不,我们一起搬进去住,我们给自己布置一个爱的小窝,好吗?"

她整个的脸庞都发着光,她的眼睛里绽放着那么美丽的光彩,使她那像白玉似的脸更加晶莹剔透了。她深深地抽了口气,她的眼光崇拜地、热烈地、依赖地、着迷地停驻在他脸上,像一个信徒在看她的神祇。

"……我会去找兼差，对了，找两个家教做，那么，就可以赚点钱，"他继续说了下去，"当然，在我毕业以前，我们都会过得很苦，我不能给你买漂亮的衣服，我甚至买不起一枚戒指……"他忽然有些悲哀起来，现实的问题，把他给击倒了。"我看，我们必须把婚礼延到毕业之后再举行，爸爸那儿，也要有个交代。采芹，你不在乎晚两年举行婚礼吧？"

"我？在乎吗？"她仍然做梦似的说，她的声音轻柔得像晚风，像低吟而过的晚风，醉醺醺的，软绵绵的。"你允许我留在你身边，我就是神仙了。我怎么会在乎呢？就是你一辈子不娶我，我也……"

他用手一把蒙住了她的嘴，恶狠狠地盯着她，粗声粗气地说：

"你把我想成什么人了？尽管现在一般大学生都不要婚姻，都看不起婚姻，都认为婚姻是一道枷锁，但是，我不属于其中之一！我要婚姻，只有两个真正两心相许、有自信共同生活一辈子的人，才有资格谈婚姻，我就是这种人，假如你以为我在对你开空头支票，以为我像那个——"他气呼呼地顿了顿，终于用力冲出一句粗话，"他妈的！那个姓狄的人一样，只是要占有你的身体，那么我就……"

她急急地挣脱他的掌握，也忙着用手去堵他的嘴，慌慌张张地说：

"我不是这个意思，你不要生气……"

"听我说完！"他抓住了她的手，"采芹，让我把话说得清清楚楚，我们明天就找房子，我们布置一个爱的小窝，目前，我们不能结婚，不只是经济问题，你要给我时间去说服我爸爸。但是，将来，如果我变了心，如果我不娶你，我会走路摔死，过河淹死，坐车撞死……"

"唉唉！"她叹着气，又要来堵他的嘴，"我相信你，相信你，相信你，你不要赌咒发誓吧！"

他握住她。

"那么，我们说定了？"

"你怎么说，就怎么好！"她顺从地说，眼睛里依然绽放着那梦似的光彩。

"我们会过得很苦哦？"他说。

她拼命摇头，眼睛更亮了，有个好美丽好美丽的笑容在她唇边漾开了，这还是她今晚第一次笑。

"不会苦！"她说，"绝不会苦！神仙家庭怎么会苦？绝不会！绝不会！"

"好，那么，"他看看手表，"天一亮，我们就去找房子，这学校附近，有很多四楼公寓，都非常便宜。"

她点点头，用手抚摸他的面颊。夜已经好深好深了，附近的一些情侣，都陆续地走了。她依依不舍地看他，慢慢地站起身子。

"你累了，"她体恤地说，"你该回宿舍睡觉了，我明天再来找你！"

他一把把她拖了下来。

"不要再来这一套！"

"哪一套？"她不解地问。

"上次，我晚上放你走，早上你就不见了！不不，我不回宿舍，再有三小时，天也就亮了。如果你累了，你就躺在我怀里睡，我会帮你赶蚊子。总之，现在，我不会放你走，我不敢再冒一次险！"

她惊愕地看他，不由自主地紧闭了一下眼睛，再睁开眼睛时，她眼里又满含了泪水。

"你——真的这样爱我？"她碍口地问，"你——真的不在乎我——我——"她更碍口了，"我曾经——跟过别人？"

"嘘！"他把手指压在她的唇上，"不要提，我在乎。如果我不在乎，我就不是男人了。不要提！永远不要提！让它跟过去的痛苦一起埋葬掉！"

"哦！"她悲呼了一声，用面颊紧贴着他的胸膛，"我真想为你重活一遍！"

他用手抱住了她的头，抚摸着她那像缎子般的长发，那光滑的面颊，那小小的嘴唇。他觉得眼眶发热，他的声音里，充满了温柔与深情：

"不要埋怨了，采芹。命运待我们已经不错了，在经过这么多苦难以后，我们还能重逢，还能相聚在一起，命运待我们已经不错了……"他仰首看天，那儿，有线曙光，正从遥远的天边升起。他心里不由自主地想起前人的话："我未成名，卿今已嫁，卿需怜我，我更怜卿！"于是他就把她搂得更紧了。她也更深更深地倚进他怀里，用双手紧紧地围住了他的腰。

第十一章

　　乔书培和殷采芹跟在那房东太太的身后，上了一层楼，又上一层楼，这种四楼公寓是没有电梯的，整个上午，他们已经爬过无数无数的楼梯了，有的房租太贵，有的要"免炊"，有的要跟别人合住，几乎没有一间是适合他们的。现在，已经是他们看的第十栋房子了，广告上说：

　　"一房一厅，厨浴全，带家具，月租一千。"

　　世界上有这么好的事吗？只一千元，有一房一厅还带家具？不过，他们已看过的那些房子，也是写得冠冕堂皇的，进去一看，就面目全非了。所以，他们对这栋房子也没有抱很大的希望。

　　上完了四层楼，房东太太回头说：

　　"还要上一层楼。"

　　"还要上一层楼？"乔书培惊愕地问，"这不是只有四层楼吗？"

　　"是的，但是你们要租的那两间屋子，在阳台上面，所以还要上一层楼。"

乔书培看看采芹，她已经走得鼻尖冒汗了。但是，她的精神还是蛮好的，面颊上，反而比昨夜红润，眼睛里，依然闪着那抹喜悦的光彩。

再上了一层楼，他们看到了两间用木板搭出来的房子，高踞在那阳台上，房子四周，倒还有些空旷的水泥地，空地上堆着些破花盆破瓦罐、破篮子破篓子的。房东太太用钥匙打开了房门，推开门，她说：

"我想，这就是你们要的房子了。"

他们走了进去，立即，他们觉得眼睛一亮，房子因为盖在阳台上，两面有窗，阳光正洒满了一屋子。想起整个上午看到的房子，都是阴暗而潮湿的，这"阳光"先就给了他们好感。房子里确实有"家具"，两张藤椅，一张小方桌，还有个小竹书架，虽简单，却清爽。采芹走过去，推开里面一间的房门，有张木板床，床头边，还有个简陋的小化妆台。在"客厅"的外面，搭了小小的厨房和浴室。这房子，"麻雀虽小"，倒"五脏俱全"。乔书培走到窗边，往下望，可以看到下面的街角和街角那儿卖零食的小摊贩，往前望，一片屋顶，一片天线架子，在那些屋顶和天线架子的后面，还可以看到远山隐隐。

乔书培心里已经喜欢了，只不知道采芹的意思如何。采芹走了过来，站在他身边，也对外远眺着。乔书培问：

"你看怎样？怕不怕爬楼梯？"

采芹笑吟吟地把下巴倚在他肩上，低声说：

"这叫作'欲穷千里目，更上一层楼'啊！"

他望着采芹，感染了她的喜悦，他也忍不住微笑了起来。于是，他回头望着房东太太：

"我们租了！"

那房东太太有张很温和慈祥的脸，大约四十余岁，矮而微胖，眼角微向上飘，是中国人所称的凤目。想必，她年轻时是很漂亮的。她看着他们，点点头。

"好，我姓方，你们可以叫我方太太。你们希望哪一天起租呢？"

"今天。"乔书培说，立即从口袋里掏出钱来，"先付一个月房租。"

"知道要付押租吗？"方太太问。

"押——租？"乔书培呆了。

方太太解事地望着他。

"没有钱付押租？"她问，"你们是夫妻吗？"

乔书培点头，殷采芹摇头。方太太笑了。

"你们很相爱？"她问，看看这个，又看看那个，乔书培的眼睛发光，殷采芹满脸羞红。她面对着这对年轻的、充满期望的脸，感受到那青春的、恋爱的气息，在整个小阁楼里洋溢着。她终于点了点头：

"租给你们了。"她把手里的钥匙放在桌上，取走了乔书培点交给她的一千元。"不过，话先说在前面，冬天，这房子其冷无比，夏天，这房子其热无比，下雨天，你们进出的时候要淋雨，而且不保险房子不漏水。"

"没关系！都没关系！"采芹笑得又甜蜜又温馨，她整个脸庞都发着光，"我们不怕冷，也不怕热！"

方太太对他们笑笑。

"好了，房子是你们的了。这儿是合约书，你们签个字吧！谁签？"她取出合约书。

"他签！"采芹笑着低语，"他是一家之主！"

书培签了字，方太太再看了他们一眼：

"我不管闲事，但是也不想惹麻烦，你们不是离家私奔的吧？"

"你放心，"书培诚挚地说，"我们无法私奔，因为这才是我们的家，我们没有别的家了。你放心，我保证没有麻烦带给你！"

方太太走了。当房门一合拢，采芹就大大地欢呼了一声，在屋子里旋转了一下身子，扑进了书培的怀里。她抱着他的腰，又跳，又叫，又笑，又揉，又绕着圈子：

"多好呵！书培。多好呵！我们总算有自己的小窝了。这房子不是可爱透顶吗？不是迷人透顶吗？不是美丽透顶吗？不是温暖透顶吗？我只要稍稍把它再布置一下，它就是个标标准准的小天堂了！"

他拥着她，俯头紧吻着她的唇。她的手绕上来，揽住了他的脖子，闭上眼睛，她一心一意地献上自己的嘴唇。他们胶着在一块儿，好久好久，他才抬起头来。

"我爱你！"他对她悄悄地低语。

"我更爱你！"她迷乱地说，把脸疯狂地埋进他衣服中，嘴里一迭连声地轻呼着，"更爱！更爱！更爱！更爱……哦，书培！你不知道我祈祷多少次，梦过多少次，幻想过多少次啊！书培，我们真的不会再分开了吗？真的不会了吗？"

他推开了她，含笑盯着她的眼睛。

"不，我们现在就必须分开！"

她惊跳，笑容消失了。

"分开几小时，"他慌忙说，"我要去宿舍里，把我的衣服棉被拿来，我还要去买一点东西，一些家庭日用品，你看看，我们缺些什么！"

"哦！"她又笑了，声音里居然发着颤，"你吓了我一跳！你不可以这样吓人！"

"不了！"他立即说，又把她拥进怀里，"再不吓你了，再不了。"

她抬头看他，有些羞涩地笑着。

"你身上还有钱吗？"她问，"给我一点。那些家庭用品，我去买，你只要把你的东西搬来就好了。"

他掏出自己所有的财产，付掉房租之后，还剩下七百五十多元，他把它统统推到她面前，说：

"你是主妇，你看着办吧！"

她还给他一百元，收下了其余的，笑着问：

"这钱要过多久？我想，我该做个家庭预算！"

"算了吧！"他揉揉她的头发，"暂时，别为钱操心，我去借一点。我有个要好的同学，名字叫陈樵，平常，我们衣服都混着穿的，改天我会把他带回来！我找他借钱去！"

他往外走，又回头不放心地看看她。

"如果你要出去买东西，不许离开太久！我一天没上课，要去办一个请假手续，要搬迁出宿舍的手续……我想，大概黄昏的时候，就可以回来了！"

她点点头。

"我等你回来吃晚饭！"她说。

"你准备自己开伙吗？"他问，"锅盘碗一概不全，我看你免了吧，我们出去吃馆子！"

她冲着他笑。

"你现在有家了，"她柔声低语，"有家的男人不该吃馆子。反正，你去办你的事吧，这些家务，用不着你来操心的，快去快回，嗯？"

他再凝视了她一会儿。

"你不会在我离开之后，就失踪了吧？我回来的时候，你一定要在'家'里等着我！"

她拼命地点头。

"再见！"他又吻吻她。

她倚在门框上，目送他的影子，消失在楼梯的转角处。回过身来，她张开手臂，似乎想拥抱住这整个房间、这整个世界。她美妙地旋转了一下身子，嘴里喃喃地念叨着，唱歌似的低唱着：

"要买扫帚，要买拖把，要买水壶，要买茶杯，要买饭碗，要买食物，要买——一瓶酒！"

于是，当黄昏笼罩着大地，当暮色轻拥着阁楼，当夕阳俯吻着小木屋，书培回到了他的"天堂"。一上楼，他就呆住了。整个小屋已经焕然一新。屋外，那些花盆整齐地排列着，从楼梯口到房门口，排出了一条小径，小径的两边，都是花盆，盆里居然都种着五颜六色的小草花。那些花怒放着，花团锦簇地簇拥着那小屋。那些破瓦罐里，都插上了一支支的芦苇，苇花映着夕阳摇曳，像一首首的诗，像一幅幅的画。他走进小屋，只看到窗明几净，在那窗台上，一盆不知名的小红花正鲜艳地绽放着。窗上，垂着白底绿条纹的帆布窗帘，雅雅的、素素的、干干净净的。小方桌上，也铺着同色的桌布。桌上，有个小玻璃瓶，里面插着一支红玫瑰。他呆立在那儿，简直不相信自己的眼睛！

采芹一阵风般卷了过来，用手抱住他的腰。

"有一点家的味道了，是不是？"她娇媚地问。

"哦！"他左顾右盼，伸长脖子张望，她连床上，都铺上和窗帘同色的被单了。"你会变魔术吗？"他问。

"那些是最便宜的帆布，"她笑着，"我买了一人匹，床单、窗帘、桌布就都解决了。至于那些花，是方太太院子里野生的，名字叫日日春，一年四季都开，我只是移植了一部分。芦苇是那边空地上的，我采了一大把，要多少就有多少。都是些不花钱的东西，不过，我也把钱花光了。"她的笑容里带着歉意，"你知道，许多东西都非买不可。"

"当然，"他宠爱而怜惜地看她，"你忙坏了。别为钱担心，我向陈樵借了一千元，明天，我会去家教中心登记，兼两个家教，我们就可以过得很舒服了……唔，"他忽然用力地吸了吸气，一阵肉香，正绕鼻而来，他睁大了眼睛，惊愕地问，"什么香味？别告诉我，你真有本事开了伙！"

她笑得像一朵刚绽开的花朵。

"我正在烧红烧肉！希望你吃得惯我烧的菜！"

说完，她像只忙碌的小蜜蜂一般，又轻快地从他身边飞开，去整理他从宿舍里搬来的衣物棉被和书籍了。

这样，当夜色来临的时候，他们打开了窗子，迎入一窗月色。书培坐在餐桌上，惊奇地看着一桌香喷喷的菜，红烧肉、炒干丝、炸小鱼、黄瓜肉片汤……他看着，第一次发现，一双女性的手，会制造出怎样的奇迹。采芹含笑站在他身边，再拿出了两个小酒杯，和两瓶小小的红葡萄酒，她羞红着脸说：

"这是样品酒，杂货店老板娘送我的。反正我们都没酒量，只是喝着玩而已。"

她打开酒瓶，注满两人的杯子，在他对面坐了下来。他默默地望着她，低声问：

"是不是还少了样东西？"

"少了什么？"她不解地问。

他从外衣口袋里，摸出两支小小的红蜡烛。

她闪动着睫毛，似喜还悲，含羞带怯。她点燃了那对红烛。于是，他们就在烛光下静静相对，彼此深深地看着对方，痴痴地看着对方，傻傻地看着对方……终于，书培举起了酒杯，低声地问：

"这算交杯酒，是不是？"

她的面颊顿时绯红，连眉毛都红了。但是，她唇边的那个温柔的微笑，却甜得像酒。他们举起杯子，都一饮而尽。她再给两人注满了酒，轻声说：

"我太高兴，太高兴，太高兴了！有酒也醉，没酒也醉，我已经浑身都轻飘飘了！"

于是，他们吃饭，喝酒，彼此殷勤相劝。采芹是毫无酒量的，才两杯下肚，她已经面红如酡，笑意益然而醉态可掬了。她一再给书培添饭，布菜，又一再对他举杯，嘴里呢呢哝哝地说：

"我是做梦也想不到会有这一天的！这实在太美了，太好了，我觉得自己已经长了翅膀，可以飞到月亮里去了。哦，月亮！"她回头看窗外，再也没想到，这小阁楼可以享有如此美妙的月光！那一轮皓月，正高高地悬着，清亮，明朗，洒下了一片银白色的月光。她注视着月亮，痴痴地笑着："明月几时有？把酒问青天！哦，书培，让我们也把酒问青天！问问它，我们是不是永远如此幸福！知道吗？书培，我好喜欢苏轼的词，我好喜欢！不知天上宫阙，今夕是何年！"她幽幽长叹，满足地、快活地、幸福地、半带醉意地长叹，"但愿人长久，千里共婵娟！哦，书培，我们永远不要再隔千里，连一里都不要！但愿人长久，但愿人长久，但愿人长久……"她喃喃地念着，忽然转头看着书培，甜甜地笑着，柔声说，"你知道有支歌叫《但愿人长久》吗？"

"不知道。"他说，放下了碗筷，他走到她身边，把她轻轻地揽进了怀里。他们坐在那擦得干干净净的地板上。"你醉了吗？"他问。

"醉了。"她轻轻地答，"此时此情，焉能不醉？书培，"她凝视他，"我唱歌给你听，好吗？"

"好。"

于是，她柔声地低唱了起来：

> 把酒问青天，
>
> 明月何时有？
>
> 莫把眉儿皱，

莫因相思瘦，

小别又重逢，

但愿人长久！

把酒问青天，

明月何时有？

多日苦思量，

今宵皆溜走，

相聚又相见，

但愿人长久！

把酒问青天，

明月何时有？

往事如云散，

山盟还依旧，

两情缱绻时，

但愿人长久！

把酒问青天，

明月何时有？

但愿天不老，

但愿长相守，

但愿心相许，

但愿人长久！

她唱完了，双颊布满了红晕，眼底写满了醉意。她歌声细腻，歌词缠绵，那湿润的嘴唇，轻颤着如带露的花朵。他注视着她，心为之动，魂为之迷，神为之撼……他竟不知此身何在，是人间，是天上？他不知不觉地捧起她的脸，把嘴唇一遍又一遍地压在她唇上。她的面颊更热了，热得烫手，他们的呼吸搅热了空气。

"书培！"她喃喃低唤。

"嗯？"他含糊地应着，把她从地上抱了起来，她横躺在他臂弯里，软绵绵的，柔若无骨。

"这么多的幸福，我们承受得了吗？"她低叹着问，"我觉得我已经有了全世界！"

他抱着她走进卧室，下巴始终紧贴着她的脸孔。进了房间，他和她一起滚倒在床上。他拥抱着她，那么温存，那么温存地吻她，吻她的额，吻她的鼻尖，吻她的下巴，吻她的颈项……吻下去，吻下去，他伸手笨拙地解她的衣扣。她静静地躺着，唇边仍然满含着笑意，满含着醉意，满含着奉献的快乐和震撼的狂欢！她握住他那笨拙的手，把它放在她那软绵绵的胸膛上。

"我是你的！"她喃喃地说着，"永远永远，只是你的！只是你的！"

月光从窗外射了进来，朦朦胧胧地照射在床前。窗口，有一支芦苇，颤巍巍地摇曳在晚风里。他怀抱着那个软软的、柔柔的躯体，像怀抱着一团软烟轻雾，这团软烟轻雾，将把他带入一个近乎虚无的狂欢境界。谁说过？"销魂，当此际，香囊暗解，罗带轻分。"

"你——"他喘息地在她耳边低语，"是我的新娘。"

"是的。"她呻吟着，抱紧了他。

月光仍然照射着，好美丽好美丽地照射着。他们裸裎在月光下，似乎裸裎着一份最坦白、最纯洁、最无私、最真挚的感情。"月光是我的婚纱，青天是我的证人。"多久以前，她说过？直到今宵，才成正果！真的，把酒问青天，明月何时有？但愿天不老，但愿长相守，但愿心相许，但愿人长久！

第十二章

画室里静悄悄的。

乔书培在画架前，凝视着自己的那张"人体素描"，再看看站在台上的模特儿，心里有些儿恍恍惚惚。画过这么多次人体，他从没有杂思绮想，但是，自从经过昨夜的温存，他才知道一个女性的奇妙。他握着炭笔，不专心地在画纸上涂抹，眼前浮起的，不是模特儿，而是那温婉多情的殷采芹。

陈樵正站在他身边，他来自高雄，和书培同寝室，同年级同系同科，而成知己。陈樵的父亲在炼油厂做事，家境并不坏，但是，因为他下面还有五个稚龄的弟妹，所以他总自认是弟妹们的榜样，而特别肯吃苦耐劳。在性格上，陈樵比书培成熟，他比较脚踏实地，不幻想，不做梦。只是默默地鞭策自己，以期出人头地。

他冷眼看着书培，看着他把画纸上的模特儿勾成长发飘飞，星眸半扬，一副"醉态可掬"相。他走过去，轻声问：

"你在画谁？"

书培一惊，望着画纸，脸上有些发热。他撕下了这张画纸，揉碎了，再重新钉上一张白纸。抬眼看了看陈樵，他的思想又被扯进了另一个现实的世界里。

"陈樵，你现在有两个家教？"

"是！"

"让一个给我如何？"

"你不是去家教中心登记了吗？"

"登记是登记了，家教中心说，一般家庭都指定要数理或外文系的，咱们艺术系的很不吃香，他们叫我等机会。我看希望渺茫，而我，却急需一个工作。"

"你这两天到底在忙什么？又搬出宿舍，又借钱，又找工作的？"

"改天告诉你！"

"只问一句，"陈樵盯着他，"与女人有关系？"

"是的。"

陈樵沉吟了片刻，忽然问：

"你知不知道苏燕青昨天到教室来找过你？"

"啊呀，"他怔了怔，"糟糕，我忘得干干净净了。"

"什么东西忘得干干净净了？"

"本来，我和苏燕青有约会的。"

"那个女人让你忘了苏燕青？"陈樵一边画着素描，一边问，他语气中已杂着不满，他一直非常欣赏苏燕青，认为她是个有深度，有才华，有幽默感而又美丽脱俗的女孩。

书培听出他语气中的不满，皱皱眉头，他坦白地说：

"是的。"

陈樵正要再说什么，教授背负着双手，走过来了。他们不便再谈话，都把注意力放回到画纸上。这样，一直到下课，他们没有再谈什么。等下课钟一响，大家收拾好画具，纷纷散去时，陈樵才一把抓住书培的手腕，说：

"来，我要好好地审审你！"

"审我？"书培说，"你似乎认定我做错了什么。"

"有没有错，等我听过事实后再评定。"

他们走出了教室，这是下午，阳光洒满了整个校园。这正是初夏的季节，天气还没热，阳光暖洋洋的，清风吹在人身上，也凉爽爽的。他们沿着校园的碎石子小路，向前无目的地走着。

"说吧，"陈樵说，"怎么会突然有个女人冒出来，就把你给拴牢了？这种女人，也未免太厉害了吧！"

"你已经先对她就有敌意了，"书培叹息着说，"你甚至不去弄清楚来龙去脉。"

"我正在想弄清楚呀！"陈樵说，"她是什么学校的？我们学校吗？"

"不，她没念大学，她连高中都没毕业。"

"哦！"陈樵轻呼了一声，眼珠转了转，"好吧，学历不能代表什么。她家做什么的？"

"她家——"书培困难地咬咬牙，"她爸爸在外岛服刑，她妈妈在半个月前自杀了。"

"哦！"陈樵的眼珠都快从眼眶里掉出来了。他在一棵树下站住了，定定地看着书培，"你在开玩笑吧？"他怀疑地问。

"一点也不开玩笑，"书培有些烦恼地说，"这种事也能开玩笑吗？"

"你说她爸爸在坐牢？"

"是的。"

"什么案子？"

"很复杂的案子，走私、违反票据法、违反国家总动员法……反正很复杂。"

"你从哪儿认识这样一个女人啊！"陈樵喊着，"你准是被人骗了！乔书培，你太嫩了，你太没经验了，你根本没打过防疫针，你又是冲动热情派，被女人随便一钓就给钓上了……"

"陈樵！"书培懊恼地打断了他，"你如果敢批评采芹一个字，我就跟你绝交！"

"哦！"陈樵背靠在树干上，眼光直直地射向书培，点点头说，"看样子，你相当认真。"

"我当然认真，"书培气呼呼地说，"我将来要和她结婚，怎么会不认真？"

"将来要结婚？现在呢？和她同居了？"

"是的。"

"她随随便便就和你同居了？她可真'现代'！"陈樵打鼻子里哼着，"你是她的第一个男人吗？"

"我不回答你这问题！"书培的脸涨红了，他恶狠狠地瞪着陈樵，暴躁而不安地说，"你像法官在审案子，而且，是个充满恶意的法官，专拣不该问的问题来问！你完全不了解我和采芹，我们认识了几乎一辈子，从小就在一块儿玩，从懂事就彼此欣赏，彼此喜欢。现在，她家破人亡，投奔我而来。我一定要照顾她，要养活她，要给她一个窝。现在，你别管我的事，我只问你，帮不帮我忙？"

陈楚呆呆地看着他。

"不许我管你的事，怎么帮你的忙？"他问。

"很好！"乔书培掉头就走，"我另外去想办法！"

陈楚一把拉住了他，赔笑地说：

"真生气吗？站着，我们好好商量。"

乔书培站住了，闷闷地看着陈楚。

"我有两个家教，"陈楚说，"一个是每星期一三五晚上，教两个初中生的英文数学，另一个是每星期二四六晚上，教一个高三的学生，也是英文和数学，他准备考大学。我可以让一个给你，你选哪一个？"

"我看……"乔书培沉吟地说，"我还是教初中的吧，比较容易些。"

"好，今天是星期五，今晚我就带你去，不过，你得买辆脚踏车。那两个孩子住在中和乡，路上就要耽误一小时，上课两小时，每晚七点半到九点半，每月薪水一千元，你吃得了苦，今晚先跟我去谈谈，人家还不见得中意你呢！吃不了苦，就免谈了！"

"当然吃得了苦，"乔书培叫着说，"否则也不找你了！"

"别以为家教好当，那两个孩子顽劣透了，专门找难题难你，家长呢，也不好伺候，只要孩子的成绩单不理想，他们先责备你，不责备孩子。受得了气，你就去，受不了气，也免谈。"

乔书培凝视着陈楚。

"我去！"他简简单单地说。

"好吧，"陈樵看着他，"这两个孩子，我也教得够烦了，以后，让你去操心受气。不过，"他顿了顿，正色说，"书培，咱们在学校里，算是最投机的好朋友了，是不是？"

"是。"

"能对你说两句忠言吗？"

书培低下头，看着脚下的草地，他用鞋尖踢着那草地上凸起的树根，很快地说：

"我知道你想说什么，你认为我被一个女孩子骗了，你认为我已经走入歧途了。我——"他咬咬牙，"原谅你有这种想法，因为你不认识殷采芹……"

"你原谅我？"陈樵失笑地问，歪着头想了想，"我想，那女孩最起码有个优点，她一定是个绝世美女，是不是？"

"审美观念因人而异，"他闷闷地回答，"像你这种专唱反调的人，可能会认为她丑极了！"

"谁丑极了？"忽然间，有个清脆的、女性的声音传了过来，把他们两个都吓了一跳。书培抬起头来，就一眼看到苏燕青抱着一叠书本，笑吟吟地站在他们面前。他呆了呆，心里有些焦灼，想找借口离去，想溜。苏燕青那对敏锐的眸子，正关怀地停驻在他脸上。"喂，乔书培，"她直率地问，"你这人守不守信用？说话算不算话？"

"对不起！"他慌忙赔笑地说，"昨天，我临时发生了一点事，就把什么都忘了！"

她瞅着他。

"听说你搬出宿舍了？"

"是呀！"

"为什么？"

"唔，因为……因为……"他嗫嚅着，"宿舍里人太多，我想……我想静一静，我一向不太住得惯人多的房子。"他语无伦次，心想，真够受！世界上哪有这样打破砂锅问到底的女孩！

陈樵看看他，又看看苏燕青，斜睨着眼睛笑。

"你笑什么？"燕青转向了他，挑着眉毛问，"一脸的坏相！"

"我一脸的坏相？"陈樵笑着问，"那么，乔书培是一脸的好相了？哈！这叫作好歹不分！"他重重地在乔书培的肩上敲了一记，"你说对了，审美观念因人而异，我这个'一脸坏相'的人要先走一步了！"

"喂喂，"乔书培有点着急，伸手拉住了他，"你去哪儿？"

"去宿舍啊！"陈樵挣脱了他，自管自地走了，一面走，一面抛下一句话来，"晚上六点五十分在宿舍门口等你！你最近似乎有'健忘'症，可别忘了！"

乔书培目送他走开，无可奈何地回过头来，苏燕青正若有所思地望着他，那对灵巧的眸子骨碌碌地转动着。

"你和陈樵在搞什么鬼？"她问，"约好时间一起去追女孩子吗？"

"别胡猜！"他慌忙说，"我要他让一个家教给我，说好了今晚去那个孩子家里谈谈。"

"哦，"苏燕青的眼珠转了转，"缺钱用吗？"

他笑笑，没说话。

"喂，乔书培，"苏燕青笑着说，"你的字写得如何？"

"我的字？"他愣了一愣，"应该还不错吧，怎样？"

"我爸爸在写一本《中国文学史》，你知道的。他需要一个人帮他抄写和整理文稿，我想，你一定可以愉快胜任，这不是比当家教轻松些吗？"

他注视着她，沉吟地想着，摇了摇头。

"不，谢谢你。我还是去当家教吧。"

"为什么？"

"我……"他碍口地笑了笑，"我想，我的字还没有好到那个程度。"

"哼！"她抿着嘴角笑了，"我知道你为什么不愿意接受这工作！"

"是吗？"他惊讶地问，"为什么呢？"

"为什么吗？"她拉长了声音，"你的骄傲而已！男孩子要靠自己的本事找工作，以为靠了女孩子就丢人了。其实，又有什么关系呢？你的情况，我们全家都了解，我爸也挺欣赏你的。怎样？"她习惯性地扬着眉，鼓励地说，"何况，我爸反正要找人！找别人不如找你！"

"为什么找别人不如找我！"他傻傻地问。

"哎呀！"她的脸蓦然一红，似乎发现自己说溜了嘴，就干脆要赖，"你这人总是布好圈套让我来跳，你相当工于心计！你是不是想引诱我说：因为我希望你来我家呢？因为我希望你接受呢！我才不中计呢！"

他心里有点慌，有点乱，有点迷糊，有点失措，有点不知该如何是好。而她呢？却洒脱地甩甩头，把那短短的头发甩得满脸都是，她笑了，笑得又开朗，又活泼，又潇洒，又心无城府。

"好了！"她边笑边说，"咱们就说定了，你明晚来我家吃饭吧，我妈说，好久没看到你了！"

"哦，"他急急地开了口，几乎是狼狈地说，"不行！燕青，我明晚……还有事，可能……可能就要当家教……"

"怎么？说了半天，你还是要当家教啊？"苏燕青的笑容消失了，"你这人怎么这样……这样难缠哦？你以为家教容易当吗？上次，任雨兰去当家教，被那个孩子当场气哭了。高伟总算是能言善道的男生了吧，给那个孩子的妈妈气得差点没昏倒！我告诉你，假如是容易教的学生，陈樵也不会让给你了！"

"陈樵已经警告我了，那两个孩子很难弄。"

"你瞧！没骗你吧！"苏燕青胜利地说，"你别以为我是因为你要找工作而说我爸需要人，我爸爸是真的需要人，本来想找个学文的，是我对爸说，你的文学也……"她蓦然住了口，因泄露秘密而脸红了。

他对她勉强地笑笑。

"真的谢谢你，"他说，"我想，我绝对不能胜任，与其做不好，让你爸爸失望，还不如藏拙，不要接受比较好！"

"啊哈！"她又笑了，那笑容像一池春水，漾满了她的脸。"我懂了！"她叹口气，若有所悟地斜睨着他，"你怕我爸爸发现你的缺点啊？你这人——真是一本难读的书！好吧，"她耸耸肩，"我也不勉强你，让你去受那些小少爷的气去！"她抱着书本，向前走了两步，又回头看他："怎样？要不要一块儿走走？"

"不。"他慌忙往后退了一步，"我还有事。"

她怔了怔，微蹙着眉梢，她困惑地看着他，像在看一个令人解不透的谜。然后，她嘴里不知道自言自语地叽咕了一句什么，就把额前的短发往后一甩，大踏步地，踏着那落日的余晖，往校外走去了。

一直等到她走得看不见影子了，书培才如释重负地吐出一口长气来。看看手表，五点半了，采芹一定等得心焦了。想到采芹，他就觉得心头热烘烘的，迈开大步，他也对校外直冲出去。

跑上了四层楼，再上一层楼，穿过那些"日日春"的花丛。日日春，多好的名字，正像他们的生活啊！他一下子冲进了房门，扬着声音喊：

"采芹！"

采芹立即飞奔而来，像只投怀小鸟似的，她投进了他怀里，用手抱住他的腰，她把那温软的面颊贴在他胸口，她低喊着说：

"你怎么这么晚才回家啊？我想死你了！想死你了！想死你了！"

他不自禁地感染了她的热情，俯下头，他闻到她颈项里有一股如麝如兰的清香，就不由自主地把脸往她脖子里埋了进去。她咯咯地笑了起来，扭动着身子，要躲，要闪，又躲不掉闪不掉，她推着他，央告着：

"好人，别这样，你的胡子扎了我！好人，别闹，你弄得我痒酥酥的！"

他放开了她，抬起头，注视着她那遍布红晕的面颊。

"你在做什么？"

"等你啊！"她说，"一整天，都在等你啊！"她忽然拉住他的手，热烈地说，"来！你来看！"

他不解地跟着她走去，她牵着他的手，把他一直牵到窗前，她用手指着远方，用一种眩惑的声音说：

"你看！"

他往前看去，立刻，他被眼前的一幅图画所震慑了。原来，这扇窗是朝西的。现在，一轮落日正缓慢地往下沉落，整个天空，就被一层又一层的彩霞所堆满了，那彩霞如此熟悉，如此艳丽，如此发射着亮丽的色彩……这就是海边的彩霞啊！一样的彩霞，一样的黄昏，一样的人！他往后退了两步，迷惑地望着那窗子，窗外，是彩霞满天，窗内，采芹正临窗而立，长发披泻，沐浴着一身彩霞，像个超凡出世的仙灵。那落日的光芒，洒在她头发上，镶在她面颊上，染在她衣服上，挂在她襟袖上……而窗台上那盆小花，也被彩霞染得发亮，衬在采芹与天空之间。这简直是人间幻境啊！

"你知道吗？"采芹的声音温馨如梦，"以前，在海边，也是这样的彩霞，许多黄昏，我们一起看过落日。我那白屋的窗子也是朝西的，常常会迎接着满窗彩霞，那时，我就对彩霞发过誓！我这一生，不论会遭遇什么，我的心将永远属于你！"

他屏息地站在那儿，眩惑地望着她。她翩然回顾，似乎连衣襟上都抖落了彩霞，他大叫：

"别动，千万别动！"

她立即站住，困惑地看着他。他飞快地支起画架，钉上画纸，抓起彩笔，嚷着说：

"我要留下这个黄昏，我要画下你来，你，窗子，小花，和那彩霞满天！"

她动也不动，连话也不敢再说，伫立着让他画。他立刻勾勒着线条，觉得每个细胞里都充满了灵感，都闪耀着绘画的火花。握着彩笔，他进入到一个忘我的境界，用他全心灵去捕捉着这个刹那，这一刹那的美，这一刹那的艳丽，这一刹那的永恒。

只一会儿，太阳落了山，那天空的颜色变了，暮色游了过来，充塞了屋子，天空那灿烂的云彩，逐渐变成绛紫，由绛紫而变得幽暗了。他叹口气，放下笔来，他只抓住了一部分。她奔过来，望着画纸。他已勾出那样一幅超凡脱俗的神韵，已经抓住了那样超凡脱俗的美，她竟叹为观止了。抱着他的手臂，她崇拜地低呼着：

"太美了！太好了！太伟大了！书培，你怎么能画得这么好，你怎么能捉住这个刹那，你是个天才！书培，你是的！你真是个天才！"

"太快了！"他惋惜地说，"再多给我二十分钟就好了！夕阳下去得太快了！"

"可是，明天还是有黄昏，是不是？"采芹仰着脸问，"明天还是有彩霞，你可以再画呀！"

是的，明天还有黄昏，明天还有彩霞。他拥着她，笑了。

"你该饿了吧？"她悄声问，"我去炒菜去，都已经六点多钟了。"

"什么？"他惊叫，"糟糕，我差点又忘了！不行，采芹，我不能吃晚饭了，我和陈樵约好了，要去接洽一个家教的工作，陈樵把他的家教让给了我！"

"哦，"她有些依依不舍地问，"你马上要走吗？什么时候回来？"

"可能会很晚！你自己先吃吧！"

她拼命摇头。

"不，"她温柔而固执地说，"我等你回来再吃！你要不要先吃碗面再去？我给你下碗面，很快很快！你不能空着肚子去接洽工作呀！"

"不行了！已经太晚了！"他看看手表，"我会给陈樵骂死！"

他往屋外冲去，她一把拉住了他：

"等一等，带件外套去，晚上风大！"

她飞快地跑进屋内，又飞快地拿了件夹克出来，再飞快地挽住他的脖子，给了他飞快的一个吻。说：

"那个陈樵，他真好，是不是？如果你们一起回来，我会多做点菜，也请他来吃——算是宵夜，怎样？"

他呆了呆，面容有些僵硬。

"不，我不会请他来！"他很快地说，转身跑走了。

她扶着门框，怔怔地站在那儿，回思着他临走的表情和那句话，心里若有所悟。于是，有种看不见的、淡淡的忧愁，就像轻烟般对她包围过来了。她转身走进房间，打开电灯，在灯光下，她凝视着那张画纸，画面上是彩霞满天，她再抬头看看窗外，那儿，早已是暮霭沉沉了。

第十三章

　　乔书培望着他的两个学生。

　　这两个孩子，大的十五岁，念初三，名字叫孙健，小的十三岁，念初一，名字叫孙康。两个人都长得又高又大又壮又结实，正像他们的名字，是又"健"又"康"的。乔书培常想，如果他们两个在念书方面，能够和他们的身体发育成正比，就真是皆大欢喜了。现在，他看着孙健的英文试卷，满纸红叉叉，从头错到尾，初三了，居然拼不出英文的十二个月份，和星期日至星期六的名称，亏他还振振有词：

　　"外国人太笨了，为什么每个月要有不同的名称？为什么不学学我们中国人，用一二三四……十二个数字就解决了？我并不是学不会英文，我只是不服气去记它！而且，咱们是泱泱大国，凭什么要把洋鬼子的语言列为我们的主要学科？太不合理了！"

　　"我不跟你讲合不合理，"乔书培耐着性子说，"你马上要参加高中联考了，教育部规定了要考英文，你就需要把英文念好！"

"年轻人应该有勇气推翻不合理的教育制度！"孙健仰高了头，一副"挑战"的神态，仿佛乔书培就是"不合理"的"代表"似的。

"你已经来不及推翻了，"乔书培瞪着他，"你只有两个月的时间，就要参加联考了！我们现在把合不合理的问题抛开，打开你的英文课本，我们重新来温习。"

"我的英文课本丢了。"孙健冷冷地说。

"什么？"乔书培皱起眉头。

"丢了！"孙健耸耸肩，"大概给同学偷走了！八成是给田鸡偷走了，对！"他猛拍着自己的膝盖，"准是田鸡干的好事，明天我找他算账去！这样吧，乔老师，我们今天先不念英文，等我找到课本再说……"

孙康在一边，开始吃吃不停地偷笑。乔书培狐疑地转向孙康，问：

"你笑什么？"

"我笑……笑……笑大哥……"孙康话还没说完，孙健伸手过去，在弟弟的大腿上拧了一把，于是，孙康就"哎哟"一声尖叫起来，"哎哟！哎哟！哎哟……"地叫个没停了。

"你到底笑什么？"乔书培脸一沉，厉声问。

"我笑……"孙康眼睛睁得大大的，一副"天真相"，"笑老师嘴巴边上有颗青春痘，像一颗美人痣！"

孙健哄然一声，大笑起来，孙康也跟着笑，兄弟两个你看我，我看你地大笑着，似乎做了什么天大的得意事情一般。乔书培又气又怒又无奈，板着脸，他哼了一声：

"不要笑了！"

兄弟两个还是笑。

"孙康，"乔书培叫，"你的英文课本总没丢吧！拿出来！"

孙康慢吞吞地翻着书包，左翻右翻，好不容易，才抽出了英文课本，乔书培打开课本，里面就轻飘飘地飘出一张纸来，乔书培打开那张纸一看，上面写着：

桌子：待死客

早上：摸脸

早安：狗得摸脸

玻璃杯：狗拉屎

再见：狗得拜

黄昏：一吻宁

晚安：狗得一吻宁

夜安：狗得来

……

乔书培越看越稀奇，越看越古怪，越看越生气，他把纸头丢给孙康，问：

"这是什么东西？"

"英文发音呵！"

"英文发音？"乔书培啼笑皆非，"我跟你说过几百次了，不许在英文上注中文发音，何况还要编些个怪花样！什么狗拉屎、狗得摸脸、狗得一吻宁……你这种英文，非把英国人都气死不可！"

"好呵!"孙康拊掌大乐,"把英国人都气死了,咱们就可以不必念英文了。"

这次,是孙健跟着笑了,兄弟二人,又笑了个不亦乐乎。乔书培瞪视着他们两个,心想,他们的功课虽然是一塌糊涂,倒是"知足常乐"。那些红笔的叉叉,似乎丝毫不影响他们的快乐。笑啊笑啊笑啊……他们简直就以捉弄他为快乐。他哪儿像是这两兄弟的家庭教师,倒像他们的"开心果"。他竭力板起脸来,竭力显出一副庄严相,竭力维持着自己的尊严。

"你们到底念不念书?预备把每门功课都当掉是不是?孙健,你别跟我玩花样了,把英文书找出来!"

"是哩!"孙健做了个鬼脸,从屁股底下掏出了英文课本来,翻出"作业"簿,他的问题又来,"老师,kiss 是什么词?"

"动词。"

"你错啦!"孙健又笑,"kiss 就是接吻对不对?"

"对呀。"

"那不是动词,那是连接词!"说完,他就放声大笑了。孙康当然也跟着笑,一面笑,一面问他哥哥:

"哥哥,你有没有跟'迷死''克死'过?"

"我倒没有,但是我打赌乔老师一定跟'迷死''克死'过!"孙健说。

"老师,和迷死克死的滋味是怎样的?"孙康问。

孙健更笑,孙康也笑。乔书培头上已经冒汗了,他拍拍手,正要施展一点"尊严",镇压一下"局面",房门忽然被推开了。孙太太——一个四十几岁,浓妆艳抹而盛气凌人的女人拦门而立，微蹙着眉头，她直视着乔书培，冷冷地问：

"乔老师，你能不能给他们上点课，而不要和他们说笑话，闹着玩？你知道——两小时是一晃就过去的！"

乔书培觉得血往脑子里冲去，他跳了起来，第一个冲动，就想摔下书本，说一句"老子不干了"。但是，他想起家里还等着钱用，想起几天以来，都没钱买菜了，想起欠陈樵的钱还没还……他强忍下心头的一股怨气，勉强地说了句：

"我正——尽力而为。"

"尽力而为？"孙太太望着那两个笑成一堆的儿子，"我看不出你尽力在什么地方！你们在研究什么问题？"

"妈，"孙康又是一脸"天真相"，"我们在研究'克死'！"

"克死？"孙太太一脸疑惑！

"是啊，乔老师和迷死克死啊……"

"孙康！"乔书培涨红着脸喊。

孙太太正视着乔书培，眼光凌厉，神情冷漠。

"乔老师，希望你不要在上课时间，讲你的风流艳史。我知道你们学艺术的，都是些嬉皮。可是，我们家两个孩子，从小就都规规矩矩的，我为他们请家庭教师，是要帮助他们读书，希望你不要把他们引导到你们艺术家那条风流散漫的路上去！……"

"孙太太，"乔书培沉重地呼吸着，尽力地压抑着自己，"我想，您有点误会……"

"误会，"孙太太自以为是地摇摇头，"我不会误会的。你还是别和他们说笑，多给他们温温功课吧！"

乔书培垂下眼睛，紧咬住牙关，强忍住即将冲出口的一句粗话，他的脖子挺得直直的。屋里开着冷气，他的头上仍然冒着汗珠。窗外有隐隐的雷声，是今年夏天第一次打雷，大概要下雨了。他心里模糊地想着，沉默地站着，一时间，他一点都不像个家庭教师，倒像个挨了骂，受尽委屈的小学生。

"乔老师，"孙太太继续说，"我必须问问你，你对于我们老大考高中，到底有几分把握？"

乔书培抬起头来，愕然地看着孙太太，心想，这问题你该去问你那个宝贝儿子，怎么问起我来了？几时规定过，家庭教师要"包"人考上高中？他用舌头润了润干燥的嘴唇，终于冲出口一句话：

"毫无把握。"

"什么？"孙太太跳了起来，"这两个月，你在做些什么呢？"

"我在教他们念书啊！"他忽然提高了声音，忍耐已久的火气蓦然爆发了，而且一发就不可止。他大声地、正色地、凛然地、怒气冲冲地喊了出来："问题不在我做了什么，问题是你的儿子什么都不做！我教我的，他荒废他的！两个月以来，我和你的两个儿子，是在彼此浪费时间！他们根本无心念书，无心考试，无心上高中！我想，你最好把他们送到军校去，军事管理一番。我这个嬉皮教不了你这两个优秀的孩子！抱歉！我走了！你另请高明，去教他们'狗得摸脸''狗得一吻宁''狗得来''狗得拜吧'！"

说完，他收拾起自己的东西，昂着头，在孙太太的目瞪口呆和孙健两兄弟再也笑不出来的注视下，大踏步地冲出了那间书房，又大踏步穿过客厅，直冲到大门外面去了。

一冲出了孙家，乔书培才发现外面正下着倾盆大雨，而且雷电交加。出来时天气还晴朗，他也没带雨衣，只穿了件香港衫。现在，雨像倒水般从天空直注下来，他才在屋檐下站了站，横扫的雨水已湿透了他的衣服和裤管。他的心中还在冒着火，冒着熊熊燃烧的怒火，这冰凉的雨点反而带给他一阵快意。他把心一横，干脆骑上了他那辆二手货的破脚踏车，冒着那倾盆大雨，往"家"中骑去。

在风雨交驰下，他这段路起码骑了一小时。当他终于到了家，他已经是道道地地的"落汤鸡"了，浑身上下都在滴着水。他上了四层楼，又"再上一层楼"，采芹正倚窗对外傻望着，一看到书培，她打开房门，撑了把伞，就直冲过来。书培直着喉咙对她喊：

"别出来了，反正我已经湿透了，你何必也饶上，一出门准湿透！"

采芹并没有听他的，踩着满阳台的积水，她飞奔而来，把伞遮在他头上，而一任雨水淋湿了自己。书培揽着她，两人穿过那由"日日春"盆景搭出的"小路"，直奔进门内，到了房间里，书培是头发挂在脸上，衣服贴在身上，水珠顺着头发、手指、衣角、裤管……一直往下淌。而采芹也湿了，肩上、头发上都是湿漉漉的，脚上的一双拖鞋，完全被水泡过了。采芹没有管自己，冲进浴室，她取出一条大毛巾，就把书培按在怀中，没头没脑地帮他擦拭着，一面喃喃地、歉然地、负疚地说着：

"看到下雨，我就知道你惨了。本来算好了时间，我要拿了伞到巷口去接你的，那么，你最起码可以少淋一段路的雨。可是，你提前回来了，我就没去接你，我真该早一点去等的……"

书培在毛巾里连打了两个喷嚏，采芹又慌了，放下毛巾，她又往厨房冲去。手忙脚乱地开瓦斯，烧热水，他们一直穷得没有钱装热水炉，每次洗澡都要用开水壶烧热水，再一壶一壶地提到浴室里去。采芹一面烧热水，一面嚷着：

"你必须马上洗个热水澡，我再给你煮一碗姜汤喝，别弄得生病了，就惨了。"

书培把毛巾搭在肩上，走到厨房门口，靠在门框上，他看着采芹忙忙碌碌地跑来跑去，烧开水，找生姜，切姜块，煮姜汤……她那双白白嫩嫩、纤细修长的手指，经过两个月烧菜煮饭洗衣擦地的各种粗活，已经不再娇嫩了。他凝视她，她的头发也在滴水，一件白麻纱的衬衫，肩上全湿透了。他咽了一口口水，心里的怜惜和懊丧在交替啃噬着他，他粗声地说了句：

"你先去把自己弄弄干，好不好？"

她飞快地抬眼看看他，又低头去切生姜，笑着说：

"我没关系，我根本没淋湿！"

"你还没淋湿！"他低吼着，跑进厨房，他把菜刀从她手上抢下来，命令地说，"去换件干衣服，再来弄！"

"不行呀！"她焦灼地说，"你等不及呀，我不要你生病……"他重重地一跺脚，大声说：

"我也不要你生病！"

她看他一眼，叹口气。默默地放下了菜刀，她踮起脚尖，去吻他的嘴唇，低声说：

"不要待我太好，我会恃宠而骄。"

他心中掠过一阵痛楚。太好？待她太好？让她烧锅煮饭，叠被铺床？而且，他又失去了他仅有的一个职业，本来过的就是三餐不继的日子，以后又该怎么办？他靠在墙边，默默不语，只是用怜惜的眼光，静静地瞅着她。这眼光充满了那么多的温柔和怜爱，竟使采芹快慰得要发抖了，她战栗了一下，惊叹着：

"你'不可以'用这样的眼光看我，你会把我看'醉'了！"

"傻丫头！"他轻叱着，"看你怎么会把你'看醉'呢？我眼睛里又没有酒！"

"有的！你有的！"她一迭连声地说，"你的眼光里永远有酒，好醇好醇的酒，你这样一个劲儿地看我，我就会醉了！"

"傻东西！"他说着，心里甜甜的、酸酸的、软软的、酥酥的，说不出来的一种滋味。乔书培啊乔书培，他暗中叫着自己的名字，你何德何能，值得一个女孩对你如此深情地迷恋？"快去换衣服吧！"他故意粗着嗓音说，因为，他喉头又涌上了一个硬块。

"是！"她应着，翩然地"飞"进了卧室。

一会儿，她已经换好衣服跑出来了。于是，烧热水，煮姜汤，她忙了个不亦乐乎。烧了起码十壶水，才总算放满了一浴缸，他去洗了澡，擦干了头发，穿上了一身干干净净的睡衣，又在她的坚持下，喝下了那碗又辣又烫的姜汤。然后，夜也深了，他拥被而坐，望着那躺在他身边的采芹，听着窗外的雨声淅沥。

雷雨已经转成了小雨，仍然没停，滴滴答答地敲着窗子，风也很大，把雨点一阵阵地扫在玻璃窗上，发出簌簌飒飒的声响。书培坐在那儿，望着采芹。她并没有睡，仰躺在那儿，她睁着眼睛，也正静静地望着他。他用手指轻抚着她的头发，她的眉毛，她的鼻梁和她那小小的嘴。他的眼光有些阴郁，有些感伤，有些忧愁。

她仔细地凝视他，试着去"读"他的思想。

"你有心事。"她低声说，"告诉我！"

他静默着。

"为了你爸爸吗？"她问，"他昨天有信来，说什么？"

他轻轻战栗了一下，这是另一个烦恼。

"他叫我暑假回去。"他说，"不过，这没问题，我已经写信告诉他，我暑假要留在台北打工，可能回去看他几天，我再赶回来。"

"他——会同意吗？"她担心地问。

"是的，他会同意。"他很有把握地说，"他一直认为我的前途在台北。何况……"他咽住了。

"何况什么？"她问。

何况他以为有个女孩正系住了他的心，那个女孩不叫殷采芹，这话是说不出口的。他咬咬牙，沉默着。

她小心地看他，他眼里的阴霾使她寒战。

"对不起。"她轻声说。

"什么事情对不起？"他蹙着眉问。

"我拖累了你，让你为难，让你烦恼。我知道……你爸爸是不会接受我的。"她悲哀地说。

他的眉头皱得更紧了。

"我们别谈这问题好不好？"他说，"我爸爸迟早要接受你的，这是以后的问题。我们目前的困难已经够多了，先别去管以后吧！"

"目前的困难？"她怔了怔，有点窒息，"发生了什么事？关于我的吗？"她的嘴唇有些发白，在她心底，一直有个隐忧在潜伏着。"是不是……有人……有人要找你麻烦？"她从床上坐了起来，睁大了眼睛，恐惧而担忧地凝视着他。

"哦，没有，别胡思乱想！"他慌忙说，试着对她微笑，"是我的问题！今天我才发现，我是个很无能，很无用，很不会应付这个社会的人！"他四面找寻，有些烦躁，"家里有香烟吗？"

她用她那温软的手握住了他的手，她那小手竟带着莫大的稳定力量。

"你明知道家里没有烟。"她说，注视着他的眼睛，静静地、低低地、温柔地问，"你失去了那个家教，是吗？你不干了，是吗？"

"哦！"他怔了怔，瞪着她，"你怎么知道？"

"唉！"她如释重负地轻叹一声，居然笑了。她抱住了他的腰，把面颊依偎在他胸膛上："我应该早就猜到了，你提前回家就代表一切了，你是从不会迟到早退的。哎，我真高兴你不做了！"

"你真高兴？"他困惑地问，"我失去了唯一仅有的职业，你真高兴？"

她仰头看他，眼里流动着光华。

"你是个艺术家，你不是那两个顽童的伺候者，他们不值得你每星期浪费三个晚上！我真高兴你不做了，每次想到你在那儿受气，我就心都绞起来了！"

他用手轻抚她的头发。

"你永远看不见我的缺点吗？"他问。

"你没有缺点！"她热烈地喊，一心一意地说，"你是十全十美的！"

"你是傻瓜！"他说，"好吧，那两个顽童不值得我浪费时间，明天，我再去进行别的家教，说不定我运气好，会碰到一个学画的孩子。"

她凝视他，嚅动着嘴唇，欲言又止。

"你要说什么？"他问，"说吧！"

"你……有没有想过，"她小心翼翼地开了口，"或者，应该我去找一个工作，反正，我现在又没念书，在家也是闲着。"

"你？"他皱皱眉，"你能找什么工作？你没有学历又没资历。"

"我什么都可以做，例如餐馆的女招待，店员……"

"不行！"他粗声说，"少糟蹋你自己了！我不过是伺候两个孩子，你居然想去伺候全台北的人了！那样的话，还不如我去当家教！"

"你不要固执，好不好？"她柔声说，请求地、婉转地，"当女招待也没什么委屈，我会……"

"不行！"他恼怒地打断了她，"学校对面那家冰果店就有位女招待，我们学校的男生专门吃她豆腐！你以为女招待好当吗？不行不行，"他拼命摇头，"咱们免谈！告诉你吧，我是个很固执、很自私、很守旧的丈夫！"

她轻轻地叹口气。

"那么，"她忽然眼睛一亮，"如果我去弹钢琴呢？去教小孩子弹钢琴呢？去什么幼稚园或音乐社教琴呢？"

"那——我可以同意。"他说，笑了，"你找不到的，不会有那么好的机会。"

"我总可以试一试呀！"

"好，"他说，"明天起，你去试你的工作，我去试我的工作，看我们谁的运气好！"

她紧拥了他一下，满怀感激地，好像他答应她去找工作，是给了她一个莫大的恩惠似的。他搂着她，凝视着她那闪亮的眼睛，那崇拜的眼神和那一心一意的爱与奉献，他心中就被她那分柔情给充满了。他捧着她的脸，深深地吻她，低低地、喃喃地说：

"克死迷死！"

她惊奇地看他。

"你在说什么怪话？"

"不是怪话，是必修科！"

"必修科？"

"人生的必修科！"他再吻她，听着窗外的雨声，那雨清脆地敲着窗玻璃，像采芹最爱唱的那支又轻柔又甜蜜的歌：但愿天不老，但愿长相守，但愿心相许，但愿人长久！

第十四章

　　天气一下子就热起来了，太阳像一个火球，带着烧灼般的热力，从早到晚地烤着大地。即使晚上，太阳下了山，那地上蒸发的热气，仍然窒息得人透不过气来。

　　这天，在校园里，乔书培和陈樵几乎吵了一架。这些日子来，乔书培的火气都大得很，脾气暴躁而易怒。他自己也觉得，他像一座马上就要爆发的活火山，那些积压已久的压力和郁闷，像蠢蠢欲动的岩浆般，在他体内翻腾起伏，随时等候着机会要冲出体外。

　　和陈樵的争执，起因仍然在找工作上。

　　"我告诉你一个原则，"陈樵用教训的口吻，直率地说，"你永远不要在家长面前责备他们的子女，每个家长都认为自己的孩子是世界上最好的，你只能顺着他们的心理去夸奖孩子，把功课不好推在教育制度啦、孩子的兴趣不合啦……"

　　"这简直是在玩政治嘛，"书培吼了起来，"原来你是这样当家教的，怪不得你受欢迎，你根本不像学艺术的人，你该转系去念政治或者是外交！"

"你用不着气呼呼地讽刺我，"陈樵瞪着他，"我玩政治手段也好，我玩外交手腕也好，我始终有两个家教，你呢，你却一个也找不着！我告诉你，现在这个社会，是'适者生存'，这个'适'字，就是叫你去适应！不只适应家长，还要去适应你的学生！"

"适应的另一个解释，就是'讨好'，是吗？"

"随你怎么解释，你的目的是要有工作，要赚钱，别人不会把钞票白送给你！"

"用'讨好'的方式去赚钱，是当'家教'呢？还是当'小丑'？"书培直视着陈樵，慢慢地摇头，"陈樵，我真为你悲哀！这社会像个锉子，把你的棱角都磨圆了！"

"你为我悲哀？"陈樵的脸涨红了，脖子也粗了，声音也大了，"我还为你悲哀呢！什么工作都找不到，教两个中学生你都教不了！欠一屁股债，吃饭的钱都没有！你骄傲，你自负，你不当小丑，你不讨好别人，但是，乔书培，你还是要吃饭，还是要生活，别人住宿舍，你老兄要租房子住，别人在学校吃包饭，你老兄要自己开伙，别人交免费的女朋友，你老兄居然要'金屋藏娇'！"

"请你不要干涉我的私生活！"书培大叫，"我爱怎么生活是我的事……"

"既然都是你的事，我过问不了，你也别来找我！"陈樵生气地说，"你休想我会再让一个家教给你，我费了九牛二虎之力找工作，给你三言两语就弄砸了。你呀！啧、啧、啧……"他摇头叹气，一股"不可救药"状。

"我又怎么啦？"

"你根本不像个公务员家庭出身的孩子，你像个娇宝宝！像个妈妈怀里的娇宝宝！"

"陈樵！"书培怒吼，"只因为我来找你帮忙，你就认为你有资格侮辱我吗？你一再嘲笑我没有生活能力，没有适应能力，没有工作能力……你以为你是我的什么人？是我的老子？就是我的老子，也不能教训我！我跟你说，你可以看不起我的求生能力，但是，我也不见得看得起你的求生方式，讨好家长，讨好学生，抹杀自己的自尊，这岂不像个乞丐……"

"哈！"陈樵怪叫，"你看不起！你可以看不起！我是小丑，我是乞丐，我用我的求生方式赚了钱，借给你去养小老婆……"

"陈樵！"书培大叫，双手握紧了拳，就差要一拳挥过去，他气得浑身发抖，脸色发青，瞪视着陈樵，他咬牙切齿，"好，好，好，"他一个劲儿地点头，鼻子里沉重地呼着气，"我回家去当掉裤子，也把借你的钱还给你，你放心，你放心，你放心……"他气得语无伦次，转身就走，"我去弄钱去！"

陈樵一把抓住了他，"你到什么地方弄钱去？"他的眼睛亮晶晶地盯着他。

"我去抢银行！"

"好办法！"陈樵笑了起来，"算了吧，书培，我们难道还真吵架吗？"他拍拍书培的肩，"讲和了，怎样？"

书培低着头，仍然愤愤地喘着气，脸色仍然难看得很，他真正刺心的，还不只是陈樵对他工作能力的讽刺，而是对采芹的轻蔑，在他心底，他已经越来越明白一件事，采芹成了他名副其实的"地下夫人"，她被"藏"在那小阁楼里，几乎是不能见人的。

"这样吧，"陈樵的眼珠转了转，深思着说，"我看，你的个性不适合当家教。昨天我和苏燕青聊天，她说她爸爸要找的那个助手始终没找到，我建议你不如去苏教授那儿当助手，待遇比家教还高，他们已经出到一千五百元一个月了，每星期也只要三个晚上。"

"不，不，不好。"书培摇着头。

"有什么不好？"陈樵问，"以为苏燕青不知道你的事吗？你的事全校几乎都知道了！"

"哦？"书培愣了愣，"苏燕青知道了？她怎么说？"

"她没怎么说，是很好奇。她一直问我那个殷……殷什么？"

"殷采芹。"

"哦，她问我那个殷采芹是什么长相，什么出身，什么年龄，什么地方来的？和你怎么认识的……哇，她的问题可真多，我只一概推说不知道。后来，她就叹口气，说了一句话就走了。"

"说了句什么话？"

"你关心？"陈樵锐利地盯着他，"你已经有了殷采芹，何必去在乎苏燕青说你什么。"

"我不是在乎，"书培勉强地说，"我也是好奇。我想知道一般同学对我的批评。"

"她的批评可不能代表一般同学！"陈樵微笑着说。

"到底她说了句什么，别卖关子了！"书培不耐地说。

"她说——"陈樵抬头看看天空，"乔书培这个人可真有性格，别人不敢做的事他全敢做！"他垂下眼睛来盯着乔书培，"听她的口气，对你这事非但没有敌意，倒好像挺欣赏的！所以，你大可不必顾虑苏燕青对你的看法，而拒绝苏教授那个工作。"

乔书培沉吟地低下头去，有些心动了。

"我想，"他说，"我要考虑一下。不过，我先还要去家教中心问问。"

黄昏时分，乔书培回到了家里，又渴，又饿，又累，又热，又烦躁，又失意，又落魄。口袋里只有两块钱，早上离家时，本和采芹说了，要带钱回家，谁知公费没发，想问陈樵借，又在一顿吵架下，弄得无法开口了。今晚要断炊，他想，他知道昨天米缸就没米了。这个年头，居然还有人穷得没饭吃，他又有种自嘲的心情，是啊，正像陈樵说的，他是个没有适应能力，没有生活能力，没有工作能力的人，这种男人，怎么值得女人垂青？采芹啊采芹，他心里低喊着：你还不如跟了那个姓狄的王八蛋，最起码他会让你丰衣足食，珠围翠绕！

走进家门，他扬着声音喊：

"采芹！"

没有人回答，四周静悄悄的，小屋内盛满了一屋子的沉寂，远处的天边，又是彩霞满天的时候。他四面找寻，为什么采芹不在家里等候他？同居以来，这是从来没有的现象！他有些不习惯，推开卧室的门，他再喊：

"采芹！"

仍然没有人。小屋很小，几个圈子绕下来，他就知道采芹根本不在家了。这些日子，采芹也奔波着在找工作，但是，也只是到处碰壁而已。这年头，到底社会上需要怎样的人才？能逢迎的？能适应的？能花言巧语的？如果当晚他对那个孙太太换一篇话呢？他站在小屋中，自言自语地说上了：

"孙太太，您的两位少爷都是天才，只是现在的通才教育害了他们，升学主义使他们无法自由发展，太可惜了！您看，他们都有幽默感，'狗得摸脸''狗得一吻宁''狗得来''狗得拜'……"

他住了口，猛力地拍了一下桌子，骂了句：

"真他妈的！"

骂完了，他自己也怔了怔，怎么？自己越变越粗野了，从小，"三字经"就是被禁止出口的。叹口气，他走到厨房里，想找点水果，菜篮里空空的，锅里空空的，橱里空空的，桌子上空空的……他咬咬牙，又自言自语了一句：

"他妈的四大皆空！"

怎么又是粗话？而且越说越自然了？他摇摇头，百无聊赖地倒了杯冷开水，一口气灌了下去。放下杯子，他心烦意乱地在室内兜着圈子，采芹，你滚到哪儿去啦？采芹，我警告过你，我回家的时候，你必须在家中等着！他越来越烦躁，越来越不耐。小屋内像蒸笼，热得人浑身大汗，他脱掉衬衫，只穿一件背心，拿着扇子猛扇。热，热，热，这烤死人的热！"我们不怕冷，也不怕热！"她说的。她是傻瓜，她是白痴！只有傻瓜和白痴才不怕冷又不怕热。他坐在窗前，开大了窗子，面对着满天彩霞。美啊，彩霞，迷人啊，彩霞，但是，我现在愿意用你来交换一杯冰淇淋。想到冰淇淋，他用舌头舔舔干燥的嘴唇，这才觉得自己饥肠辘辘。

阳台上传来一阵脚步声，接着，房门被推开了。采芹飞快地跑了进来，额上全是汗珠，面颊被太阳晒得发红，她穿了件薄薄的小花洋装，背上被汗水湿透了，贴在身上，她一下子就冲到他面前。

"对不起，我出去了。"

"你到哪里了？"他瞪着眼睛。

"去找工作啊，后来又去杂货店找老板娘赊东西啊，那老板娘不肯赊给我了，我们已经积欠了她一千多块钱了！"她望着书培，"你借到钱了吗？"

"没有！"他闷声说，"我根本没去借！"

"哦，"她怔了怔，迟疑地看着他，眼底盛满了疑惑。"你……你不知道家里没钱了吗？"她结舌地问。

他陡然爆发了，用力地拍了一下窗台，他直跳了起来，大声地说：

"钱！钱！钱！你脑子里只有钱！见了面，你一句嘘寒问暖都没有，就跟我要钱！我每个月的公费都交给你了，你为什么不省着用？借钱，借钱，借钱！你以为我有多厚的脸皮去一再向人借钱！"

她仓皇后退，睁大了眼睛，惊惶而痛楚地望着他，微张着嘴，她欲言又止。眼底深处，有一种不信任的、受伤的、难堪的、几乎是瑟缩而卑微的表情就浮了出来，她的眉梢紧蹙在一块儿了，嘴里轻轻地往里面吸着气，好像她身体里有某个地方在剧烈地痛楚，以致她不得不弯下腰去，用手按住了胸口。她挣扎着，半晌，才模糊不清地吐出几个字来。

"对不起，书培，对不起。"

"对不起？"他嚷开了。头昏昏然，汗水从额上不断往下滴，从脑后的发根里一直淌往背心里去。他瞪视着她，那受惊的神态，那卑微的表情，那忍辱的道歉……对不起？她为什么要说对不起？她为什么像个被虐待了的小媳妇？为什么永远那样卑屈低下？难道他欺辱过她？难道他轻视过她？难道他虐待过她？他向她逼近，室内的温度像盆火，他胸中也燃烧着一盆火，这两盆火似乎将把他整个烧成灰烬。他无法控制地大叫了起来："对不起？什么叫对不起？你永远不许对我说对不起！"

她更加仓皇了，更加受惊了，她继续后退，直到身子贴住了墙，那木皮的墙早被太阳晒得滚烫，像烙铁般烙住了她的背脊，她昏然地看着他，茫然失措地，几乎是呻吟般迸出一句话来：

"我——该说什么？我——能说什么？"

"你该说什么？你能说什么？"他胸中的怒越发燃烧起来，烧得他头晕目眩，烧得他失去理智，烧得他不知所云，"你除了对不起就不知道该说什么！你像个受了酷刑的奴隶！看你那副委屈样子！看你那副吓得发抖的样子！好像我虐待了你，好像我欺侮了你！对不起，对不起，对不起……你只会说对不起！你以为我要的是你的一句对不起吗？你知道我为你做了些什么？为了你，我给同学瞧不起；为了你，我到处打躬作揖地找工作；为了你，我负债累累；为了你，我和最要好的朋友吵架；为了你，我失去自尊，失去骄傲，失去所有的诗情画意……而你，只会对我说对不起？"

她被动地站着，眼睛越睁越大，已睁得不能再大了，那受伤的表情，逐渐被一种迷乱的失措和深切的悲痛所取代了。她的手下意识地按在身后的木板墙上，整个人像张贴在墙上的壁纸。他的脸对她越逼越近，声音越喊越响，他嘴里的热气吹在她的脸上……而她，已退无可退。于是，像个被逼进死角里的困兽，她陡然惊动了，伸出手来，她一把推开了他，就像箭一般射向了大门口，她踉跄狂奔，只想逃开，逃开，逃开……立即逃开！她这一跑，使他倏然惊觉了，他连思想的余地都没有，就一下子蹿过去，拦在房门口，他用双手撑在门框上，死瞪着她，颤声问：

"你要做什么？"

她收住了脚步，怔怔地站在那儿，怔怔地望着他那拦门而立的、高大的身子，似乎忽然间明白自己进无可进，退无可退的处境了。她慢慢地垂下头去，慢慢地弯下身子，然后，她就像一团突然瘫软下去的棉花，滚倒在地板上了。她尽量屈起膝来，因为她开始觉得自己胃部在抽搐，整个人都痉挛成了一团。

他吃惊了，蓦然间，他扑向了她，把她从地板上抱了起来，他瞪视她的眼睛，变得面无人色了。

"你怎样了？"他苍白着脸问，声音颤抖，"你怎样了？"

她苦涩地摇摇头，什么话都说不出来，也什么话都不敢说，只怕说什么都是错的。

他凝视她那孤苦无助的脸，那失神而痛楚的眼光，立即，理智像闪电击醒了他，他这才惊觉到自己所说的和所做的了。他睁大眼睛，咬紧牙关，感到她躺在自己怀中，轻如一片羽毛。他瞪视她，心里在疯狂地低语着：

"你要杀了她了！你已经杀了她了！"

冷汗从他额上冒了出来。他不再说话，只是把她抱进卧室，把她轻轻地放在床上，把她的头扶进枕头里，用手拂去她面颊上的发丝，用手帕拭去她额上和颈项间的汗珠，再拉平她的衣褶……他细心地做这一切，细心得好像这是他唯一可做的事……然后，他就在床前跪了下来，把面颊无言地埋进她身边的床单里。

她被动地躺在那儿，也一句话不说，只睁着眼睛，呆望着天花板，似乎在沉思着什么。

好一会儿，他抬起头，他眼里布满了血丝。他轻轻地拿起她的一只手，用面颊熨帖在她手上，用嘴唇轻触那纤细的手指，他沙哑地低语一句：

"说一句话，采芹。"

她摇摇头。

"骂我！"他低声请求，"用最恶劣的话来骂我！"

她再摇头。

"这么说，"他闷声低语，"你不准备原谅我了？"

她不摇头，也不动，她的眼光默默地落在他脸上，他们的眼光接触了。她眼底是一片坦白的温柔，没有责难，没有怨怼，没有愤怒，只有深切的悲哀和无奈。这却比愤怒和怨恨更刺伤了他，一直刺进他内心深处去。她用舌尖轻轻地润了润那干燥的嘴唇，到这时，才说了几句话：

"你没有什么需要原谅的事情。你告诉了我一件事实，我总算明白了。明白我的存在所带给你的屈辱和负担。放心，书培，我没怪你，我从来没怪过你，以前没有，以后也不会。只是，我是非走不可。我不能用我的爱来牵累你，我非走不可了。"

他静静地瞅着她，哑声问：

"你的意思是说，你要离开我？"

她无言地点了点头。

他死盯着她，眼珠一瞬也不瞬。他仍然握着她的手，他用力捏紧了她，捏得她的骨头都要碎掉了。她痛得不由自主地缩了一下身子，但并没有尝试抽出自己的手来。她用种逆来顺受的眼光迎视着他，这眼光里却有种无比的坚决。他在她的眼光里读着她的思想，然后，他放开了她的手，他的眼睛垂了下去，头也低俯了下去。他用手指在被单上无意识画着，不知道在画些什么。室内忽然变得好安静，安静得没有一丁点儿声音，安静得让人窒息。她注视着他，只看到他那乱蓬蓬的头发，他的头俯得那样低，使她看不到他的脸孔。可是，忽然间，有两滴水珠落在那被单上，接着，又两滴……她惊跳起来，整个心灵都为之震动而抽搐了，她张开了嘴，还来不及说什么，他已经伸出手来，迅速地抱住了她，把那湿润的脸孔完全埋进了她的怀里。他颤抖而痉挛，泪珠立即漏湿了她的裙褶，烫伤了她的五脏六腑。她忍不住低喊了起来：

"不要！书培，你不可以哭！从小，你就坚强得像海边的岩石，风吹雨打，海浪冲击都磨损不了你一分一毫的傲气，你那么坚强，你怎么可以哭……"

她说不下去了，因为，她自己哭了起来。经过一下午的煎熬，她的眼泪是再也无法控制了，像开了闸的水坝，一涌而不可止。泪水疯狂地涌出来，纷纷乱乱地跌碎在他那又黑又密的浓发里。她这一哭，把所有的矜持骄傲委屈悲哀都哭了出来。他摸索着她的颈项，拉下了她的身子，用自己满是泪和汗的嘴唇，紧贴在她那满是泪和汗的面颊上，他的嘴唇碾过了她的面颊，碾过了她的眼睛，碾过了她的唇，碾过了她的意志、思想和感情……把她的心全碾碎了，全碾痛了。

"不要离开我。"他含混地、模糊不清地说，语气里充满某种令她心碎的柔情和乞谅，"你知道我情绪不好，天气太热，我心烦意躁！……你成为我唯一发泄的目标……人……就是这样的，无法对外人发脾气，就只能对自己的爱人发作……你，不许离开我，否则，生命对于我……就再也没有意义了。"

她透过泪雾，望着他那又苦恼、又狼狈、又热情、又悲痛的脸庞，忽然发现他现在像无助的孩子，一个闯了祸却不知如何善后的孩子。于是，她内心深处的女性和母性就全体抬头了。她立即原谅他了。原谅他的怒吼、暴躁和一切的一切了。她从床上坐了起来，伸手扶起了他，她试着用裙角去擦拭他额上的汗珠与面颊上的泪痕。她对他深深点头，低声地说：

"我们把它忘了吧！都忘了吧！"

他凝视她，似乎想看进她内心深处去。

"你说的？"他小心翼翼地问，"你会忘记我那些话？一个字都不会记住？"

她怔住了。在这一刹那间，她明白她无法欺骗自己，她忘不了，她可以原谅他，却无法忘记它！他仔细地看她，也立刻了解到，她忘不了。人，要说一句刺伤对方的话是太容易了，要弥补却太难了。体会到这件事实，他就从灵魂深处悸动而战栗了。

"我不是有意要说的！"他无力地低哼着。

"就因为是无意，才吐露了真言。"她也低哼着，低得几乎听不清楚。

"不是真言!"他挣扎地强辩,"根本是我在找你麻烦,我故意找你麻烦!""你不是故意!"她低语,声调低而清晰,"你说了真话,我的存在带给了你屈辱和负担。"

"我没有这个意思。"

"你知道你有的。"

他看她几秒钟。然后,他忽然跳起来,往厨房里冲去,嘴里喃喃自语着:

"我剁一个手指下来跟你发誓!"

她大惊失色,慌忙也跳下床来,直冲进厨房,正好看到他去取菜刀,她扑了过去,死命攥住他的衣角。他挣扎着,要挣脱她,她心里一急,就在地上跪下来了。

"你不要折磨我吧!书培,你敢伤了你自己,不如拿刀杀了我!你不要吓我!求你不要吓我!你要我怎样,我就怎样……"她哭了起来,边哭边说,语不成声,"我答应你,我忘了它,一个字也不记住!我承认,你不是故意找我麻烦,你没有那意思,你没有,你没有,你没有……"她哭倒在他脚前。

他的心碎了,痛了,扭曲了。他也跪了下来,他们紧紧地拥抱在一起了。

"我们怎样办?"他窒息地问,"怎么办?怎么办?怎么办?"

她抬头看他,急切地说:

"只要你不发疯,什么事都有办法的。"

"是吗?"他瞅着她。

"是的,"她急切地应着,从地上站起身来,"我可以去找工作。"

"你已经找了好几个月的工作了。"他也站起身子。

她悄眼看他。

"我可以得到一个工作,"她说,"在中山北路最高级的一家西餐厅里,只要你不反对。"

"当女招待吗?"他闷声问,已经本能地反对起来了。

"不是女招待,我知道你不喜欢我当女招待。"她说,小心地观察他的反应,"是在那儿弹电子琴。"

"电子琴?你会弹电子琴?"

"不会。但是,有钢琴的底子,学电子琴很容易,我已经找到一个教电子琴的老师,他答应免费教我,等我有工作之后,再付他学费。"

"哦。"他沉吟着。

她抬头悄眼看他。

"你——总不会反对我弹电子琴吧?"

他吁出一口长气来。

"你先要学,学会了才有机会试,路还很遥远呢!去学吧。"他抚摸着她的背脊。在这种情况下,他再也无心去泼她任何的冷水,只想挽回自己的失言,捧牢两人之间的爱情。"我并不是暴君,只要——你不离开我,干什么都好!"

她静静地注视他,轻轻地推开他,勉强地微笑着,叹了口气。经过这样一闹,两人心中都有分哀恻的感觉。她也竭力想重新唤回这小屋中的温暖和喜悦,想把那分哀愁和阴影都赶到室外去,就四面张望着,故作轻快地说:

"让我看看有什么可吃，我饿了。"

"我早就看过了，什么都没有。"他说，又有些沮丧。

"哦。"她睁大眼睛，耸了耸肩，做出一个满不在乎的表情，就走到窗边去，扑在窗台上，望着那逐渐变为灰暗的彩霞。居然唱歌似的轻哼起来："采菊西窗下，彩霞飞满天，我饥彩霞供我餐，我倦彩霞伴我眠……"她忽然住了口，只望着窗下的街道，忘记了彩霞了。

"你在看什么？"他问。

"那儿有个卖甘蔗汁的。"她低声说，用舌头舔舔嘴唇，"我真想喝杯又冰又凉又甜的甘蔗汁。我又渴又累！"

"一杯甘蔗汁多少钱？"他问。

"大概两三块钱吧！"

他想了想，又每个口袋乱翻，还是只有那两块钱！他望望她，虽然强颜欢笑，那凄楚的泪光仍然在她眼底闪烁，那脸色也依旧苍白。她岂止又渴又累？她简直又病又弱！他转身奔进厨房，拿了一个杯子，说了句：

"你等着！"

就飞奔到楼下去了。

她倚窗而立，望着楼下，只看到书培拿着杯子走向那个卖甘蔗汁的，对那卖甘蔗汁的老头指手画脚地不知说了些什么。然后，就看到书培付给那老头钱，老头注满了他的杯子。原来他身上的钱还够买一杯甘蔗汁！她不禁微笑起来。眼看他握着杯子，穿过街道，走了回来。她等在那儿，听着他上楼梯的声音，听着他的脚步穿过阳台，她抬头看着门口，就看到他满面得意的笑容，颤巍巍地捧着一杯甘蔗汁，小心翼翼地走了进来。

"快来喝啊！"他说，"那老头真是慷慨极了，一杯甘蔗汁要四块钱，我只有两块，我告诉他，我买半杯好了，他居然给了我一满杯，只收了我两块钱！哎，这还是个很有人情味的世界，是不是？"

她看着他那满脸的笑，心里酸酸的，骄傲的乔书培呵，几时曾经如此卑屈地向人乞讨过一杯甘蔗汁，只是为了她想喝！捧着那杯子，她轻轻地啜了一口，真甜，真凉，真美味，她深吸口气，慢慢地咽了下去。他看着她如获至宝的样子，心里也是酸酸的，高贵的殷采芹啊，那白屋里的小公主，几时曾经如此可怜地喝一杯甘蔗汁，只是因为跟了他！他怜惜地望着她，她却已经把杯子送到他的嘴边：

"来，我们分着喝，好喝极了。"

"不不，你一个人喝！"他忙不迭地闪开了，差点碰翻杯子。

"你不喝，我也不喝了。"她说，望着他笑，"一共就这么杯甘蔗汁，我们还谦让些什么！来吧，有福同享，有难同当，有甘蔗汁同喝！"她居然幽默起来了。

他笑了。看到她又有了生气，又有了笑容，又有了"有福同享，有难同当"的诺言，他就从心底欢愉起来了。她不会再生气了，她会忘记那些混账话，她一直是个那么善良温驯的小东西，善良得无法和任何人记仇记怨，何况是他！他的心中在欢唱了，走过去，他不再推辞，就和她一人一口地分享那杯甘蔗汁。

从没喝过如此可口的饮料，从没尝过如此清醇的甘泉，从没享受过如此沁人心脾的凉爽。他让那甘蔗汁在嘴中打个转，才舍得咽下去，他咂着嘴，满足地叹息着说：

"采芹，你想我们将来会不会很有钱？"

"可能。"她笑着说。

"等我有钱的时候，"他沉吟着说，"不知道甘蔗汁还会不会这么好喝？"

"不管你将来有钱还是没有钱，"她也满足地低叹，"我永不会忘记这杯甘蔗汁！"

那个黄昏，他们就这样坐在窗前，共饮一杯甘蔗汁。那甘蔗汁似乎比酒还醇，比酒还香，比酒还浓……因为，他们竟然喝"醉"了。后来，他举着杯子，对彩霞唱起歌来了：

共饮西窗下，

彩霞飞满天，

举杯问彩霞，

今夕是何年？

彩霞为我证，

此情比石坚，

但愿长相守，

天上即人间！

第十五章

　　暑假来临的时候，书培和采芹的局面都有了转变。先是书培接了苏教授的工作，立即得到苏教授极力的赏识，那工作除抄写外，还要整理和归纳，几乎全是案头工作。书培对这份工作不只是胜任，而且很有兴趣，他获得许多知识，也常和苏教授畅论古今中外的文学作品。这要感谢乔云峰从小给书培的熏陶和教育，使他自幼就有份极好的国学根底，偶尔小诗小词，他也会模仿着写上一段，因而，工作几次之后，苏教授就当着燕青的面，对书培极口称赞：

　　"真难得，你怎么会去学艺术呢？你该学文学的，你比我那些科班出身的中文系学生还强得多！我前后用了三个助手，没有一个赶得上你的一半！"

　　人，天生是需要欣赏和赞美的，书培由心底获得了安慰，而苏燕青又一直站在旁边，对他抿着嘴角笑，那笑容里包含了太多的意义：有高兴，有得意，有快慰……这笑容更满足了他的虚荣感，使他把当家教那段经历，当成了一个过去了的噩梦。

私下里，他和燕青也有过一番相当"知己"的谈话。那晚，他做完了工作，从苏家告辞出来，燕青说：

"我送送你，我们走一走，如何？"

于是，他把脚踏车放在她家门口，就和她慢慢地在街头踱起步来，沿着那红砖铺砌的人行道，迎着迎面而来的晚风，沐浴在满天繁星的星空下，他们缓缓地走着，深深地倾谈着。这是第一次，燕青收起了她那尖锐的言辞和那近乎孩子气的淘气，以及爱调侃爱讽刺爱针锋相对的脾气。她表现得很女性，很成熟，很了解，很洒脱，又很知己，很同情。

"你的事，我都听陈樵说了。"是她先起的头，她一下子就把谈话纳入了主题。"听说，你和那个殷小姐从小就认识，是吗？"

"殷采芹，"他说，"就叫她采芹吧。是的，认识她那天，我才七岁，她是殷家小姐，我是穷书记的儿子。那天，我的便当里没有带筷子，是她把她的筷子让给了我……"他顿住了，思想被带到那个久远久远以前的日子里，有个紧张兮兮的小男生没带筷子，有个羞羞怯怯的小女生塞给他一双筷子……他轻叹了口气，"我们的童年都在那海边度过的，那渔港别有风味，燕青，你将来有机会应该去看看，那是个很可爱很可爱的小海港。"

"很罗曼蒂克，很诗意的，是吗？"她悠然神往地说，"很有情调的！一对小情侣，在海浪和岩石边长大。你们是不是从小就相爱了？"

"可能是。"他沉思着，"小时候是不懂事的，是糊糊涂涂的，男孩子又比较粗枝大叶……不过，我从小就为她打架，她呢……"他想着那些拾贝壳的日子，想着她在舞台上跳天鹅湖，想着那岩洞前的倾谈，那初吻，那海边的彩霞……他又叹了口气，"她对我真是没话说！和她相比，她为我付出太多，我却为她付出太少了。"

"是吗？"她的眸子在街灯下闪着慧黠的光芒，"为什么你一谈到她就叹气？"

"叹气？"他有些愕然，"我不知道。我想，我总觉得我有些亏欠她。"

"为什么？"

"我不是个很体贴很细心的男人，我很暴躁，很易怒……你说过，我是喜怒无常的……我常会莫名其妙发脾气，有时，甚至是霸道、自私而不讲理的。她必须忍受我这所有的缺点。"

她凝视他，眼里有着惊异和感动。

"天哪！"她说，"你一定爱惨了她！"

"怎么？"

"我从没有听到你如此严苛地批评过自己。你一向都那么自负，那么独断独行，那么孤高的。我想，有才气的男孩子都天生就有那么股傲气，知道吗？乔书培。"她深思地注视他，"我好欣赏你这股傲气，陈樵告诉我你在孙家表演了一幕拂袖而去，连孙家欠你的半个月薪水你也不要了，把那孙太太气得叫了陈樵去骂。你知道吗，我听了好激动，我真欣赏你走得漂亮，走得潇洒，走得干脆利落！我就受不了陈樵的'迁就哲学'，人生，是不需要迁就的，是该活得有自我，有自尊，有傲气的。所以，乔书培，别让那女孩磨掉你的傲气，如果她真爱你，她是会连你的傲气一块儿爱进去的！"

乔书培惊奇地看着燕青，她这番话那样行云流水般自自然然地倾倒出来，那样深深地就扣住了他的心灵，引起了他一阵说不出的感动、喜悦和一种深切的"知遇之感"。他凝视她，竟忽然有个稀奇的念头，如果当初采芹不再来学校找他，说不定他真会和面前这个女孩有发展呢！想到这儿，他就猛地打了个寒战，一种深深的犯罪感把他给抓住了，他立即甩了一下头，把这荒谬的念头给甩到九霄云外去。

"谢谢你告诉我这番话，"他由衷地说，"我会记得牢牢的，从没有人这样对我说过，我一直以为——这傲气是我的缺点，是该改掉的。"他吸口气，"燕青，有件事真奇怪……"

"什么事？"

"陈樵是我最要好的朋友，可是他并不了解我。反而……你对我的认识，好像比他深刻得多。"

"这一点也不奇怪。"她微笑着，那笑容温柔而可人，"两个要好的朋友不一定彼此了解，只有个性相同的人才能了解对方，除非是你的同类，否则决不会了解你。"

"同类？怎么说？"

"举例说吧，我家的猫和我家的狗是好朋友，一起睡，一起吃，但是它们不是同类，对彼此的习性也完全不解。狗表示好感的时候猛摇尾巴，猫表示好感的时候猛打呼噜。可是，我家的猫和隔壁家的猫却彼此了解，它们一块儿打呼噜，一块儿磨爪子，一块儿洗脸……因为它们是同类。人也一样。个性强的人了解个性强的人，懦弱的人了解懦弱的人，英雄惜英雄，狗熊爱狗熊。"

他笑了。欣赏、折服而敬佩地望着她。

"你怎么能这样聪明？"他问，"你和我差不多大，你怎能对人生体会这么多？"

"你也能体会的，"她对他点点头，"而且，你一定体会得比我更深入，因为，你经历过一段我没有经历过的人生。像是——爱情。"她仔细地看他，似乎要看到他内心深处去。"爱情很美吗，乔书培？"她问，"很快乐吗？很享受吗？你觉得——很幸福吗？"

他沉思了一会儿。

"很难回答你这些问题，燕青，"他坦白地说，"我想，每个人对爱情的感觉都不一样，因为，遭遇的故事和背景不同。我和采芹——"他顿了顿，深思着，忽然问，"你看过黄昏时的天空吗？"

"是的。"

"你注意过彩霞的颜色吗？"

"怎样？"她不解地问。

"那颜色是发亮的，是绚烂的，是光芒耀眼的，是美丽迷人的，但是——也是变幻莫测的，那——就像我们的爱情。"

她被他勾出的图画所眩惑了，又被他眼底绽放的那抹奇异而热烈的光彩所迷惑了。她目不转睛地看着他，忍不住叹了口气。

"你一定要介绍我认识她，"她说，"告诉我，她美吗？很美吗？"

"是的。"

"比我呢？"她冲口而出，问完，脸就涨红了。

他并没有注意她的脸红，他在认真地想回答这问题，认真地分析她和采芹的不同之处。

"你们是完全不同的两个典型，各有各的美丽，很难比较。像你说的，你们不是同类，如果她是只漂亮的猫，你就是只——漂亮的狗！"

"啊呀！"她大叫，笑着，"你绕着弯儿骂人！我看啊，你倒像只——漂亮的黄鼠狼！"

"漂亮的黄鼠狼？"他一怔，忽然会过意来，就嚷着说，"你才真会骂人哩，天下的黄鼠狼，就没有一只是漂亮的！"

她笑得弯下了腰。

"你是仅有的一只！"

"胡说！"

于是，他们都笑了起来。仲夏的夜，在他们的笑声和欢愉里，显得好安详，好舒适，好清柔。笑完了，她正色说：

"什么时候带我去你的小阁楼，让我见见你那只——漂亮的猫？"

"让我安排一下。"他说。

"还需安排吗？"她有些受伤，"她是女皇，你是内阁大臣，要觐见女皇，先要经过内阁大臣的安排。"

"你错了！"他低叹一声，"她胆怯，自卑而害羞，她把你看得比神还伟大。"

"把我？"她惊讶地张大了嘴，"她知道我吗？"

"是的。"

"怎么会——"她迟疑地，又偷偷看了他一眼，就淡然一笑，抛开了这个问题，"改天，你请我和陈樵一起去！你知道吗？陈樵和外文系那个'长发飘飘'颇有进展呢！你应该敲他竹杠。"

"我听说了。陈樵吹得天花乱坠，说'长发飘飘'和他私订终身了，也不知道是真还是假。"

他正视她，诚恳地说："燕青，有人说，男女之间，不可能有友谊，你相信这句话吗？"

她看着他，默默地摇了摇头。

"那么，让我们来推翻这个理论？"他认真地、坦率地、热情地说，"我实在非常——欣赏你。"

"看样子，我们是彼此欣赏喽？"她忽然又调皮起来，笑得慧黠而闪烁，"可惜你是黄鼠狼！好，我们要做朋友，一言为定！"

"一言为定！"

就这样，他和燕青之间，忽然变得友好而亲热起来，他们常在一块儿，谈文学，谈诗词，谈人生，谈爱情，谈同学，谈他的抱负，也谈他的采芹。而在这段时间里，采芹正忙着苦练她的电子琴，由于家里没有琴，她必须出去练，几乎每天都要出去五小时以上，她学得认真而辛苦。这样，到八月底，一天，她从外面飞奔而回，喜悦地投进了他的怀中，用胳膊抱着他的脖子，叫着说：

"我通过了，我得到了那个工作！"

"弹电子琴吗？"他问，不太信任地说，"你真的会弹了？别当众出丑呵！"

她对他妩媚地微笑着。

"我弹得并不太坏，你不知道我每天练得多辛苦，幸好以前学过钢琴，幸好我知道的曲子也多，否则我真不晓得怎么能通过？那经理让我坐在那儿，一口气弹了三小时，不能有重复的调子。哦，那经理对音乐可真懂，弹错了一个音他都会发现。"

他开始正视这件事情了。

"你的工作到底是什么性质？讲来听听看，是乐队中的电子琴手？"

"不是的，是电子琴独奏。偶尔也可能要跟着唱支歌。"

"哦，还要唱。不过，你的歌喉倒还可以。"他点点头，"每天要上班吗？"

"是的。我们有两个弹电子琴的，轮流弹，一个人会吃不消，因为，西餐厅从早上十点钟就营业，要一直到晚上十二点。当然，并不是每小时都要弹，弹弹歇歇，每天总要弹三小时左右。"

"你的意思不是说，你要从早上十点钟，上班到晚上十二点吧？"他狐疑地问，本能地抗拒起来了。

"不会，我明天就去和另外那个电子琴手研究研究，我上早班，让他上晚班，那么，我每晚还是在家陪你。反正，马上就开学了，你白天也要上课。"她急急地说，生怕他会反对。

"多少钱一个月呢？"他问。

"你绝想不到。"她的脸发光，眼睛也发光，"那经理说，从一万元一个月开始起薪，如果做得好，以后再加薪。"

"一万元？"他直跳起来，倒吸了口冷气，"你没弄错吧？只弹琴吗？还是另有文章？为什么出这么高的待遇？你最好说说清楚！"

"唉！"她叹着气，温柔地凝视他，又温柔地吻他，"不要疑神疑鬼吧，书培。你知道，一个电子琴手是很难找的，好的琴手有高达四五万块一个月的。不仅仅只弹一两小时，他们还跑场呢！一天去好几个地方呢！我跟你保证，那儿是最高级最高级的餐厅，一点花样都没有的。"

"那家餐厅叫什么名字？"他闷闷地问。

"叫'喜鹊窝'。"

"喜鹊窝？"他咬咬嘴唇，"最好别弄成'乌鸦窝'。"

她小心翼翼地看着他，微微有些儿伤心。

"你——不高兴吗？"她低声问，"你——并不为我获得这个工作而开心吗？我——足足苦练了两个月呢！"

"哦，"他回过神来，注视着采芹，他用手指轻梳着她的头发，望着那发丝像水般从他指缝中滑落下去，又用手指轻轻抚摸她那小小的鼻梁，她的鼻梁并不挺，却有个很美好的弧线。再用手指抚弄她那略显瘦削的下巴，她整个脸庞的轮廓，都柔美而动人，他又想画她了。她是美丽的！他用一种惊叹的心情去想着，她实在是美丽的！随着岁月的流逝，她似乎越来越绽放出她的光华，越来越有种成熟的韵味和飘逸的气质。把这样一个美丽的小东西放在一家人来人往的餐厅里，不知道是不是很明智？他摇摇头，叹了口气，把她轻轻地拥在胸前。"我为你高兴，采芹，我是为你高兴！如果你觉得我表现得不够热烈，那是因为——我那男性中心的思想，使我有些受伤。"

"受伤？"她窒息地问，"怎么会？"

"我找了几个月的工作，到处碰钉子，待遇都是千儿八百，你呢，一下子就找到了个上万的工作。真是——百无一用是书生！"

"哦！"她轻唤着，热烈地抱紧了他，热烈地依偎着他，热烈地说，"你还在念书呢！你还在学画呢！你是艺术家呢！你不要用待遇去衡量人的价值，你的画，你的才华，你的艺术根本就是无价的！我是什么呢？我只是一个渺小的、供人消遣的弹琴的！”她仰望着他，眼底一片崇拜，一片痴情，“如果——你真的会受伤，我就——不去做那个工作了。”

他笑了，笑得稍微有些勉强。

“胡说！好不容易争取到的工作，怎么能不做呢？当然要去做！”

“你答应了吗？”她喜悦地叫，喜悦地吻他，“你真好，你真伟大！我一定每晚早早地回家，煮晚饭给你吃！这样，我们就再也不用为经济发愁了，是不是？再也不会饿得没钱吃饭了，是不是？而且，你借陈樵他们的钱，也可以还了，是不是？”

“没想到，”他微喟着说，“我要用你的钱去还债！”

她凝视他，噘着嘴，似乎伤心了起来。

“原来——”她说，“你还跟我分彼此！原来——我们并不是一个整体！”

“好了！”他故作轻快地一跺脚，粗声说，“少跟我来这一套了！你——什么时候开始上班？明天吗？”

“不。”她笑了，“要下个星期，因为——我还缺少一些行头，今天，那经理已经先支给我三千块，让我去做衣服。”

哦，原来她已经领了一部分薪水了，原来她早已接受了这工作，原来她和他的“商量”根本是多余的。他不再说话了，走到书桌旁边，他故作忙碌地把自己埋进了书本里。心里却有分隐隐的、迷茫的不安，似乎感觉到，她和他之间，有了某种无形的距离，有了片茫茫然的白雾，有了阵朦胧的轻烟……而且，这白雾轻烟正在缓慢地扩大弥漫中。

这种感觉，在采芹第一天去上班的时候，就变得更加具体而强烈了。

由于谈判失败，另一个弹琴的只肯和采芹交替值班，换言之，他们每星期调一次班，日班从早上十点到晚上六点，晚班从晚上六点到深夜十二点。每人都值一个星期日班，再换成一星期晚班。第一个星期，就轮到采芹值晚班。至于每晚回家煮晚饭的诺言，显然是不用再提了。

那晚，采芹穿上了那件定做的长礼服，是件白色曳地的晚装。软缎的料子，闪闪地发着光，低低的领口，露出她修长美好的颈项。长长的黑发，披泻在她半裸的肩上，一支镶水钻的发针，嵌在她的鬓边。她细扫蛾眉，轻点朱唇，淡匀胭脂……站在书培的面前，她低问：

"怎样？我行吗？"

他瞪着她，几乎不认识她了。从没想到，一件衣服，一些化妆品，可以把一个女人变成另一种模样。她站在那儿，纤细修长，苗条优美，浑身上下，都带着种夺人的高贵与逼人的华丽！她那细细的眉毛，她那闪亮的眼睛，她那粉红色的双颊和那像花瓣似的嘴唇……怎么，这小屋突然变得寒酸了？怎么，这些家具都灰灰涩涩的了？怎么，连窗外的彩霞都失去颜色了？她在他面前轻轻旋转了一下身子，她裙角轻扬而纤腰一握，她再问：

"怎样？我行吗？"

他长长地呼出一口气来。

"是的，你行，只怕太行了！"他说，"你美得像个仙子，我

177

希望……"他把下面的话咽住了。

"希望什么？"她追问。

"没什么。"他摇摇头。

"不行，你说，你说！"她不依地说，"你一定要说！你希望什么？"

"我希望——"他咬着牙，含含糊糊地说，"那架电子琴又高又大，能把你整个人都遮住。"

"为什么？"她惊奇地问。

"我吃醋。"他咕噜着。

"你什么？"她听不清楚。

"我吃醋！"他终于大声说了出来，"我不要那么多的人看着你，我不要那么多的眼睛来欣赏你，你应该只是我一个人的，只给我一个人看！"

她笑了。笑得又温柔又甜蜜。

"你真是个——"她低低地说，"又自私，又霸道的人！但是……"她幽幽地叹口长气，收起了笑，正色说，"即使有几千万人看着我，我仍然只是你一个人的，我——"她的声音轻柔如梦，"爱你！"

他的心竟怦然而动了，为这三个字而再一次地震动了。他们之间，老早说过几千万个"我爱你"，而现在，这三个字仍然唤起他崭新的激情。他目送她转身走出小屋，目送她长裙曳地、衣袂翩然地离开，不知怎的，竟有种心痛的感觉。好像她这样一走，就会走出了他的世界，走出了那由彩霞织成的世界，走出了那空灵的世界，而投入另一个花花世界中了。

第十六章

开学了，又是一个新的学期，又是一个新的年度，书培进入大二了。

大学生活总是那样的，可忙可闲，因人而异。但，大多数的青年，经过一段漫长的苦读时期，好不容易进入了大学，就会整个放松了自己，他们在追求知识之余，更充分地要享受他们的青春，享受他们的骄傲，享受他们刚刚获得的自由。因而，在他们这个年龄，都是最自负、最刚强、最任性而最欢愉的。大二是个精华的时期，新生时代的生疏和羞怯已成过去，未来前途的压力还没有来到，他们是真正在享受着"生命"了。

陈樵辞去了一个家教，他也在充分享受"生命"了。搂着他的"长发飘飘"，他站在校园里，接受了书培还给他的两千元，他笑着问：

"你发财了吗？中了奖券？"

"是采芹，她找到了工作，两个人赚钱当然就够用了。"书培说。特别强调了"两个人赚钱"这一点。对于采芹那高薪的收入，他一直觉得颇有压迫感。

"哦，乔书培！""长发飘飘"开了口，她的名字叫何雯，是外文系之花，因为有一头特别漂亮的长发，曾经被一家广告公司看中，要她去拍"洗发精广告"，被她拒绝了。但是，从此，"长发飘飘"的绰号就不胫而走。她从大一就和陈樵来往，最近，两人已进入相当"白热化"的阶段，从陈樵嘴中，她当然也知道了乔书培的故事。"听说你有一个'望霞阁'，我们今天下午翘课，去你的'望霞阁'中玩玩好不好？"

书培怔了怔，还来不及说话，陈樵已经大声附议：

"好啊！我早就想见见你那位青梅竹马了。苏燕青也说了几百次，要去你的小阁楼拜访拜访，咱们去找苏燕青，大伙儿撞了去，到你家去闹一个下午！"

"这……"书培有些犹疑，今天采芹是晚班，六点前就要出门，而且，她一点心理准备都没有，如果大批人马登门拜访，不知她会不会手足失措？"这……"他吞吞吐吐地说，"采芹今晚要上班……"

"少这这那那的了！"陈樵敲着他的肩膀，"你就是找出几百个借口，咱们还是要去！难道你那位殷采芹是见不得人的？为什么要把她藏起来？……"

"是啊！"何雯接了口，"乔书培最不够意思，躲躲藏藏，闪闪烁烁，一点男儿气概都没有！"

"我知道，"陈樵又说，"乔书培是瞧不起我们，他的小天地，不容许闲杂人等闯进去！人家是大艺术家，生怕我们这些俗人蠢物，弄脏了他那纤尘不染的'望霞阁'，所以呵，我看，何雯，我们不要不识相了。"

"好了好了！"乔书培举起手来，"我投降，我投降！你们不怕爬楼梯，受得了小屋里的热气，就跟我来！不过，我先去福利社买点瓜子牛肉干，既然有贵客降临，我就得准备一番！"

"你免了吧！"何雯笑着说，"这些东西让我和苏燕青去准备，你只要带我们去就行了。你等在这儿，我找苏燕青去！"她笑着转身，飞跑而去。

"我在这儿看着他，"陈樵嚷着说，"你们快去快来！别忘了也买点汽水啤酒！"

"我去买！"乔书培说。

"你给我站着。"陈樵拉住了他，看着他笑，"我不要让采芹以为来了一批蝗虫，何况，你才还完债，能有多少钱去采办吃的！"

"我有，我有！"乔书培慌忙说，一面伸手到口袋里去掏着，采芹已经上了两个月班了，家里一下子就好像"富有"起来了。如果不是采芹上班需要新装，他早就可以把所有的债务都还清了。

陈樵压住了他的手。

"算了，谁要你炫耀财产啊！你别啰唆了！"

就这样，三十分钟后。乔书培已带着陈樵、苏燕青、何雯等一行人，嘻嘻哈哈地爬上了四层楼，大家怀里都抱着大包小包的零食：瓜子、牛肉干、话梅、饼干、汽水、啤酒……应有尽有，一路上你推我挤，又笑又闹，虽然只有四个人，倒好像来了千军万马似的。大家"更上一层楼"，走上了阳台，就人人眼前一亮，陈樵忍不住，就吹了一声响响的口哨。

在那阳台上，"日日春"正灿烂地盛开着，花团锦簇，五颜六色，那小小的花朵形成了一片花海，把那幢孤独的小木屋围绕在花丛中。从楼梯口到小屋正门，用"日日春"的花盆两边排列，中间空出了一条小径。而花海之中，还间或有一两盆绿色植物，有的像芭蕉，有的像棕榈树，在那儿亭亭玉立地站着。小屋的窗子大开着，静悄悄地垂着绿条纹的帆布窗帘，微风过处，窗帘就迎风招展……好一个世外桃源！

乔书培首先往小屋内冲去，打开大门，他扬着声音，大喊着："采芹，快来！有客人来了！"

采芹正在厨房里忙，晚上要上班，她生怕乔书培不吃晚饭，自从采芹上晚班之后，他就常常忘了吃晚饭，他说他已经不习惯于一个人去馆子里吃饭了。所以，采芹炖了一锅牛肉汤，又在忙着洗菜切菜，想在上班前把晚餐做好。她双手湿淋淋的，衣服上还沾着菜叶子。听到一大群男男女女嘻嘻哈哈的声音，又听到乔书培这一叫，她不知怎的，就大吃一惊而心慌意乱起来。慌忙洗干净手，拂了拂散乱的头发，扯下了围裙，她还来不及弄清爽，书培又在喊了：

"采芹！快来迎接客人啊！我最要好的同学都来了！采芹，你在哪儿？"

她整理着衣裳，手足无措，却不能藏在厨房里不见人啊！深吸了口气，她心里有些慌，有些乱，有些急，有些怯场，有些羞赧……这个书培啊，怎么预先不给她一个通知呢？她也可以把自己打扮整齐一些呀！不能再迟延了，硬着头皮，她迎了出去。

一走到"客厅"，她就更加心慌意乱了。迎面看到的，就是那个有小酒窝的"好美丽好美丽"的小姐，一头短发，一对锐利而明亮的眼睛，充满了好奇，直率地、坦白地、紧迫地盯着她。似乎想一眼就把她看得透透的，而她觉得，她也真的被这对慧黠的眸子看得透透的了，因为她只有那样浅浅的内容，像盆浅浅的水，是禁不起这样"聪明"的"大学生"来透视的。

"采芹，"书培走过来，一把用胳膊揽住了她，那男性的胳膊是多么强韧而有力啊，像个堡垒似的圈住了她，她觉得那"扑通""扑通"乱跳的心脏稳定多了，"我给你介绍，这是苏燕青，我就在她爸爸那儿工作，你知道。燕青的学问才好呢，是中文系的高才生，品学兼优……"

"得了，乔书培，"燕青瞅着他笑，"哪儿跑来这么多客套和虚伪？你少肉麻了！"

乔书培笑了，转向陈樵和"长发飘飘"：

"这是何雯，外文系的系花，也是我们陈樵兄的……"

"乔书培！"何雯凶巴巴地喊了一声。

"怎么了？"乔书培用手直抓脑袋，一股傻呵呵相，"我今天连介绍人都不会了，到处碰钉子！采芹，咱们学校是有名的，男生傻，女生凶。而傻男生老被凶女生统治，有些阴阳颠倒……"

"你可是例外啊！"陈樵笑着说，紧盯着采芹看。她怯生生地站在那儿，唇边带着个几乎是"可怜兮兮"的微笑。脂粉不施，荆钗布裙，皮肤又白又细，眼珠又黑又深，身材纤细苗条，如玉树临风。那副含羞带怯的模样，却相当"楚楚动人"。"啊哈，"他爽朗地怪笑着，"乔书培，怪不得你看不上我们学校的凶女生，原来你家里藏着这样个娇滴滴！"

苏燕青轻哼了一声，脸上带着个似笑非笑的表情，她斜睨着乔书培，点点头说：

"我看，咱们女生虽然凶，男生可不傻，尤其你这位姓乔的大艺术家，可绝不傻！"她回头直视着采芹，睁大了眼睛问，"乔大嫂，你说是不是啊？"

采芹的脸蓦然通红，连脖子都红了，头一低，她匆匆忙忙地说了句：

"你们大家坐，我去倒茶！"

说完，她转身就往厨房冲去。陈樵在后面直着脖子喊：

"乔大嫂！你别忙，咱们自己吃的喝的统统带了！"

她冲去厨房，听到书培正在那儿用埋怨的语气，低低地说着：

"搞什么鬼？陈樵？叫她采芹就得了，什么乔大嫂？"

"嗬，乔书培，"是苏燕青的声音，"你不要指桑骂槐。怎么啦？不能叫她乔大嫂啊？那么，乔太太如何？直呼名字，我可不习惯。"

"不习惯吗？"乔书培答得敏捷，"苏小姐，你请坐。何小姐，你也坐。陈先生，你别站着啊！咱们家椅子不够，大家席地而坐吧！"

"哇！"苏燕青怪叫着，似乎在乔书培肩上敲了一记，"你这人真是越来越狡猾了！简直是只——不折不扣的黄鼠狼！"

大家哄然一声，都大笑了起来。采芹站在厨房里，呆呆地啃着手指甲，可不能这样躲着不出去啊。她振作了一下，冲了四杯茶，用托盘托着，慢吞吞地走了出去。

她回到客厅里的时候，陈樵和何雯早已席地而坐，打开了带来的大包小包，瓜子、牛肉干、啤酒、汽水……又吃又喝的，一副"宾至如归"的样子。苏燕青却握着一把瓜子，呆呆地站在窗前，面对着乔书培给采芹画的一张画像出神。那画像是乔书培最近画的，是张油画，依然以彩霞满天为背景，有小窗，有窗台，窗台上有朵紫色的小花。天空是橙红与绛紫组成的，窗台也染上紫色的光芒，小花也镶着发亮的金边，而她——采芹半侧面地依窗而立，穿了件浅紫色的衬衫，鼻尖、眼底、发上……都被彩霞染成了金色。整个画面，是由发亮的金橙色与紫色组合的，带着种夺人的韵味与说不出来的美。苏燕青抽了一口气，回头看着站在她身后的乔书培：

"一个画家画不出这幅画，"她低声地说，"只有一个爱人才画得出来！因为，你不只要用笔和技巧来画，你还要用心和感情来画！"

采芹微微一震，那些茶杯和托盘碰得叮当作响。她的心为这几句话而振奋了，而欢畅了，而像鼓满了风的帆。她的脸孔也发着光，眼睛也闪亮了。可是，当她放下茶杯，抬起头来，一眼看到苏燕青凝视着乔书培的那种眼光时，她眼底的光芒就又隐没了。她看到书培在深思并盯着苏燕青看，低语了一句几乎听不清楚的话，仿佛是：

"你总能探测到我的内心深处去，是不是？"

为什么他们两个要站在一边说悄悄话？为什么他们的眼神间充满了对彼此的欣赏与默契？她收起托盘，转身又要往厨房走，何雯一把拉住了她：

"采芹——我就叫你采芹，好吗？"

"好。"她柔顺地说，微笑着。

"你不要忙东忙西的，坐下来，"何雯说，"跟我们大家一块儿聊聊啊！"她好奇地把她从头看到脚，"你告诉我们，你和我们这只漂亮的黄鼠狼是怎么凑合到一块儿的？他对你好吗？他有没有欺侮过你？你要小心他啊！他们艺术系的，你知道，没一个是好东西！"

"喂喂喂，"陈樵说，"你是怎么回事？头一次来，就要离间人家夫妻感情吗？"

"才不是呢！"何雯叽叽喳喳的，像只多话的小鸟，"因为我喜欢采片啊，我一看她就喜欢。所以要好心好意地提醒她呀！你不要以为我不知道你们艺术系的宝贝事儿，那个小赵和对面的药房西施谈了一年的恋爱，什么海誓山盟都说过了，结果怎样？说变心就变心了，还对我说，什么药房西施没深度啦，没学问啦，没灵性啦……"

"嗯哼！"陈樵重重地咳了一声，"何雯，你吃瓜子好吗？"

乔书培从窗边折过来了，他看着何雯笑。

"你又在为药房西施抱不平了？其实，你骂小赵也骂得过分了一点，你不了解真正的情形。他们根本就不该在一起的，一个错误的开始，不一定要有一个错误的结合，对不对？"

"你又知道了？"何雯问。

"我知道。"苏燕青也走了过来，席地而坐，她嗑着瓜子，那两排牙齿又白又细巧，她的手指秀丽而修长，小指上戴着个镶小碎钻的戒指，是个"S"字母，"小赵跟我很详细地谈过，他倒是有意要娶药房西施的，但是，他们之间的距离实在太遥远了。

看电视，一个要看闽南语连续剧，一个要看《檀岛警骑》，看电影，一个要看《泪的小花》，一个要看《狂沙十万里》，看小说，一个要看文艺，一个要看武侠……这都还没关系，最主要的，小赵的朋友她插不进去，她的朋友小赵插不进去……"

"而且！"乔书培说，"那药房西施对艺术实在是一窍不通，小赵帮她画的像，她说没有照片好看！"

"哈！"陈樵忍不住大笑了起来，边笑边说，"还有件绝事呢，有次小赵画了一张人像，完全用黄颜色油彩画的，那药房西施看了半天，对小赵一本正经地说，'看样子是黄疸病！'"

"哈哈！"何雯大笑了起来。苏燕青也大笑起来，乔书培和陈樵也笑个不停。一时间，满屋子都是笑声，满屋子都是欢愉。采芹听着他们笑，看着他们那一团欢乐和融洽的样子，她忽然觉得自己好多余，觉得自己完全不属于这个团体。她不知道小赵是谁，她也不知道药房西施是谁。她悄悄地站起来，想起厨房里正在炖的肉了，再看看室内的客人，看样子他们会留在这儿吃晚饭，看样子得去准备点菜……她轻悄地离开了客厅，溜进厨房。这次，没有一个人注意到她的离开，他们正谈得兴高采烈。

采芹在厨房内，把所有能够做的菜都搬了出来，洗着、切着、煮着、炖着，一面侧耳倾听着客厅里的笑语喧哗。这屋子很小，厨房和客厅又相连着，他们的谈话都清清楚楚地传了进来。小赵和药房西施的故事过去了，他们又谈起校中一位教授和某女学生的"师生恋"，然后，是位害癌症的同学的募捐问题，然后，是中文系与外文系学生的出路问题……由这个问题，演变成何雯和苏燕青的一次"中国文学"与"西洋文学"的激烈争执。外文系的何雯搬出了莎士比亚、拉马丁、但丁、爱伦·坡……以及一些采芹根本听不懂的名字和名词。中文系的苏燕青把苏轼、杜甫、白居易及冷门的袁去华、范成大、贺铸、李之仪的词倒背如流。采芹以一种惊奇的感觉去听苏燕青谈诗词，只因为她自己也死磕过一阵中国文学，而自认还稍有所得。但是当她听到苏燕青所谈的，才惊觉到自己的蒙昧与无知。尤其，在苏燕青谈到她也熟悉的那首"明月几时有？把酒问青天"的时候。

"模仿文学是自古就有的，人有模仿的本能，所以并没什么不好。苏轼的一首：'我欲乘风归去，唯恐琼楼玉宇，高处不胜寒，起舞弄清影，何似在人间？'就被人模仿烂了。鲁直有过句子：'我欲穿花寻路，直入白云深处，浩气展虹霓。只恐花深里，红露湿人衣。'简直就是套用苏轼的模子……"

"这句子套得并不好，"是乔书培在插嘴，"套得好的，还是后来的'我欲骑鲸归去，只恐神仙官府，嫌我醉时真。笑拍群仙手，几度梦中身！'还有点潇洒的韵味，至于'穿花寻路'毕竟太风花雪月了一些。怎样也赶不上原有的'我欲乘风归去'的豪迈！"

"哦，"苏燕青由衷地感叹着，"画画的，你几时又去研究起苏轼来了？"

"哦，"乔书培答得直截了当，"作诗的，我这是前天从你老爸的文学评论里读来的，我现买现卖，你用不着大惊小怪！"

"现买现卖？"苏燕青说，"现买现卖也要有底子啊！怪不得爸爸把你当宝贝！"

"啊哈！"陈樵笑拍着手，几杯啤酒喝下来，他就有些轻狂放荡，得意忘形起来，"你们一个唱，一个和，一个夸，一个赞，简直就是天生的一对！"

"陈樵！"苏燕青叫着，"你胡说八道些什么？你拿我寻开心没关系，可别忘了，我们这只黄鼠狼已经不是流浪的一匹狼了，人家可有太太的……"

"太太？"陈樵直着喉咙说，"喜酒还没喝，怎么就有……"

"陈樵！"这次，是何雯在喊了，即时阻止了陈樵下面的话，"你这人原来喝啤酒也会喝醉，真是怪事！"

"才不怪呢，说来说去都是你不好！"陈樵说。

"怎么是我不好？"何雯稀奇地问。

"就因为你在我面前，我才这么容易醉，别说喝啤酒，就是喝白开水也会醉！"

"好啊！"苏燕青大乐，笑得咯咯咯的，一边笑，一边似乎在推揉着何雯，"为这几句话，你该请客吧，何雯！否则，我到全校宣扬去……"

"他是狗嘴里吐不出象牙！"何雯喊着。

"我是狗嘴，你是象嘴，"陈樵在装疯卖傻，"让我看看你的象牙在哪儿？啊呀，糟糕！"他大惊小怪地叫起来，"乔书培，你们说，两只象怎么接吻？岂不是鼻子碰鼻子，牙齿碰牙齿？"

大家哄然大笑了起来，满屋子都被笑声充满了。采芹把要炒的菜一盘盘地炒好，把电锅里的饭也煮好，把汤也炖好，看了看手表，五点半了。她必须飞快地化妆，飞快地换衣服，飞快地去上班了。

她在卧室里化好了妆，穿上一件淡紫色蓬蓬袖的纱衬衫，一件深紫色的长裙，长发中分，披在肩上。她盈盈然地走了出来，站在"客厅"里。

"书培，"她温柔地说，"晚饭我都做好了，在厨房桌子上，你们饿了的时候就吃吧。我不陪你们了，我要赶去上班。"

陈樵瞪着她，眼睛都亮了，他响响地吹了声口哨。

"哇！"他坦率地叫着，"乔书培，怪不得你为她神魂颠倒，她美得像朵彩霞！"苏燕青也目不转睛地看着她。

"上班？"她怀疑地问，"怎么晚上上班？"

她准以为我是个舞女！采芹想着，脸上就淡淡地浮起一抹红晕。她还没说话，乔书培走了过来，把手温和地压在她肩上，从背后轻轻地揽住了她，低声说：

"不能请一天假吗？一定要去吗？"

她回头看他，仔细地、深深地看他，似乎想看进他内心深处去。

"你真要我留下来？"她悄声低问，"假若——我留下来对你很重要，我就去打个电话请假，或者——关若飞可以代我表演。"

"关若飞？"乔书培怔了怔，"谁是关若飞？"

"另外那个弹电子琴的人啊！"

"女孩子叫这种名字，真怪。"

"他不是女孩子，他是男的。"

"也有男人弹电子琴？"

"当然，这不是女孩子的专业啊。关若飞是第一流的，他每天要跑三个地方呢！"她凝视他，再一次问，"真要我留下来吗？"

他想了想，终于摇了摇头，放开了她。

"算了，你去吧！"

她暗中咬紧了牙，心底，像海浪似的卷起一阵失意的波涛。留我，书培！为什么不留我？为什么不留我？她飞快地对室内扫了一眼，陈樵和何雯，乔书培和苏燕青，他们像是天造地设的两对，他们有共同的兴趣、共同的谈话材料、共同的朋友、共同的水准……她勉强地挤出了一个虚弱的微笑，很快地说了句：

"大家再见！"

就反身走出小屋，关上门后，她还可以听到室内的对白，苏燕青在问：

"她去什么地方？"

"她在一家餐厅表演电子琴。"书培的声音淡淡的。

"餐厅？那不是很杂吗？"何雯在说。

"哇，她真漂亮！"陈樵依旧在赞不绝口，"说真的，她比那个药房西施漂亮一百倍，书培，你千万别让小赵看到她，否则就麻烦了！"

"我看已经有麻烦了，"何雯尖声说，"你怎么不去追啊？"

"我这只狗，"陈樵说，"还是配你这只大母象算了！"

满屋又是一片笑声，笑得无忧无虑，笑得天翻地覆。采芹下意识地抬头看看天空，彩霞正在天际缓缓扩散开来，她忽然觉得眼睛里充斥了泪水，那些彩霞都变得模模糊糊了。用手提着裙摆，她只想赶快逃开那些笑声，逃开那小屋里的青春和欢乐。她快步地走下了楼梯，投身到台北市的车水马龙里去了。

第十七章

秋天不知不觉地来了。

晚上，"喜鹊窝"里正高朋满座。这家西餐厅的布置相当高雅，窗上垂着玻璃珠子串成的窗帘，像一串串水珠。灯光柔和地照射着大厅，地上铺着红色地毯，一张张小方桌，上面有红格子的桌布，每张桌子上，还有个小小的烛杯，里面燃烧着荧荧然的烛光。

客人们都很安静，细声地谈着话，静悄悄地进食，低低地笑。这儿的客人显然都属于上流社会，都衣着入时而举止文雅。当晚餐过后，他们会喝着咖啡，彼此安详地谈着话，听着那优美的电子琴独奏，欣赏着那坐在琴后的女郎——披着一肩如云长发，穿着一件如轻烟软雾般的薄纱衣裳，白细细的脸庞，水盈盈的眼睛，带着浑身难绘难描的忧郁，如行云流水般奏出一支又一支的乐曲。

关若飞也坐在一个角落里。

他默默地坐在那不受注意的角落里，倾听着采芹的琴声，他听得专注而细心。他面前有一杯浓浓的黑咖啡，没有放糖，也没有加牛奶。他燃着一支烟，那烟蒂上的火光在幽暗的光线下闪烁。他深吸了一口烟，把烟雾轻轻地喷出去，透过那层烟雾，他望着采芹。迷惑地想着，是谁给了这纤小女郎如此深重的忧郁？是谁使那张沉静美丽的脸庞上罩着哀愁？谁能在她眉梢眼底染上了悲哀？谁又在她那深藏不露的心上刻下了痕迹？和采芹共事已经快半年了。她始终像个让人看不透的谜，如轻烟，如薄雾，如朦胧的月光，她带着种飘忽的、超俗的美，生活在一个不为人知的世界里。而他，却一天又一天地觉得，自己是被吸引了，被迷惑了，在他内心深处，始终有根从没有被人触动过的弦，现在，看着她熟练地敲击着琴键，听着那如水如风如瀑布清泉般的涓涓细诉，他却觉得有种看不见的、强大的力量，在勾动他心底那根弦。

　　采芹弹完了一支曲子，她坐正了身子，稍稍地透了口气，一连弹了将近一小时，她的手指微微有些酸痛，背脊也僵硬了。真不知道关若飞怎能连续弹上好几小时，还带上跑场？她的眼光穿过人群，落在那固定的角落里，接触到关若飞的眼光，她的睫毛就微微地闪了闪。他最近是怎么了，总坐在那儿听她弹琴？以前，他常常指正她的错误，也常常教她一些新的曲子，他弹琴如有神助，她常想，自己如果能弹得有关若飞一半好，她就心满意足了。有一次，她对关若飞说过：

　　"我是用手指弹琴，你是用生命弹琴。"

　　区别就在这个地方，所以，她永远休想有关若飞弹得那么好。她还记得，关若飞听后，曾经用种吃惊似的神情看着她，好像他的什么秘密被揭穿了。过了好久，他才对她说：

"不要学我。我的生命太贫乏，所以只有琴。你的生命应该是灿烂夺目的！"

是的，那时，她的生命确实是灿烂夺目的。那时，乔书培还没有开始带同学来家里，"望霞阁"是他和乔书培两个人的小天地。后来，陈樵他们来了，那有小酒窝的女孩来了……"望霞阁"再也不是他们两个人的了。甚至于，不是她的了，她常被满屋子的笑语挤出屋外，在满天的彩霞中迷失了自己。

她轻叹一声，想起最近刚流行的一支歌曲，名叫《别问黄昏》。若干年前，有支歌叫《问黄昏》，曾出过一阵风头，而这《别问黄昏》却更令她心有所动而感触良深。想到这支歌，她的手指下已不自禁地滑出了那支乐曲。她把麦克风移近唇边，开始轻弹浅唱。在一般西餐厅里，电子琴手都要唱一两支歌，当然，关若飞除外，他只弹琴而不唱歌，虽然他也有很好的歌喉。

关若飞把自己深靠进椅子中，默默地注视着采芹，细细地捕捉着她的歌声，她唱得并不是第一流的，但是，她脸上有种遗世独立的神韵，有种出尘忘我的高华，有种若有所思的轻愁……使她的歌竟带着莫大的震撼力量，把他给捉住了，给撼动了。他倾听着那歌词：

> 曾有过许多黄昏，
>
> 我们在夕阳下低吟浅唱，
>
> 你收集了金色的阳光，

为我织了件梦的衣裳，

我再用朵朵彩霞，

把衣裳点缀得金碧辉煌！

如今又到了黄昏，

我早已失去了那件衣裳，

金色的阳光依然一样，

夕阳也依旧光芒万丈，

我再用朵朵彩霞，

只缀成片片断断的思量！

别问黄昏，黄昏昏黄，

它每日独来独往，

管它那梦与衣裳！

别问黄昏，黄昏昏黄，

年年陌上生秋草，

日日楼中到夕阳。

别问黄昏，黄昏昏黄！

别问黄昏，黄昏昏黄！

　　采芹的歌声低咽了下去，琴声也跟着抑低了，当最后一个尾音消失在大厅里，她那黑发的头在琴键上低俯了片刻。再抬起头来时，只有关若飞注意到她眼底的一丝泪光。她合上了琴盖，收起乐谱，该她休息了。她可以休息半小时甚至一小时后，再登台去演奏。关若飞撕下了铺在桌上的一张功能表纸，在后面飞快地写了一行字：

采芹，过来坐坐。请你喝咖啡。

把纸条交给小弟，他并没有签名，他知道她认识他的笔迹。一会儿，采芹就悄悄地过来了。她不受注意地从屋角绕过来，轻盈地、无声无息地来到他身边，拉开椅子，她坐了下来。

"咖啡？"他问，"还是要杯酒？"

她想了想。

"给我杯马丁尼吧！"

"好，"他招手叫来小弟，"我也陪你喝一杯。"

酒来了，她用那塑胶的小签子玩弄着酒杯里的橄榄，神色仍然是若有所思的，眼底因湿润而显得特别明亮。那宽宽的、白皙的额上，拂着一丝短发。她有些神思恍惚，有些哀怨，有些落寞，他几乎可以看到那看不见的忧愁，正在啃噬着她的心灵，她那么无助，又那么孤独，使他的心弦再一次激烈地震动。虽然，他自己一向都是孤独的，几乎是在"享受"着孤独的，但他却不认为她应该孤独。这纤小柔弱的女孩，该有个男性的、温暖的怀抱，把她抱得紧紧的！

"刚认识你的时候，"他开了口，探索着她，"你和现在完全不同。"

"你是说我变了？"她惊觉似的抬起睫毛来，眼中有一丝疑惧，一丝不明所以的恐慌，"我不再像当初那么傻傻的、纯纯的了，是不是？我学会喝酒，偶尔，也抽支烟，我……是变了。"

她追悼什么似的轻叹一声，"环境真容易让人变！"

他把桌上的烟盒推给她，微笑着：

"抽一支？"

她慌忙摇头，挣扎着说：

"不，还是不抽的好，我一直不喜欢女人抽烟。"

"我倒不反对。"他说。

她看了他一眼，虚弱地笑了笑。谁在乎你的反对与不反对呢？如果书培发现她又抽烟又喝酒，不知道会怎么说！书培，她咬咬牙，这名字在她心中引起一阵抽搐般的疼痛。他今晚在苏家，想必，正和那小酒窝在研究"明月几时有？把酒问青天"吧！她那支《明月何时有》就和《梦的衣裳》一般地褪色了。

"那个男人是谁？"他忽然问。

她惊跳起来，手里的酒差点泼出了杯子。

"什么男人？"她模糊地问。

"那个——让你这么悲哀，这么寥落，这么神思恍惚的男人！别告诉我没有那个人，我眼看着你从一朵盛开的小花，像缺乏养分一般地枯萎下来。采芹，我说你变了，并不是你的抽烟喝酒，或者是你的服装打扮，而是……"他顿了顿，困难地组织着自己的句子，"怎么说呢？你现在显然过得很好，你不愁衣食了，你穿着华丽，而且越来越懂得打扮自己了。可是，你反而比我刚认识你的时候贫穷了。最起码，你失去了笑容，失去了欢乐，那时候的你，像是个幸福的喷泉，靠近你身边的人，都会沾上你幸福的水珠。而现在呢，水珠在你的眼睛里，你好像——时时刻刻都会流泪。"他沉着地看她，低问，"为什么？"

她迷茫而慌乱地迎视着他的目光。从不知道他是这样深刻地研判着她，更不知道他是这样观察入微，而直视到她内心深处去。这使她紧张而惶恐了，关若飞，他是那样一个成熟的、深沉的、含蓄的、独来独往的男人，生活在他自己由琴声而谱成的世界里……应该根本不会去注意到她呵！可是，当她现在面对着这张很男性，轮廓很深，有对深沉而充满感性的眼睛……的脸孔时，她知道她错了。他在注意她，而且是太注意了。这使她心跳，使她不安，使她急于想逃避了。

"我不想谈我的故事！"她很快地说，语音短促。

他点点头，抽了一口烟，他玩弄着手里的打火机。他的目光凝视着自己的手，根本不看她，声音平平静静的：

"我没有勉强你去谈。只是，你常常使我觉得心里充满了恨意，你知道——我很恨你吗？"

"恨我？"她愕然地说，瞪着他，"为什么？"

"我恨你那份美丽，恨你为别人发光，为别人黯淡，为别人伤心！……恨你从来没有注意过我！"

她蓦然惊跳，放下酒杯，她想站起身来。

"我要去弹琴了，"她慌乱地说，"你喝多了酒，你大概是醉了！"

"坐下来，别动！"他用手按住她放在桌面上的手，"这是我今晚喝的第一杯酒，怎么可能醉？我想说这几句话，已经想说很久了。你必须听我说！"

"我不能。"她轻轻地说，睁大了眼睛，她那黑白分明的眸子怯怯地落在他脸上。他抬起眼睛来，一接触到她这对坦白而受惊吓的眼光，他就觉得内心的震动有如万马奔腾了。她的声音低柔如水，清幽而温存，"关若飞，我不能听你的。让我坦白告诉你吧，在我还是个小女孩儿的时候起，我就心有所属了。"她用舌头舔舔嘴唇，眼睛睁得更大了，"我一直是他的，永远是他的，我不会背叛他，也不可能背叛他，你懂吗？"

他瞪着她，内心的万马奔腾化成了一片痛楚，他咬紧牙关，愿意用整个生命去交换她嘴中的那个"他"！

"但是，"他哑声地说，"他待你好吗？他也像你爱他一样地爱你吗？他也永远是你的吗？他也不可能背叛你吗？"

"我……我……"她讷讷地挣扎着，觉得自己忽然软弱得像一团棉花球，浑身都没有力气，她的眼光雾蒙蒙地盯着他，努力想答出一句"有自信"的话，"我想是的！应该是的！我们都经过很多苦难，才能在一起，应该……应该……应该会……"

"你想？应该？"他死盯着她，"你并没有把握，是不是？"他的语气沉着而有力，他的目光里有着穿透般的力量，"为什么要唱那支《别问黄昏》？如果你真在幸福里，怎么不唱一支《月满西楼》？或者——"他深抽一口烟，再重重地喷出来，"他曾经为你收集过阳光，现在，却在为别人收集阳光？"

"你……"她战栗着，声音发抖了，脸色苍白了，眼里涌上了一层薄薄的泪光，她的手指神经质地握住了餐巾，"你为什么要这样说？"她震颤着问，睫毛湿润，"你安心要破坏我对他的信心！不不，"她摇头，飞快地摇头，"你不要这样做，再也不要！关若飞，这样做是卑鄙的！我相信他，我信任他！这样就够了！"

"是吗？你真信任他？"他继续问，几乎是残忍地继续问着，

"那么，你的声音为什么发抖？你的脸色为什么发白？不，采芹，不要自己骗自己！你并不信任他，或者，你已经失去他了！"

"不要！"她低喊，用双手蒙住了耳朵，"你再说这种话，我永远不要理你！你根本不了解我们，你只是胡思乱想，你希望我被遗弃，你狠心而恶劣！"

"没关系，采芹，你尽管骂我，随你怎么骂！"他把杯子里的酒一口饮干，"如果骂我能让你心里舒服，你就尽管骂，只是，你必须弄清楚一件事，你真的拥有这份爱情吗？你真的没有失去他？"

"没有！没有！"她一迭连声地说，"绝没有！"

他叹口气，深深地靠进椅子里，仔细地看她。

"他有没有来过这儿？"他问，"他有没有听你弹过琴？"

她摇摇头，把手从耳朵上放下来。

"他不会来的。"她低语，眼睛根本不敢正视他，"他在读大学，这儿并不是大学生停留的地方。"

"哦，大学。"他点点头，声音低沉而有力，"采芹，如果你是我的女朋友，你在哪儿，哪儿就是我停留的地方，不管我是大学生或不是大学生，不管我有能力进来或没有能力进来！假若我穷，我就会站在门口等你！我绝不会——绝不可能让你每晚十二点钟一个人回家！"他站起身子，凝视着她，声音变得很柔和了，柔和得几乎要滴出水来，"你坐在这儿别动，喝点酒，休息休息，想一想。我去帮你把下面的琴弹完。"他从她身边走过，离开了桌子。她立即把脸藏进手心里，觉得五脏六腑都在翻腾绞痛。是的，他说出了若干的事实，他挑动了她内心深处的隐痛。

她失去他了，她失去他了！她失去他了！他从不来听她弹琴，他从不问她在"喜鹊窝"的一切，他从不接她回家。但是，他却会在深夜时分，送苏燕青回家，只因为"女孩子走夜路太危险！"是的，她失去他了！

她握着酒杯，啜干了杯子。小弟又给她另外送上了一杯，她昏沉沉地接了过来，在内心那翻江倒海般的痛楚中，迷茫地饮着酒。然后，她听到电子琴的音浪，如小溪奔湍，如细雨敲窗，如鸟声啁啾……神奇地跳跃在夜空里，那么美妙的弹奏！琴键到了他手底就变成有生命的了。她伸手拿过桌面上他留下的香烟和打火机，为自己燃上了一支烟，然后，她喷着烟雾，忽然惊奇地听到他开始唱歌，关若飞在唱歌！她迷惘地抬起眼睛，正看到他默默地望着这个角落，他的眼光深幽如水雾里的寒星，他的声音低沉而富有磁性，她从不知道他有这么好的歌喉：

> 不管你的心在何处流浪，
> 我一直在这儿痴痴盼望，
> 你的每个微笑我都珍藏，
> 你的眼泪使我心碎神伤，
> 不管岁月怎样消逝，
> 我等待你直到白发如霜！
> ……

她一口饮干了杯子里的酒，熄灭了烟蒂，匆匆地站起身来，这儿不能待下去了！她必须离开！躲开这琴声、这歌声。她需要回家，她需要她的小阁楼，她需要那爱的小窝，她需要——乔书培。

她冲出了"喜鹊窝"，招手叫了一辆计程车，上了车子，她向家中疾驰而去。

一口气爬上了那几百级楼梯，她直冲上阳台，小屋的房门居然锁着。他不在家，他不在家！他不在家！！他不在家！！她心中惨切地呼喊着，书培，你怎能不在家？你怎能不在家？从皮包里掏出了钥匙，她打开房门，扭亮了灯，一屋子冷清清的寂寞在迎接着她。她踉跄地走了进去，跌坐在一张圆形的躺椅里——这躺椅是她最近买的，很大的藤制的椅子，可以把人圈在里面。她蜷缩在那椅子里，把自己深埋在那椅垫当中。

时间缓慢地流逝，每一秒钟对她都像是宰割。下意识地，她看了看手表，十一点半了，他在苏家的工作只到晚上九点，有什么事情会把他耽误到现在？显然，她每个上晚班的日子，他都不在家了？她咬紧牙关，觉得心在流血了。把头埋在膝上，她心里在辗转呼号：回来吧，书培！快些回来吧！书培！求你回来吧！书培！向我证实你对我的爱吧！书培！告诉我你没有变心吧，书培！不要把我摒弃于你的世界以外吧！书培！……

时间不知道过去了多久，她听到有脚步声走上了楼梯。他终于回来了！她蜷缩在那儿不动，皮包掉在地上，她依然穿着表演时那身服装。他走进了屋子，她立刻听到他的惊呼：

"采芹！怎么了？你生病了吗？"

她抬起头来，自己也弄不清楚怎么回事，只觉得泪水在脸上不受控制地奔流。她的眼泪显然把他吓了一大跳，他蹲下身子，用手扶住了她的胳膊，仔细地看她：

"发生了什么事？"他焦灼地问，"你不舒服吗？"

她疯狂地摇头，用胳膊一下子缠住了他，像蛇似的把他整个盘绕在自己的怀里。她哭泣着用湿湿的面庞去依偎他的脸，把他满脸满身都染上了泪水。她半神经质地啜泣，觉得自己已经等待了几千几万年，煎熬了几千几万年，而快要在等待与煎熬中死去了。

"老天！"他喊，"到底是怎么回事？"他试着要把她藏在自己身上的手臂拉开："你受了气？你被餐厅解聘了？你失去了工作？"

"不是！都不是！"她终于吐出了声音，战栗和啜泣使她的语音模糊，"只因为你不在家！"

"只因为我不在家？"他挑起了眉毛，半跪在那圆形藤椅前，困惑地瞅着她，"你是什么意思？"

"我提前回来了，可是，你不在家！"她困难地、词不达意地、含糊地说着，"我不知道你去了哪里？"

"你不知道我去了哪里？"他蹙起了眉，盯着她，"今天是星期五，我在苏教授那儿工作，你明明知道的，怎么说不知道我去了哪里？"

不要！她心里疯狂地喊叫着。书培，随便找一个让我能相信的借口，不要说在苏家工作！苏教授早睡早起，十点以前你就该回家了！她死瞪着他，不说话。

"怎么了？"他不解地问，"你今天怎么如此古怪？"

"你不会工作到十二点多钟，"她控制不住自己的舌头，"你和苏燕青在一起，是吗？你算准了我下班以前的时间赶回来，是吗？你没有料到我提前回家了，是吗？以前我所有上晚班的日子，你都这样安排的，是吗？"

他一唬地从地上站起来，脸色顿时涨红了。关怀和焦灼全从他脸上消失，他的眼睛瞪得又圆又大，直直地盯着她，他的声音变得像冰一样冷了：

"原来，你是特地提前回来抽查我！"他深吸口气，闻到了她身上那股烟酒混合的气息，"你喝了酒！"他提高了声音，"你醉醺醺地回家找我麻烦！"

"我没有醉，"她挣扎着说，开始认死扣，"我只要知道你晚上在哪里！"

"我已经告诉过你，我在苏家！"他吼着，脸涨得更红了，"不信，你去问苏燕青！"

"那么，你是和苏燕青单独在一起了！如果你在苏家，你不会在苏教授的书房里，你大概在燕青的闺房里！"她昏乱地说着，心底，有个小声音在反复低喊：你失去他了！你失去他了！你失去他了！他曾经为你收集过阳光，现在，却在为别人收集阳光了！

"好呀！"他喊了起来，"你像个多疑的、吃醋的、嫉妒的太太，你希望我在哪里？如果我告诉你，我确实和燕青在一起，你是不是就满意了？"

"你是吗？"她固执地问，死盯着他的眼睛。

"我是。你满意了吗？"他问，愤愤地、冷冷地，把她从头看到脚，他眼光里的批判像两支利箭，"不过，不像你想象的那么肮脏，我们在一起整理苏教授的文稿，一直整理到十二点！她抄写，我归纳，整晚都埋在李白和杜甫的诗文里。我没有去过燕青的闺房，她出自诗书之家，你以为她也……这么随便？"

她在他批判的眼光下瑟缩而受伤了。她在他谈燕青的那种赞美的语气中受伤了。

"你的意思是嫌弃我了！我属于肮脏的了，因为，我既不出自书香之家，又随随便便地跟了你！"

"天啊！"他大叫，"你变得简直叫人不能忍耐了！"他一把抓牢她的胳膊，盯着她问，"你喝了酒？"

"是的！"

"也抽烟？"

"是的！"

他用力把她往那藤椅中一摔，回身就去拿自己放在小几上的夹克。拿起夹克，他直冲向房门口，她坐在那儿目瞪口呆地望着他。心里有几千百万个声音，在那儿轰雷似的呼唤着他的名字：

"书培！别走！书培，我不是安心要找麻烦！书培，请你不要走！书培，我只是害怕，害怕，害怕，害怕得快死掉了！书培……"

尽管她心里喊得多么激烈，多么疯狂，她嘴里却一个字也吐不出来。她只是睁大了眼睛，死死地盯着他的背影，他冲出了小屋，"砰"然一声关上了房门，他关得那么用力，以至于整个小木屋都震动了。她随着这阵震动，只觉得天旋地转，似乎整个人都像个木偶般被震碎了，碎成一片一片，再也拼不拢了。她更深地蜷进那藤椅中，抱住了自己的头，把脸埋在靠垫深处，她无力去移动，也无力于思想了。

第十八章

　　乔书培冲出了那个"家"，迎着秋夜的凉风，他在街上毫无目的地走着。在他心底，除了愤怒之外，还有种近乎绝望的情绪，把他整个地吞噬了。他大踏步地跨着步子，寒风鼓起了他的夹克，天上有几点疏疏落落的星光，又高又远又冷地悬着，像是幽灵的眼睛，带着狡狯的冷漠，俯瞰着人世间一切可悲可笑的故事。

　　他的眼光从天空调回来，注视着自己在街灯下的影子，又瘦又长又孤独，那影子忽焉在前，忽焉在后，不即不离地跟着他。或者，人类本该是个孤独的动物，只有"影子"才是终身的伴侣？他走着，心里乱糟糟的茫无头绪，只是心痛地绝望，绝望地心痛，还有份难言的沮丧和无所适从的愁苦。

　　她抽烟，她喝酒，她找麻烦，她变了！他咬紧牙关，想着这一切。她的变化是逐渐的，就因为那样缓慢而逐渐的变，才会没有引起他的注意。事实上，最近家里的一切都在变，她添购了冰箱，冰箱里总有吃不完的食物，她说：

"你同学来的时候，我总不在家，冰箱里有吃的，你们随时可以自己弄了吃！"

后来，她又买了一台黑白电视机。她说：

"我不在家的时候，你可能会寂寞，偶尔看看电视，可以打发时间！"

是的，她都已经想好了，冰箱、电视、他的同学们。她缓缓地、不落痕迹地把自己从他的生活中退出来。每次燕青他们一来，即使她在家，她也会找个借口走开，不是说"我去买点吃的！"就是说"我还要去学一支新的曲子！"她总有理由走开。而逐渐地，燕青他们也习惯于没有采芹的插入了，她在场，反而使大家都有些尴尬，使所有的话题都无法尽兴打开，使每个人都拘束。为什么？这明明是她有意造成的！她不肯和他的朋友打成一片，她宁愿退开，宁愿退得远远的！

她是有意的吗？她安心想脱离他了吗？他模糊地想着。许久以来，这是第一次他认真地在分析采芹，分析他们最近的"关系"。她越来越时髦，越来越明艳，每次她盛装出门，他都有种窒息似的感觉。尤其，当燕青、何雯等也在场的时候。燕青永远是件大方而简单的格子衬衫，一条牛仔裤，潇洒年轻而随便。何雯就更不修边幅了，长裤上的衬衫，常常只在腰上打个结，长发永远随风飘飞，和她们比起来，采芹像是另一个世界里的女人，脂粉、长裙、露肩衬衫、水钻项链、电子琴……现在，再加上烟和酒！

他并不是那么讨厌烟酒，他只是痛心地觉得，采芹被这个花红酒绿的台北给吞噬了，给污染了。她在堕落，她在出卖自己的青春！电子琴演奏，唱歌，高薪的待遇……那么简单吗？他竟一次也不敢去看她的工作情形！他怕看到她在宾客们的笑闹簇拥下引吭高歌，他也怕去面对那个事实……什么事实呢？他心痛地体会出来了，在这恻恻寒风中体会出来了。他，一个高傲的大学生，却靠采芹弹电子琴来养活着。靠她去买冰箱，买电视，买藤椅，买风扇……甚至，买他身上这件夹克！不不，他不敢去"喜鹊窝"，因为他一点也不高傲，他自卑，自卑得不敢面对真实！自卑得不敢面对西餐厅里的采芹！

而采芹，她在灯红酒绿中堕落了，她在远离他的世界了！她安心找麻烦，安心要吵架，安心调查他的行踪，安心破坏一切气氛……气氛，这些日子来，生活里还有什么气氛？她总是那样忙，即使在家，他们也常无言相对。他不愿和她谈画，谈燕青，谈诗文，谈他的学校生活。她更绝口不提她的电子琴、西餐厅、和演奏的情况。气氛，他们的生活里还有什么气氛？

他大踏步地在夜雾里走着，不知不觉地，他走过了和平东路，穿过了同安街，来到淡水河堤上了。沿着河堤，他仍然走着，怒气渐渐地消了，心痛的感觉却没有消，绝望的感觉也没有消，他走下了河堤，找到一块比较干净的草地，他坐了下来。弓起膝，他瞪视着那河水。河面反射着星光，反射着灯光，反射不知来自何处的各种光。他瞪视着河面，脑中浮起了一句话，一句久远以前的话：

"……你如果真的还要我，我就给你当小丫头，你和那个好漂亮的小姐谈恋爱，我也不吃醋！"

她说的吗？她说过的吗？可是，现在，她在找麻烦了！她甚至不允许他和燕青一起工作！不允许？她为什么不允许？他蹙起眉头，更深地凝望河水，似乎河水里有关于人类心灵深处的答案。他忽然打了个寒战，她吃醋！她确实在吃醋！"你可以吃醋，任何一个妻子，都可以吃丈夫的醋！"谁说过的话？他吗？他把头埋进了手心里。她为什么吃醋，因为她爱他吗？因为她一直爱他吗？她又为什么要从他生活里退出去？因为她也自卑吗？因为她也和他一样怯场吗？他不敢面对西餐厅，她不敢面对燕青和他的同学！会吗？会是这样的吗？

采芹，他心中苦恼地呼唤着：我们在做什么？我们到底在做什么？为什么彼此的相爱变成了彼此的折磨？为什么当日的狂欢变成了今日的煎熬？采芹，我们在做什么？到底在做什么？我们还相爱吗？还希望拥有彼此吗？还愿意共同走上结婚的礼坛吗？结婚，这两个字一掠过他的脑海，他就不自禁地痉挛了，他伸手摸了摸夹克口袋，那里面有早上才收到的父亲的来信，他几乎可以背诵出其中的一段：

　　……你暑假不回家，寒假总该回来一趟了。中国人的观念，过年总是一家团聚的，你这个家虽然简单，父子二人，也相依为命了这么多年。希望你在和燕青恋爱之余，也偶尔想到一下你的老父。不过，书培，我也年轻过，我也恋爱过，我知道短暂的离别都是苦楚。假若你和燕青，真有意走上结婚礼坛，你是不是觉得，该让我见见这个女孩子了？……

燕青！燕青！父亲已经认定这个女孩是燕青了！这个结怎么解呢？但是，他真有心要解这个结吗？他对燕青，又是怎样一份感情等？友谊？单纯的友谊吗？单纯的友谊会让他和燕青共同工作到深夜十二点？或者，采芹是该吃醋的，是该嫉妒的，是该生气的……他咬紧嘴唇，瞪着河水。想着他回家时，采芹蜷缩在藤椅里的样子，想着她脸庞上疯狂迸流的泪水……他的心蓦然绞痛而抽搐了。他忽然想起夏天里他们那场使天地变色的吵架，和她那句凄楚而绝望的话：

　　"我不能用我的爱来牵累你，我非走不可了！"

　　"不要！"他冲口而出地迸出一声大叫，从河堤边直跳起来。就在这忘形的一喊里，他才骤然又衡量出自己对采芹的爱。不要，不要，不要！他在心中狂喊着，不能想象如果失去采芹，他将如何活下去？她早已成为他生活的一部分，不，而是"生命"的一部分！依稀仿佛，他耳边又听到一个小小的声音在说：

　　"我捡到一只小麻雀，它不会飞了！"

　　哦！他的采芹，那从小就属于他的采芹！那小心坎里，除了他就没有别人的采芹！她当然该吃醋，当然该生气，当然该嫉妒呵，谁叫他跟别的女孩逗留到十二点！

　　他爬上了河堤，开始拔腿往家中奔去。怎样都不该负气离开，怎样都不该碰上房门，怎样都不该把她孤零零地丢在小屋里。他跑着，冷清清的街道上连一辆计程车都没有，他觉得这段距离比十万里还遥远。他奔跑着，急促地奔跑着，越来越跑近家门，他就越来越有种模糊的恐惧：她走了！她可能已经走了！她不会在那小屋里等他了！她一定走了！

冲上那阳台的时候，他已经跑得上气不接下气了。小屋的门静悄悄地关着，窗帘后透着灯光，却杳无人影。他的心沉进了地底。一下子冲进房门，他苍白着脸喊：

"采芹！"

没有回音，没有反应，满屋子静得吓人。他恐惧地四面张望，于是，他立即看到她了。她并没有走，并没有离开，并没有消失……她仍然蜷缩在那藤椅中，和他离开小屋时一模一样地蜷缩在那儿。仍然穿着那件米色的薄纱衣裳，仍然把头紧埋在靠垫里。她一动也不动地蜷缩着，像是睡着了。夜风从敞开的窗子里吹了进来，把她那薄纱的衣服吹出了波纹，她的长发披泻在靠垫上，也在风中飘动，她的脸完全藏在靠垫里，他看不到她的表情，只看到她那黑发的头和米色的衣衫。房子里好冷，冬天还没到，就已经充满了寒意了。

"采芹！"他再喊，走近了她。

她仍然不动，仍然毫无反应。忽然间，有个念头疯狂地来到他脑中：她死了！他直扑了过去，跪在藤椅的前面，他用双手一把扶起了她的头：

"采芹！"他沙哑地喊。

她的头被动地抬了起来，她睁开眼睛。谢谢天！她没有死！他长吁出一口气来，浑身都发着颤。她注视着他，默默无言地注视着他，她满脸的泪，头发也被泪水沾湿了，贴在面颊上，她的眼睛又红又肿……天哪！她竟然蜷缩在这儿哭了一夜！但是，她没有走，没有离开，没有死掉……他把她的头紧拥在胸前，把嘴唇贴在她的长发里。

"采芹，哦，采芹！"他低唤着，口齿不清地低唤着，眼里凝满了泪，喉头哽塞。"我错了。"他低低地说，"再也不会发生这种事了，再也不对你吼叫，再也不发脾气了。"

她仍然不说话，眼泪濡湿了他胸前的衣服，烫得他的心疼痛而灼热。他推开她，用手抬起她的下巴，去看她的眼睛，怎么？世界上竟有如此愁苦的眼神？如此无助的眼神？如此黯然的眼神？他仔细地看她，她立即垂下了睫毛，把那对浸在水雾中的眸子掩藏住了，她轻轻地扭开头，挣开了他的手，脑袋又无力地落在那深蓝色的靠垫中了。她的长发披了下来，半遮着她的脸庞，她就这样靠着，把头转向里面，不看他，不动，也不说话。

感到她在做一种无言的、愁苦的反抗，他就觉得内心翻搅了起来。她一向柔顺，一向有种令人吃惊的"逆来顺受"的本能。尤其对于他，她几乎是用崇拜的心情来尊敬和服从的，她不会反抗他，似乎也不可能反抗他。但是，他现在感觉得到她的反抗了。她那么默默地、愁苦而无助地躲开他，使他深切地彷徨了起来，慌乱了起来。他再试着用手去拂开她面颊上的头发，她瑟缩了一下，把眼睛闭得紧紧的。

"你跟我生气了？"他轻声地问，"你不预备理我了？你不和我说话了？"

她不回答，又把身子往椅子里蜷去，她盘在那儿像个小小的虾子。他看了她好一会儿，心里模模糊糊地涌上了一阵不满，我来道歉了，我说过我错了，难道你还一定要"冷战"下去？他从她身边站了起来，默默地走到窗子前面，呆望着窗外的夜色。

一时间，屋子里又是那种死样的寂静，她躺在椅子里默不作声，他用手扶着窗栏，迎着那恻恻寒风，他觉得心脏在紧缩，这种僵持比爆发的吵架更令人难耐，他骤然回过头来，大声说：

"采芹，你到底要怎么样？"

她惊悸地睁开眼睛，哀伤地瞅着他。这眼光立刻粉碎了他心头的怒火，他重新扑到椅子边来，把她从椅子中用力拉起来，他用双手定定地扶着她，注视着她的眼睛，他有力地、清楚地、一个字一个字地说：

"你必须跟我说话！如果你再坚持不开口，我……我……我立即出去，然后再也不回来了！"他冲出这句话以后，自己也吓住了，他简直在威胁她呢！他并不是真想说这句话，但她的沉默使他心慌意乱，实在不知道该怎么办好。

她的眼睛睁得好大好大，怯意明显地写在眼睛里，她张开嘴，挣扎着，似乎想说什么，却说不出来，好半晌，她终于开口了：

"我……我不是生气，我……我……我想，我一直带给你耻辱，我喝了酒，又抽烟，你从心底看不起我，我不敢跟你说话，我不配跟你说话！"

他用手拂开她面颊上湿漉漉的头发，仔细地去研判她，想弄清楚她这几句话的真正意义。然后，他就把她的头压在自己的肩上，叹口气说：

"你是真的生气了！你在说气话！采芹，"他深吸口气，闭上了眼睛，"我们之间是怎么了？以前，你不是这样的！如果你真恨了我，你就说出来吧！我们不要冷战，不要这样彼此折磨，行吗？"

"我……我一直在想……"她欲言又止。

"想什么?"他追问。她摇摇头,疲倦地叹口气。

"不,我不能说!"

"你一定要说!"

"我不说!"她拼命摇头,慢吞吞地从他怀中抬起身子,她坐在椅子上,双手交握地放在裙褶里,她的眼睛看着自己的手。"我累了,书培。你回来就好了,我以为你不会再回来了,所以……我吓得要死。现在,你回来就好了,我……"她苦恼地蹙了一下眉,脸上始终带着那种挥之不去的、深切的悲苦。她不肯抬起眼睛来看他,她用舌头不住去润着干燥的嘴唇,"我想不通很多事情,我实在想不通,我……我累了,我现在不能再想,你让我休息一下,等我们都冷静了,我们或者可以好好地谈了。"

他瞪着她,她言辞含糊而语焉不详,他点点头,心里有些明白,许多时候,人与人间彼此的伤害,不是三言两语所能挽回的。他回忆着自己把她摔进椅子里的情形,回忆着自己对她说过的话……他觉得头脑里也越来越不清楚了。一夜不眠使他脑筋混沌而精神疲倦。

"好,"他同意地说,"我们都需要休息,等我们休息够了,你就不会再生气了!"

"我没有生气。"她低声说,像是说给自己听。

他看了她一眼,没再说话。算了,她是真的累了,她脸色苍白得像张纸,眼睛底下都有了黑圈。一切明天再谈吧,像郝思嘉说的,明天,就是另外一天了!明天,就又有个新的开始!明天,大家就会把所有的不愉快都忘了。

是的，明天确实是新的一天，他们照常地生活，谁都不再提前晚的一切，他有整天的课，她仍然是上晚班。中午，他回家吃的午餐，她依然苍白，但是，却是满面含笑的。由于抱歉，他温存地吻了她，她又柔顺得像只波斯猫了。他在她身边低语：

　　"不再生气了？"

　　"从来就没生过气！"她笑着说，有些羞涩。

　　这件事就这样过去了，一阵小小的风暴而已。谁能保证爱人之间没有风暴呢？现在，风暴已经过去，天气又晴朗了，他去上课的时候，心里已经毫无芥蒂了。

　　采芹照样去上她的班，到了西餐厅，关若飞就迎了过来。六点钟前是个空当，晚餐时间还没开始，餐厅里只有寥寥几人。关若飞不弹琴的时候，总在餐厅一角，留一个桌子。采芹想直接去弹她的琴，经过昨晚的事，她不知道如何应付关若飞。可是，他一把握住了她的手腕，直接把她带到他的桌上去，几乎是强制执行地把她按进了椅子里，他低声说：

　　"你用不着这么急着表演，客人都还没来呢！"

　　"你不是要跑场吗？"她软弱地问。

　　"不去了。"他简单明了地说，"我辞掉了'琴心'那边的工作，我宁可用这个时间来看着你！"

　　她蹙了蹙眉，下意识地接过他递给她的咖啡。啜了一口，她觉得嘴里淡而无味，头昏昏的，事实上，今天一天都是昏昏沉沉的，昨夜没睡，又吹了风，她想她可能有些感冒。

　　"喂，"他的眉头皱拢了，伸手来摸她的手，"你怎么了？你苍白得像蜡做的，我打赌你在发烧。"他又伸手来摸她的额。

她慌忙避开，急切地说：

"请你不要这样，请你不要碰我！"

他的手缩了回去，紧紧地握着打火机。有抹受伤的表情飞进了他的眼睛里，但是，他克制了自己。取了一支烟，他点燃了，他的眼睛紧盯着她：

"他没发现你在生病吗？"

"谁？"她惊愕地问。

"还有谁，你那位大学生啊！"

她咬咬嘴唇。忽然眼底飞上了雾气。抬起睫毛来，她用那对雾蒙蒙的眼睛正视着他，脸上，那种挥之不去的悲苦就又涌现了，她轻声问：

"你有没有恋爱过？"

他迎视着她的眼光。天啊，这女孩快要被那段爱情折磨死了！那个该死的"他"啊，怎能让她这样憔悴，这样苦恼，这样无助？"他"在做些什么？谋杀她吗？他咬牙，内心深处的那根弦，在急促地颤动了。

"告诉我，"他低沉地说，语气里有种强而有力的、稳定的、安慰的力量，"把你的苦恼告诉我，把你的故事告诉我！你需要一个人来帮你分担，否则，你会被那份沉沉重担压碎了。采芹，说吧！"他鼓励地看着她，"你会发现我是个很好的听众，而且，我会很公正地给你意见。"

于是，她说了。她那么需要一些助力，那么渴望有人分担，她确实快被压碎了。她说了，断断续续地，她说出了自己和书培的整个故事，由童年时期到少年时期，由少年时期直到今天。她说得非常坦白，包括父亲的入狱和姓狄的那一段。他那关怀的眼光和体恤的注视使她不能不坦白，他那样温柔地看着她，让她觉得，再也没有什么秘密可以隐瞒的，他会了解，他一定会了解而同情的。她说得很拉杂，但是却很完全，一直说到昨晚的风波。说完了，她困惑地看着他，迷茫而昏乱地说：

"昨晚，我就躺在那儿想啊想啊，我就是想不通，我弹电子琴，是个很卑贱的职业吗？为什么他看不起我？或者，是因为我有了姓狄的那一段，他不愿意说，可是，他心里受不了！反正，我知道他是看不起我的，他自己也在跟自己作战，他也痛苦呵！我喝了酒，抽了烟，他就发那么大的脾气，好像我已经堕落了！可是，如果是苏燕青喝了酒抽了烟呢？那天他们在我家玩，我就亲眼看见陈樵他们灌她喝啤酒，大家嘻嘻哈哈的好开心。为什么对我，他就那样苛求啊？我想不通，就是想不通！我看他跟苏燕青在一起，总是快快乐乐的，我想，他或者对我只有怜悯，而没有热情了！或者，我该离开他，我真的不知道，真的不知道……"她用手捧住要裂开似的头，"他说我已经让他不能忍耐了。"她抬眼哀愁地看他，"我真的已经让人厌恶到这种地步了吗？"

他伸手压在她的手上，她的手滚烫。她在发烧了，怪不得她的面颊由苍白而变得绯红，眼睛也水汪汪的了。他吸了口气，那个该死的乔书培，他有了珍宝而不知珍惜，她凭什么要迷恋他啊？但是，要公正，他不能火上加油，那是卑鄙的！

"不要去记吵架时候的话，"他说，"昨晚，是我不好，我灌输了你太多的观念，引你到一条他已经变心的路上去。是我不好。"他皱拢眉头，对她的怜惜使他的心痛楚，"或者，他并不是轻视你，而是轻视他自己！"

"轻视他自己？"她挑起眉毛，不解地问。

"不可否认，你带给他很多问题，他还年轻，这些问题对他来说，都太棘手了。而最重要的，你有没有想过，你伤了他的自尊？"

"我？"她困惑地说，"怎么会？"

"你不了解男人，"他对她温柔而忧伤地微笑着，他恨自己太公正了，他大可趁此机会，对那该死的乔书培大肆攻击一番的。但是，他却诚实地说出了心里的感觉，"所有的男人都是自大而骄傲的动物，他们不能忍受由一个女人来赚钱养家。"

"哦？"她睁大了眼睛，有两小簇火焰在那对眼睛中燃烧起来了。那么美丽的光芒，闪耀得她整个脸孔都发光了。他看得心中冒火，嫉妒得要发狂了。

"不过，"他按捺住了心头的妒火，"那个苏燕青，她是你真正的威胁！"他深深地看她，"何不让他跟苏燕青配上一对？你跟我配上一对？岂不皆大欢喜？"

她瞪着他，笑了，这是她今晚第一次笑。

"你在说笑话。"她说。

"一点都不说笑话！"他正色说，正经得不能再正经了，他眼中幽幽地闪着光，深沉地盯着她，他的语气郑重、严肃、诚恳、坚定而温柔，"我说过，我会等你到头发变白！我在等着，你们的故事并没有完，我在等着！"

她惊愕地看着他，他眼底的柔情使她恻然心动。他那固执的语气更让她迷惑，她还来不及说什么，就发现餐厅经理在对他们行注视礼了。她正想起身，他一把拉下了她的身子，粗声说：

"你坐着，多喝点冰水，你起码烧到三十八度！如果你那个见鬼的乔书培不懂得如何照顾你，就只好由我来照顾你！你不要动，我去代你弹琴！"

他站起身子，对餐厅小弟附耳低语了两句话，就径自往电子琴的方向走去。她靠进了椅子里，忽然觉得浑身乏力，头痛欲裂。她一直忙着叙述，忙着倾吐，直到此刻，才觉得自己是真的病了。她用手支着额，昏昏然地坐在那儿，心里有点乱糟糟的。怎么，她已经有了书培，为什么还会对关若飞的深情心动？虚荣啊，采芹，你是虚荣的，你只是因为自己还有女性的吸引力，就获得安慰了。那么，乔书培对苏燕青呢？会不会也有这种心情？想到这儿，她是真正地发起愣来了。

就在她发愣的时候，小弟送来了一盒阿司匹林药片，一壶冰水，一张小纸条：

"请帮我一个忙，吃药，休息。不要再想了，我唱歌给你听！"

她愕然地看着纸条和药片，又听到他在唱那支歌了：

> 不管你的心在何处流浪，
>
> 我一直在这儿痴痴盼望，
>
> 你的每个微笑我都珍藏，
>
> 你的眼泪使我心碎神伤，
>
> 不管岁月怎样消逝，
>
> 我等待你直到白发如霜
>
> ……

第十九章

　　冬天来临的时候，采芹和关若飞已经成为无话不谈的朋友了。他们之间的友谊是奇怪的，采芹对他几乎没有秘密，她有烦恼，告诉他，她有快乐，也告诉他。她受了委屈，他给她安慰，她有了忧愁，他逗她开心。为了她，他把别的餐厅的演奏都辞掉了，她值早班，他也在场，她值晚班，他也在场。在那固定的角落里，他们总保留一个桌子，两人聊聊天，弹弹琴，唱唱歌，彼此欣赏对方的演奏，彼此轮流着出场。这样，采芹发现，她每天和关若飞在一起的时间，已经远超过了和乔书培在一起的时间。

　　但是，关若飞不论怎么努力，他始终闯不进她的心灵深处去，对于他的痴缠，她用一种近乎母性的温柔来容忍他，像个母亲原谅孩子的淘气一样。她总是微笑地、忍耐地、宽容地说一句：

　　"别胡闹了！"

　　她这简简单单的四个字，总像兜头的一盆冷水，冷到他的心里去。许多时候，他跟自己生气，为什么要喜欢她？为什么要迷恋她？为什么要听她不住口地谈乔书培？然后，有一天，她告诉他，她和乔书培间又怄了气，因为乔书培发现她的皮包里有一包香烟。她叹息着说：

"我知道不该抽烟的，可是，我有时好无聊，好苦闷，好心慌，我就非点一支烟不可，我并不是有烟瘾，只是燃上一支烟，我好像就能排除一些东西……"

"我懂，"他握握她的手，了解地看着她，"那东西的名字叫'寂寞'！"

"寂寞？"她怔了怔，沉思着，"我想是的，你怎么知道？"

"因为我也是这样抽上烟的。"他点了一支烟，递给她，"你不用在我面前忌讳抽烟，我不反对你抽，也不会反对你喝酒！"他忽然死盯着她，沉声问，"你到底预备什么时候和他分手？"

她摇摇头，又是那个忍耐的、宽容的微笑。

"你又要胡闹了！"她说。

他忽然控制不住自己了，坐正了身子，他一把握牢了她放在桌面上的手，沉声地说：

"你跟着他只是受罪，受苦受难受折磨，你怎么这样糊涂，这样执迷不悟？他不能给你婚姻，不能给你幸福，甚至不能给你起码的尊敬和照顾，更别谈如何去欣赏你的才华了！采芹，他不爱你，他只爱他自己，只欣赏他自己，你是他生活里的点缀，而不是他生命的全部！你懂了吗？懂了吗？"

她睁大眼睛看他，吸了口烟，她的手指微微颤抖：

"关若飞，"她震颤着说，"你是个卑鄙的小人！你这种恶意破坏是不可原谅的！"

"我卑鄙？"他扬了扬眉毛，更紧地握住她，"我虽然卑鄙，我是个爱你的男人，那个大学生可能很神圣，他却只是个高高在上的神。你不能抽烟，你不能喝酒，你不能做这个，你不能做那个……天啊，你难道不明白，他只是挑剔你！而真正的爱情里是没有挑剔的，即使是你的缺点，经过爱神的魔杖点过，也会变成优点！采芹，"他静静地看着她，"你嫁给我吧，我们结婚去！"

"嫁你？"她张大了嘴，"别胡……"

"不要再用胡闹两个字！"他及时阻止，"你知道我不是胡闹，我很认真。我要娶你，一个男人只有在决心走上结婚礼坛的时候，才是完全奉献了自己。因为婚姻对大多数男人来说，都有若干的牺牲，牺牲自由，牺牲独来独往的生活，牺牲对别的女人的吸引和兴趣，还要负上终身的责任。所以，婚姻是需要勇气的。采芹，如果乔书培真爱你，他为什么不和你结婚？"

"他还在读书啊，他还没有正式职业啊，他还没有通过他父亲那一关啊……"

"借口！借口！借口！太多的借口！"他低喊着，"他甚至不怕你被别人抢去？"

"他……他……"她嗫嚅着，"他知道我不会被别人抢去！"

"真有信心！"他冷哼着，"你不是他的爱人，不是他的妻子，你是他忠心的奴隶……"

"不用这样讽刺我！"她伤心地垂下了睫毛，用力从他的掌握里抽出了手来，"他说过他要娶我，他说过他重视婚姻，他说只有两个有决心终身相守的人，才有资格走上结婚礼坛……"

"那么，他一定是没有决心的那个人了，否则，他不会拖上这么久，他早该把所有的问题都解决了……"

"关若飞！"她苍白着脸喊，"你如果继续说这种话，我就再也不要理你了……"

"你……你……"他跳了起来，转身就走，"你是个不可理喻的傻子，你是个白痴！不理我！你可以不理我！最好你不要再理我，免得我也变成白痴！"

他走了，离开了西餐厅。一连有五天，他不再在她上班的时候来报到了，那个固定的桌子变得空空的了。她有些怅怅然，有些若有所失。关若飞不出现，她更寂寞了，在弹琴的空隙时间里，她常常坐在那儿，傻傻地、呆呆地、孤独地燃起一支烟，看着那烟雾在空中扩散。这样，到第六天，她又在那空隙时间呆坐着，忽然，就有个阴影罩在她头上了，忽然，有人从桌面推给她一杯马丁尼，她抬起头来，接触到关若飞憔悴的面颊和憔悴的眼睛。他在笑，连那个笑容都是憔悴的。

"不认识你多好！"他说，"那时，我的生活是无牵无挂的！"

她的睫毛垂下去片刻，再扬起来时，那眼珠亮晶晶地闪耀着喜悦，这喜悦的光芒足以燃起他心里的希望了。他在她对面坐下来，仔细地去看她：

"有没有想念过我？"他问。

"是的。"她坦白地说，"是的。"她再说，轻轻地叹了口气。

"好，"他点点头，"以后，我再也不说让你扫兴的话，我想过，假若真得不到你的爱情，我还可以有你的友谊。两样都没有的日子实在不好过。"他举起自己的酒杯，"为我们的友谊干一杯，怎样？"

她爽快地饮干了杯子。

从此，关若飞真的不再攻击乔书培，不批评，也不破坏，他只用一种强韧的忍耐力，驻守在他的角落里，等待着这故事的结局。

"任何故事，都该有个结局！"他说。

是的，任何故事，都该有个结局，采芹却不知道，她的结局到底会怎样？

这个冬天好冷，那小屋正像房东太太说的："夏天热得要命，冬天冷得要死。"每个木板隙缝里都灌进来冷风，窗子永远关不密。采芹买了电热器，但是，电热器仍然烤不暖那冷冰冰的屋子。而且，这个冬天总是下雨，淅淅沥沥的，到处都湿，这又湿又冷的冬天似乎把什么都冻住了，连"爱情"也"冻"住了。

连日来，乔书培的情绪变得非常不稳定，他似乎藏着什么心事，一天到晚锁着眉头，愁眉不展。采芹不太敢询问他，因为他像个易爆的火药库，任何一点星星之火，都足以引起一场爆发。她只是悄悄地窥探着他，悄悄地研究着他，悄悄地关怀着他。

这样，到了期终考的最后一天，他终于向她摊牌了：
"寒假我必须回去！"
"哦！"她跌坐在床沿上，"回去几天？"她无力地问。
"一个月。"
她打了个冷战，低下头去，她默然不语。他在室内兜着圈子，走来走去，最后，他靠在窗台上，注视着她。

"我是不得已。"他解释说，"爸爸来了好多封信，催我回去，你知道我从小没母亲，只有爸爸。而且，要过年了，中国人过年，总是一家团聚的……"

她觉得更冷了，用手抱住胳膊，她抚摸着自己的手臂，瑟缩地耸住了肩膀。

"你的意思是说，你回去过年，要我—— 一个人留在这小屋里？"她低低地问，垂着头，看着床罩上的花纹。

他走了过来，在她身边坐下了，从口袋里掏出香烟。最近，他也学会抽烟了，而且，比她抽得凶得多。他燃着了烟，深深地看她一眼，问：

"要一支吗？"

她摇摇头。用手指在床罩上划着，床罩上有一朵凸出的玫瑰花，这床罩也是她新买的。她那白皙的手指，顺着玫瑰的花纹绕着，眼睛始终低垂着。

"我知道这很困难，也很残忍，"他说，"或者，我们可以先搬一个家，这小屋太冷了，现在，你赚钱多，我们可以搬一个比较好的房子，或者去分租别人的房子，也彼此有个照应……"

她摇摇头。

"我不搬家。"她简短地说。

"为什么？"

她终于抬起眼睛来看他了，她的声音幽冷而凄凉：

"因为这小屋是我们的窝，我们在这儿看过彩霞，我们在这儿吵过架，我们在这儿共饮过一杯甘蔗汁……这里有太多我们的记忆，我喜欢它，我不搬家。"

他动容地看着她，他眼底闪烁着光芒。

"你宁愿单独在这儿住一个月？"

她迎视着他的目光，呆呆地看着他，深深地看着他，然后，她忽然抓住了他的手。

"带我回去！"她哑声说，渴望地、乞求地、急促地说，"带我回去！书培，我迟早要面对你的父亲，是不是？带我回去见他。我不要一个人留在这里，我好怕孤独，好怕寂寞，书培，不要把我一个人留下来！"

"陈樵会照顾你，"他的声音虚飘飘的，"何雯和燕青也会，他们都会常常来看你，不会像你想象的那么孤独，我会拜托他们照顾你……"

她睁大了眼睛，扬着睫毛，紧紧地盯着他。她的呼吸不知不觉地急促了，她的胸腔沉重地起伏着。在这一刹那间，关若飞对她说的每句话都在她耳边回响，他根本无意于娶她，他根本无意于解决问题！她抽了口气，他居然想把她一个人抛下来，陈樵会照顾你，何雯和燕青也会，这样你就放心了吗？这样你就能无牵无挂地走了吗？她张开嘴，冷冷地、幽幽地、清清楚楚地说：

"真谢谢你的好意，谢谢你的费心，你实在太好了，太周到了，居然会拜托人来照顾我。你使我感动极了，安慰极了，快乐极了……"

他愕然地瞪着她，她脸色惨白，容颜凄楚，但是，她的唇边却涌现了一个笑容，一个又陌生又讽刺的笑容。和她认识了这么许多年，几乎已经算不清楚是多少年了，他从没有听过她用这种讥讽的语气说话，从没看过她这种又讽刺、又痛心、又失望、又悲切的表情。这使他震惊而惶惑了。在震惊中，还混杂了对自己的愤怒和轻蔑。是的，他是个懦弱的、逃避现实的混蛋！他不敢带她回去，不敢让父亲发现他们同居的事实，因为，他那么了解父亲，又那么爱他父亲，这样做等于会杀掉他！于是，他就像个鸵鸟似的把头藏起来，既舍不得她，也不敢面对父亲！他轻视自己，他愤怒而无奈，她的笑声刺激了他，抓住她的手腕，他摇撼着她，哑声低吼：

"不许这样说话！不许这样笑！不许这样讽刺我！"

"不许？哈！"她笑了起来，真的笑了起来，但是，她眼里却涌满了泪水，"你不许？好的，你不许的事我都不做。我不许抽烟，不许喝酒，不许讽刺你，不许和你一起回家，不许丢你的脸，不许……"

他用嘴唇迅速地堵住了她的嘴，在这一刹那间，她注意到他脸上有种真切的痛楚，那痛楚似乎在他整个身体里燃烧，似乎要把他烧成灰烬。这痛楚的表情立刻把她给打倒了。她后悔了，后悔用这么讥刺的语气，后悔用这么刻薄的句子，她的乔书培！在他用唇堵住她的这一刻，她比任何时候都更深刻地体会到他的矛盾和痛苦。她立即原谅他了，她爱他那么深，以至于无法不原谅他了，非但原谅了他，她反而愤恨起自己的失言和冷酷了。她闭上眼睛，眼泪滑下了面颊，他的嘴唇灼热地从她面颊上吮过去，一路吸尽那泪珠，他的身子溜下去，跪在她面前，把头埋在她裙褶里。

"你知道我是什么吗？"他说，"我是个伪君子，我懦弱，我是只鸵鸟，我不敢面对现实。我没有谋生能力，甚至没有恋爱的权利，我常常对你很凶，因为我那么自卑，生怕你轻视我，我就急于自证。我和燕青混在一起，因为她是大学生，因为她喜欢我，这满足了我的自尊……哦，采芹，你不会懂得我的心情，你不会懂，我常挑剔你，因为不挑剔你我就没有分量了！哦，采芹，"他苦恼地转动着头，"你在轻视我了！你在讽刺我了！因为你看穿我一钱不值，看穿我根本是个懦夫……"

"够了，别说了！"她喊着，把他的头从自己膝上捧起来，他的脸涨红了，他的眼神狼狈而愁苦，他像个无助的小婴儿。"够了，够了，别说了！"她含泪低语，"是我不好，我一向信任你，我不该反抗你的！我是……受了别人的影响。好了，书培，你回去吧，我会在这儿等你，我会——和陈樵他们处得很好，我会试着和燕青交朋友……"

他站起身来，默默地瞅着她，她仍然坐在那床沿上，微仰着头，凝视着他。他们默然相对，彼此深深地注视着对方，也探索着对方。然后，一件奇迹又发生了！那种密切的、心灵相通的、神秘的、从他们童年起就把他们连锁在一块儿的力量，又在他们之间迸发了。她站起来，投入了他怀里。他立即吻住了她，深切地、甜蜜地、辗转吸吮地吻住了她，多日以来，他们之间，没有这样亲切过了，没有这样狂热过了，没有这样心与心相连，灵魂与灵魂相撞击了。他们滚倒在床上，彼此占有了彼此，彼此也献出了彼此。

然后，放寒假了。他却绝口不再提回去的话，她帮他收好衣箱，他笑着把衣服挂回壁橱里。

"我不回去了。"

"什么？"她惊奇地问。

"我不能把你一个人留在这儿孤零零地过春节，所以，我写了一封信给爸爸，告诉他苏教授不放我走，他相信了。所以，我不回去了，我要和你一块儿过年。"

她看着他，她的眼睛闪亮，脸庞发光。

"而且，"他继续说，"我找到了一个工作。在一家室内设计公司里画设计图，所以，我不回去也是名正言顺的，并不算欺骗爸爸。那工作如果做得好，开学后还可以继续做，我们就可以寄点钱给爸爸了。"

"你现在就可以寄点钱给他了。"她悄声说。

"用你赚的钱吗？"他粗声说，"免谈了！"

她不敢再说话了，骄傲的乔书培，自尊的乔书培，你未免把"彼此"分得太清楚了！但是，她多爱他哪！自从听了他上次的"剖白"，她比较了解他那份矛盾的心情了！也真正体会出他对她的爱。她不再怀疑，不再自苦了。她多爱他哪！她再不嫉妒苏燕青了，再不挑他毛病了，再不跟他生气了。连未来的结局，她都再也不管了！……这个冬天或者很冷，但是，他们却真正享受了一段最甜蜜最温馨的生活。

没有争执，没有嫉妒，没有猜疑……这种日子是太美好了！美好得让人做梦了，美好得会说梦话了：

"采芹，你喜欢什么形式的结婚礼服？"他问，靠在床上，用炭笔在速写簿上勾出一件礼服的样子来，"领子上加点花边，袖口上用荷叶边，下摆这样宽下来，在后面打上褶，再用一串小玫瑰花从上到下地缀上去，披纱上也是玫瑰花，粉红色绉纱做成的玫瑰。礼服用全白的太素了，加上粉红的玫瑰，岂不娇艳？你瞧，这样好吗？"他把速写簿推在她面前，给她看。

她望着那速写簿，脸色嫣红，就像朵粉红色的玫瑰。她把面颊贴在他胸口，低声说：

"我一直有句话想问你，但是你不许生气。"

"说吧，我并不是暴君呀！"他用手轻拂她的头发，她脑后有细细的绒毛，他就俯下头去吻她颈项里的绒毛，她笑着滚开了身子。

"好痒！"她说。

"你要问我什么？"他把她拉过来。拿起炭笔，他又开始在速写簿上画另一件结婚礼服。

她望着那礼服，再望望他。

"你有没有一些喜欢苏燕青？"她小心翼翼地问。

"哦？"他在礼服上加上许多小花，"如果我说不喜欢，就太虚伪了，我很喜欢她。"

"你有没有想过——"她说得更小心了，"她当你的新娘，会比我合适？"

他丢下了速写簿，闭上了眼睛，直挺挺地躺着。

"我生气了！"他宣布着。

"哦，说好不生气的，说好的！"她慌忙叫着，去揽他的脖子，去拨他的眼皮，去吻他的嘴唇，"我只是好奇，我想知道你有没有想过。"

他睁开眼睛来，把她抱在胸前，他认真地看看她，低叹了一声。

"是的，我想过。"他坦白地说，"不是为我想的，而是为爸爸想的。不过，现在这已经不成问题了，如果我们这一代的婚姻，还要受上一代的影响，就太可悲了。爸爸会为我而接受你。"

"那么，"她屏住呼吸，窒息地问，"你是真的想过要娶我？不是说着玩的？不是一时迷惑？不是为了安慰我？敷衍我？"

他蹙起眉头，深深地看她。

"我要真生气了！"他闷声说。

她飞快地把嘴唇压在他的眉心，用那柔软的唇去细细地熨平那儿的皱纹，她呼吸急促，声调热烈：

"哦，最近我们总是吵架，吵得我一点信心都没有了。你说你自卑，你才不知道我有多自卑哪！好了，我再也不问这种傻问题了，再也不问了！你不许生气，不许皱眉头，不许……"

"好哇，"他叫，"你也对我用'不许'两个字吗？我已经不敢'不许'，你居然胆敢'不许'！好哇，我非惩罚你不可！"

他伸手去呵她的痒，她笑得满床乱滚，一边笑，一边上气不接下气地嚷着：

"不敢了！不敢了！不敢了！"

他一把抱住了她，定定地看着她的眼睛。

"不要从我生活里退出去，采芹。不要再让误会和任何因素来分散我们，采芹。我要面对的问题还是很多，我也依旧是个懦夫，依旧有矛盾，依旧贫穷……但是，我要和你结婚，采芹。"

她咬住嘴唇，眨动眼睛，又要笑，又想哭。她把面颊深深地藏进了他怀中，唉唉，人生怎么如此美妙！唉唉，雨声怎么如此动听？唉唉，他的心脏跳得多有韵味啊，赛过了世界上第一流的电子琴声！

第二十章

采芹忽然又像一朵盛放的花了，她面颊红润，眼睛明亮，唇边总是漾着笑意。她从头到脚，都绽放着青春的气息，都闪耀着喜悦的光芒。她几乎像个发光体，闪亮，耀眼，明丽而鲜艳。

坐在那电子琴后面，她悠然神往地弹着琴，悠然神往地微笑着，悠然神往地唱着歌：

把酒问青天，
明月何时有？
莫把眉儿皱，
莫因相思瘦，
小别又重逢，
但愿人长久！

把酒问青天，

明月何时有？

多日苦思量，

今宵皆溜走，

相聚又相亲，

但愿人长久！

把酒问青天，

明月何时有？

往事如云散，

山盟还依旧，

两情缱绻时，

但愿人长久！

把酒问青天，

明月何时有？

但愿天不老，

但愿长相守，

但愿心相许，

但愿人长久！

　　关若飞吸着烟，喝着酒，深深地靠在椅子里，注视着采芹。显然，春天又来了，显然，冬天已经走了。显然，她又在垂死的憔悴中复苏了。那个乔书培，他有多大的力量，竟能让她死就死，让她活就活，让她枯萎就枯萎，让她绽放就绽放？这个乔书培，谁赋予了他如此神奇的力量？他真想"把酒问青天，书培怎能有？"啜着酒，他瞪视她。他一向不认为她的歌唱得好，但这支《把酒问青天》确实唱得荡气回肠。天哪，他真恨她的美丽，恨她的闪亮，恨她的喜悦，恨她的"悠然神往"！

她又换了一支轻快的曲子，那琴声活泼地跳跃在夜色里，她专心地弹奏，手指飞快而熟练地掠过了琴键，她脸上始终带着那盈盈笑意。餐厅里有七成座，天气还没有转暖，寒流刚过去，这种季节，西餐厅很难满座。但是，餐厅里的气氛却很好，大家似乎都感染了采芹的喜悦，很多人都停下谈话而专心地听着她弹琴。她又该加薪了，他想，附近的几家餐厅都找他谈过，大家以为她是他的搭档，都希望把他们两个人挖过去。最起码，应该可以跑场，他无所谓，只看她的。她却总是笑着摇摇头：

"现在书培在设计公司待遇很好，我们的苦日子都过去了，不需要再多赚钱了！"

该死！他想，她在维护他，她懂得如何去维持一个男人的自尊了！是他教她的。他就不会少说两句吗？他帮他们解开结了。他再抽了一口烟，眼光就无法从她脸上移开，要命！幸福原来会把一个女人烘托得如此美丽，如此高贵，如此闪亮，如此皎洁！

"砰"的一声，有人重重地推开餐厅的门，三个年轻人拥了进来，嘴里还呼来喝去的，骤然扰动了餐厅里宁静而高雅的气氛。关若飞有些恼怒地看过去，你们不能安静些吗？你们不知道欣赏音乐吗？那三个人都又高又大，尤其有一个像球场健将似的人物，正在那儿大声对小弟说：

"你们最拿手的是什么菜，就来什么菜，牛排？什么牛排？

纽约牛排？好好好，就是纽约牛排……"

关若飞皱拢了眉头，仔细对那家伙看过去，他穿着件牛仔布的夹克，戴着顶古里古怪的鸭舌帽，嘴里叼着一支烟，浑身的流气，满脸的桀骜不驯……他那两个伙伴比他更差劲，都是服装不整，怪模怪样的。这三个家伙怎么会进来的？关若飞有些怀疑，他们应该去圆环吃夜市，不该在这儿大呼小叫。那球场健将又在直着脖子叫了：

"小弟，小弟，我东西还没点完，你跑什么跑？怕老子吃了不付账吗？我告诉你，假若我付不出账来……嘿嘿，这餐厅里会有人帮我付！给我们先拿一瓶酒来，什么拿破轮拿破鼓白兰地黑兰地都可以，要一整瓶！什么？论杯的？他妈的，老子就要一整瓶……"

惹麻烦的人来了！餐厅里就怕碰到这种人，有一次打架记录就会勒令停业，又会赶走客人。经理已经出来了，小弟们也聚在一块儿窃窃私语，采芹的琴声也停止了。

关若飞回头去看采芹，想示意她先过来坐，在这种"有人搅局"的情况下，弹琴也是白弹。但，他一眼看到采芹，就吃了一惊。怎么，她脸上的喜悦和笑容全飞了？怎么，她的脸色那么苍白？她的神情那样紧张？她整个脸庞上，都有副"大难临头"的表情。她坐在那儿，眼睛直直地盯着那三个人。

那戴鸭舌帽的人还在吼叫：

"要大杯子，咱们可用不惯你们的小杯！什么？杯子还有规定？怎么那么啰唆？茶杯就行了！啤酒杯？好好，就是啤酒杯！什么？请我说话小声一点？他妈的，老子就是这副嗓门，你不爱听你就别当小弟……"

采芹站起身来了，离开了电子琴，她径直走向了那一桌，她脸色依然苍白，却有种忍辱负重似的表情。她站在那桌子前面，对小弟点点头：

"他们要什么，就拿什么来，这桌的账记在我账上，先拿一瓶黑牌强尼维克来吧！"

"哈！"鸭舌帽大乐，笑开了，"没骗你吧，小弟，告诉你有人会付账，就是有人会付账！"

采芹拉开了椅子，坐下来，望着对面这个高头大马，横眉竖目的男人。是的，麻烦来了！她悲哀地想着。幸福永远不会很长久地跟着她。她咬咬嘴唇，抽了口气，轻轻地开了口：

"哥哥，你是冲着我来的，就找我好了，别闹得整个餐厅都不安宁。你们要吃什么，尽管点，我请客，"她看看殷振扬身边的两个人，"这是你的朋友？"

"这是小鲁，这是小张。"殷振扬拍拍小鲁的肩，"瞧，这就是我妹妹，不坏吧？长得漂亮，又会弹琴！哈！有个漂亮妹妹实在不错，只是，我这妹妹的脑袋瓜有点问题，她喜欢小白脸，从小就喜欢小白脸，为了小白脸，牺牲什么都可以，老爸老妈都可以不要……"

"哥哥！"采芹苍白着脸叫，"请不要这样说，请你不要！你明知道，为了爸爸，我能给的都已经给了……"

"是吗？"殷振扬瞪着她，单刀直入地问，"你现在赚多少钱一个月？总有个两三万吧！"

"怎么会有那么多，"采芹急促地说，"一万两千块，还是最近才加的薪。"

"哦，"殷振扬眼珠乱转，"外快呢？"

"外快？"采芹听不懂，"你是说小费吗？我们和小弟不同，不拿小费的。"

"哈！"殷振扬怪笑着，"你跟我装什么蒜？又不是以前住在白屋里的千金小姐，男人都跟了好几个了，你以为我会相信你是干干净净只拿薪水的……"

"哥哥！"采芹的脸色变得煞白煞白的了，她重重地吸着气，胸部剧烈地起伏，她气得简直快晕倒了。怎么样都没想到，殷振扬已经变得如此不堪了，尤其当着外人的面，居然胡说八道到这种地步，他把她看成什么了？妓女吗？应召女郎吗？"你到底要做什么，你就直说了吧！"她咬牙说，连解释都不屑于去解释了。

"做什么吗？"他挑高了眉毛，小弟送了酒来了，这转移了他的目标，"来来，先喝酒，先喝酒！"他倒满了小鲁小张的杯子，也给采芹倒了一杯，嚣张地举起杯子，他大声说："来来来，庆祝重逢！"喝了一大口酒，他注视着采芹，伸手摸摸她领口的荷叶边："啧啧啧，漂亮，衣服漂亮，人也漂亮！采芹，你知道我费了多大劲才找到你！你这样一跑，把麻烦全留给我和我妈，是不是太过分了？"

"我没有留下麻烦，"她幽幽地说，"我已经被你们卖过一次，不值得再卖了！"

"什么话！"殷振扬重重地拍了一下桌子，"谁卖你了？是你妈那个笨蛋，贪图人家有钱有势……"

"不要再侮辱我妈，她人都死了，你们还要怎样？"采芹的声音稍稍提高了一些。

"好好好，"殷振扬忽然压低声音，虚眯着眼睛，去仔细地看采芹，"过去的事，咱们都别谈了。你知道你离开台中以后，那个姓狄的跑来大吵大闹，是我带了一帮人，到他家打了个落花流水，他那小子怕上报，哈哈！他又要面子又要命，这才算摆平了。否则，你以为他会那么安静地让你和那个乔书培双宿双飞啊？"

采芹打了个冷战，乔书培。殷振扬已经知道她是和乔书培在一起的了。上帝！不能让书培知道殷振扬又露面了！不能再在他们的生活中起波折了！她的大眼睛无力地睁着，浑身虚脱般地看着殷振扬：

"谢谢你。"她急促地说，"你要什么呢？"

"我要什么？哈哈！小妹，你难道忘了你还'父母双全'吗？你赚这么多钱，难道全倒贴给那个小白脸吗？他妈的！"他又拍桌子，跺脚，把酒杯刀叉碰得叮当乱响，"我一想起那小子就生气，从小他就是个风流鬼，就知道占你便宜，现在，他是干脆人财两得哩！真他妈的！我非找他去拼命不可……"

"好了，好了！"采芹哀求地望着他，"你要什么？你说吧，只要不去打扰乔书培，什么都好！"

"哎哟！"殷振扬怪叫，"简直爱惨了嘛！好吧，我直说了，爸在监牢里要用钱，妈也要用钱，我一个人养不起，你每个月负责两万块吧！"

"两万？"采芹惊呼着，"我一个月才赚一万二，怎么给你两万？你以为我……"

殷振扬用手压着自己的手指，压得"啪啪"作响，他伸开他那巨灵之掌，查看自己的手指，他五指箕张，每根手指都像铁钩一样，一副练"鹰爪功"的样子。他看也不看采芹，却把手伸到小鲁面前，说：

"小鲁，你瞧我这双手还不错吧！你不知道我上次揍那个姓乔的小子，揍得他差点送了小命！哈哈！他妈的！"他又一拳敲在桌子上，"天下就有这种无聊男子，来转我妹妹的念头！你知道吗？那小子才十六岁，就把我妹妹带到岩洞里……"

"哥哥！"她白着脸喊，"我给你想办法，我尽量给你想办法！好了吧？你下次来，我先给你凑一万块钱……"

"今天呢？"

"今天？"采芹怔在那儿了，她哀伤地看着殷振扬，悲切地说，"哥哥，你毕竟是我的哥哥，你难道对我没有一点兄妹之情？你明知道我已经受过很多苦，你明知道我没有很多钱……"

"兄妹之情？"殷振扬一唬地跳起来，伸手就抓牢了采芹的胳膊，"你顾全过兄妹之情没有？你这个不要脸的烂货！你明知道姓乔的那小子是我的仇人，他害我被开除，害我没有学校念，我恨不得宰了他……"

他的话还没喊完，关若飞大踏步地走过来了，自从殷振扬进门，关若飞就在密切地注意着他们，起先，他以为殷振扬是乔书培，但是，越看越不像。现在，一见到殷振扬对采芹动了手，他就忍无可忍了。直冲过来，他对殷振扬怒声说：

"放开她！"

殷振扬愕然地回过头去，眼睛瞪得比铜铃还大。

"啊呀，"他怪叫着，"你算是第几号？"

"什么第几号？"关若飞莫名其妙。

"采芹的第几号男人啊？看样子，我这个妹妹还真有办法，一个当律师，一个大学生，你……你是做什么的？哦，我知道了！西装是用丝绒做的，你是歌星？电影明星？餐厅小开？还是……"

采芹挣开了殷振扬，慌忙把关若飞直推到屋后去，因为关若飞的脸色已经变得非常难看了，如果再让他们面面相对，必然会发生一场冲突，她把他直拉到厨房里去，急促地说：

"他是我哥哥！"

"什么？"关若飞挑起了眉毛。

"他就是我那个混太保的哥哥，"采芹皱拢眉毛，一股无可奈何状，"关若飞，你必须帮我一个忙。"

"去赶走他吗？"关若飞问，"我可以打电话报警，他没有权利来骚扰你……"

"不不不！不行！"采芹慌忙摇头，"你身上有钱吗？先借我五千块！"

"采芹，"关若飞不同意地睁大眼睛，"你为什么要给他钱？你又不欠他，又没有责任，他是个大男人，他该养活自己！你给了他钱，他不过是拿去吃喝嫖赌，你别以为钱会用在你父亲身上……"

"我知道，我知道！"采芹急急地说，"但是，我必须给他，否则，他会……他会……"

"他会怎样？"

"他会杀掉乔书培！"

关若飞对她瞪了几秒钟。

"胡说八道！你昏了头了！"他说，"你以为在台湾，杀个人这么容易呀？他是在威胁你，他明知道你爱那个乔书培……"他咽了一口口水，"爱得发疯，爱得发昏，爱得失去理智，他就威胁你！如果你给了他第一次，一定有第二次，给了第二次，一定有第三次，他会变成你的无底洞……"

"是的，他已经说了，要我每个月给他两万块！"

关若飞抽了口冷气。转身就向电话的方向走去。

"我去报警！"

她一把死命地抓住了他，哀求地看着他：

"不行！你别忘了，他是我的哥哥呀！你知道人与人间的关系吗？朋友可以绝交，夫妇可以离婚，只有血缘关系，是你砍也砍不断的！"

"血缘关系？哥哥？"关若飞气得眼睛发直，"他不是你的哥哥，他是一条吸血虫！他会榨干你，吸干你的血，把你榨得扁扁的！除非你不受他的敲诈，否则，你永远没有好日子过了！"

"只要他不去找书培麻烦，我宁可给他钱！"她固执地说。

"你哪儿去弄两万块一个月？"

"我跑场。"

"你昏了！你以为你身体很棒吗？你以为一天七 八小时连续演奏是好过的吗？你以为你真有跑场的能力……"

"看样子，你是不帮我的了！"采芹甩开了他，转身就走，"我去找经理谈谈……"

关若飞拉住了她，瞪着她叹了口长气。

"不要去找经理！"他粗声说，"如果你有困难，我不帮你还有谁能帮你？"

他们回到了餐厅里，殷振扬和小鲁他们正吃了个杯盘狼藉，三客牛排早解决掉了，一瓶酒也去了大半。他们仍然在彼此举杯，彼此呼喝，彼此笑闹。采芹走过去，把五千元推在殷振扬面前。

"哥哥，你先拿去用，我再帮你想办法。不过，我不可能每个月固定给你钱，我只能尽量想办法，请你多少体谅我一点……"

"没关系，没关系，"殷振扬一把把钱收进了口袋里，笑嘻嘻地盯着采芹，"你最好多想点办法，真想不出来的话，我可以去和乔书培商量商量……"

采芹把双手合在胸前，对殷振扬哀求地看着：

"别去打扰他吧！求求你！千万别去！"

殷振扬笑了，转头看着站在一边，对他怒目而视的关若飞，笑着问：

"你也爱我的妹妹吗？"

"不关你的事！"关若飞怒冲冲地说。

"好啊！"殷振扬笑嘻嘻地说了句，就掉头附在采芹耳边，低低地问，"乔书培知道你在餐厅里还藏着个情人吗？"

采芹的脸色变得比纸还白了，她恐惧地看着哥哥，一语不发。殷振扬伸手捏了捏她的下巴，仍然笑嘻嘻的，仍然吊儿郎当的，仍然满不在乎的。

"放心，"他说，"只要你乖乖的，我不会泄露你的秘密，谁叫——你是我的妹妹呢！何况，咱们家家学渊源，就没有'忠实'两个字。再说，那个混账小子，也不值得你为他守身如玉……"

"哥哥！"她凄然地叫。

"好了，我要走了！"殷振扬拍拍小张的肩，"走了！走了！"他叫，"咱们改天再来！有妹妹真好，不是吗？"他醉意醺然地望望她，沉思了好一刻，忽然收起了笑容，一本正经地低下头来，深刻地直视着她，说，"采芹，看在你还有点良心的分上，看在你是我妹妹的分上，有句话必须告诉你，你已经弄得一塌糊涂了，你和我一样，都早就身败名裂了！爸爸在家乡欠了无数的债，他把罪名写在我们背上，家乡那个安静的小城，是再也不会容纳我们了。所以，我们无家可归，也休想进入上流社会了。所以——你如果是个聪明的女孩，再也别做梦！你充其量，只是乔书培的情妇，就像你是老狄的情妇一样！没有一个正经人会娶你……"他打了个酒嗝，眼睛里流露着今晚第一次流露出来的感情，和某种也压迫着他的悲哀，"采芹，你知道我为什么那么恨乔书培吗？从他上学第一天起我就恨他！"

她不语，默默地瞅着他。

"因为他太完美了！他功课好，人品好，风度好……他生来就有那么种莫名其妙的气质，好像谁也比不上他，我恨他这种气质，恨透了他这种气质，因为我没有！"他凝视着妹妹，沉重地点了点头，酒染红了他的眼睛，染红了他那桀骜不驯的脸，或者，只有醉后，他才会说出这几句真心真意的话，"采芹，不要傻了，你和我一样，早就弄得一塌糊涂了。你再也不是当初在白屋里的那个纯洁的小女孩，你已经身败名裂了……"他摇摇摆摆地站起身来，也拉起了他的伙伴们，他对她摇头，深深地摇头，他微笑起来，那笑容充满了自嘲和讽刺："知道家乡里的人叫我

们什么吗？兀鹰！专门吃尸体的鸟！我们真有个很光荣的姓！我
走了！"他往门口走了两步，蓦然间，又回过头来，对她咧了咧
嘴："你最好帮我弄到钱，也不骗你了，我欠了二十几万的赌债，
如果我还不出来，他们会杀掉我！"

他走了。他终于走了。他摇摇摆摆、踉踉跄跄地走了。

采芹仍然坐在那儿，她用手支着额，呆呆地坐在那儿，眼泪
不知不觉地涌进了眼眶，不知不觉地模糊了视线，她看不清桌布
上的花纹，看不清任何东西。然后，她觉得有只手温柔地搭在她
的肩上，有人递给她一条干净的大手帕，她接过来，拭拭眼睛。
关若飞的声音在她耳畔温和地响了起来：

"并不像他说的那么糟，采芹。他只是要为自己找一个伴，
因为他自己已经弄得一塌糊涂了，他才必须把你拉过去，他需要
一个伴。"

采芹用舌头润了润嘴唇。

"他是我的哥哥！"她说，"我们血管里流的是一样的血！"她
推开椅子，很快地站起来，"我该去弹琴了！"

他伸手去拉她。

"让我去！"他说。

"不！"她摆脱了他，径自走向电子琴。

关若飞坐在那儿，燃起了一支烟，他深深地靠进椅子里，深
深地望着她。她的琴声响了起来，叮叮咚咚，琳琳琅琅……如狂
风骤雨，如惊涛骇浪，如万马奔腾，如飞泉倾泻……她居然用电
子琴去弹《命运交响曲》，他愕然地听着，体会着那"命运"的
浪涛，正汹涌地淹没着她。

第二十一章

"采芹……"乔书培平躺在床上，瞪视着天花板，和屋顶那盏配着白纱灯罩的吊灯。夜已经很深了，可能一点，可能两点，可能三点……他已经疲倦于看表，疲倦于思想，长久的"等待"已快使他发疯了。天气又热起来了，即使这样静静地躺着，他仍然觉得脖子下面都是汗："你最好告诉我，你最近到底在忙些什么事情？"

采芹在床沿上坐了下来，她还穿着表演的服装，一件玫瑰红的软缎长裙。他的眼光从那苍白的灯罩上调回来，投注在她身上。许多人都不适合穿玫瑰红，他想着。但是，她穿起来却娇艳得"要命"，丝毫没有土气和火气，她像天边的一朵彩霞。他心里有些疑虑地想着，彩霞，世界上从没有人能抓住彩霞。

"我不是已经告诉你了吗？"她有些心虚，声音就显得相当闪烁，"我工作的时间加长了。"

"加长了？从早上十点到——"他终于抬起手腕来看了看表，

"凌晨两点钟？请你告诉我，哪一家餐厅营业时间这么久？你那家'鹦鹉窝'是违规营业的吗？……"

"喜鹊窝。"她轻声更正着。

"我不管它是什么猪窝狗窝！"他从床上坐了起来，眼睛直直地瞪着她，"我只知道你不对劲了！采芹，"他把声音放柔和了，"你是怎么回事？你到底是怎么回事？你确实在'喜鹊窝'工作吗？"

"当然。"她惊悸地回答，眼睛大睁着，凝视着他。心脏却在怦怦跳动。不能让他知道殷振扬的事，不能让他知道她"拼命"在帮哥哥还赌债，不能让他知道殷家的阴影又回来了，不能让他知道她在"跑场"。她今晚是回家太晚了，但是，怎么办呢？"绿珊瑚"咖啡厅加了消夜一场的演奏，弹到现在，她实在无法抽身啊！她已经每根骨头都在痛了，她的手指都要断了，她只想躺下来赶快休息。"你知道台北的餐厅，虽然明文规定是到晚上十二点，"她勉强地解释着，"暗地里，到凌晨两三点，照样营业的也有。"

"为什么以前你不需要工作到这么晚呢？"书培的狐疑更深了，"你有秘密吗？你有瞒着我的事吗？"

"哦！"她从床上跳了起来，抓起床边的浴袍，逃避似的说，"不要疑神疑鬼吧！我一直在弹琴，没有秘密，真的。"她很快地看了他一眼，"我要去洗个澡，我累了！满身都是汗。"

他不再说话，把双手枕在脑后，他半靠在床头上，目送她的背影消失在浴室门口。他就呆呆地望着那浴室门口发怔，心里像有十七八锅热油在同时煎熬着。采芹，你不是个撒谎的能手，别人撒谎能够不动声色，你却连眼光都不敢和我相对！他咬住嘴唇，为什么会这样？她为什么会变了？是的，她始终在变，她缓慢地变，你自己也明知道她在变！他又想起今天下午，陈樵对他说的话了：

"本来不该告诉你的，乔书培，可是我实在熬不住了。你现在在设计公司也拿好几千一个月，你就那么需要采芹出去工作吗？"

"怎么？"他困惑地问，"有什么不对？"

"你不觉得有什么不对吗？"陈樵有些气呼呼的，接着，就长叹了一声，"好在，你和采芹也只是同居而已。"

"什么意思？"他惊愕了，有些心慌胆战起来。是的，不对！最近什么都不对，她早出晚归，成天看不见人影。深更半夜，他常常已经熟睡了她才回来，回来后就疲倦得什么似的，连温存的时间都没有了。"我太累了，书培。""我很抱歉，书培。"总是这样的，她躲避他，她拒绝他，而他却不知道是从何时开始的！"你发现了什么事吗？"他问陈樵，心里已隐约地猜到了一些。

"本来不该告诉你的。"陈樵又说。

"说吧，少婆婆妈妈了！"他大叫。

"知道林森北路有家咖啡馆叫'绿珊瑚'吗？"

"不知道。"

"我就猜到你不知道"，陈樵闷闷地说，"昨晚我和何雯在那儿，我们见到了采芹。她不是一个人，有另外一个弹电子琴的男人和她在一起，他们表演了双人奏……"陈樵呆望着他，"采芹没有发现我们，那咖啡馆光线很暗，我们又待在一个角落里。可是，我们看他们却看得很清楚……"陈樵蹙紧眉头，从牙缝里迸出了一句话，"他妈的！乔书培！天下女人多得很，别认定一个殷采芹吧！"说完，他转身就走。

他一把握住他胸前的衣服。

"说清楚一点！"

"还要怎么清楚？"陈樵一股代他"窝囊"的样子，"那男人又高又帅又有性格，弹一手好琴，采芹跟他在一块儿。他们……"他瞪着乔书培，"书培，我们都恋爱过，是不是？我不会看走眼的，他们——亲热得厉害！那男的对她嘘寒问暖，一会儿递酒，一会儿递咖啡，已经无微不至了！"

他几乎昏倒。第一个冲动是立即赶到那个什么"绿珊瑚""红珊瑚"的地方去，把他们一起捉住。但是，理智立即克服了这股冲动，或者，是陈樵神经过敏！或者，是陈樵安心破坏，他们一直就反对他和采芹，他们一直投苏燕青一票！不不，不能莽撞，他宁愿听采芹自己说。这是不可能的事，绝不可能的事！他的采芹？他那一往情深的采芹？怎么可能？怎么可能？怎么可能？他为了她，连过年都不回家，他为了她，连父子亲情都置之不顾！天知道，他多想父亲！可是，为了她啊！他以为，他们曾有过的冷战时期都过去了，最近，他们已经不再怄气，不再吵架了！难道……难道……这种"平静"竟意味着她的"变心"和"背叛"！他不敢想了，真的不敢想了。

于是，他回了家，耐心地等待着她，在每一秒钟，每一分钟的煎熬里等待着她，在那要撕裂他的痛楚和郁怒下等待着她——直到她终于回来了。

现在，乔书培瞪视着那浴室的门，心里就像火烧般烧灼着，烧得他头昏昏目涔涔而五脏翻腾，烧得他每一根神经都痛。天哪，采芹！你不能这样对我！你不能！即使我们之间还缺一张婚约，但是我们早就有了百年之盟，你怎可以这样？我不问你的过去，不计较你的失足，你怎可这样对我？天呵，采芹，这太不公平，太不公平，太不公平了！他咬紧牙关，脑子里又响起陈樵的话：

"我看你最聪明的办法，是拔慧剑，斩情丝！你要知道，咖啡厅哩、餐厅哩……都是鱼龙混杂的地方。采芹，多少是个'半欢场'中的女人！你不能对她要求太高！"

不行！这太不公平了！太不公平了！采芹，如果你背叛了我，我会把你杀掉！我会把你撕碎！我会把你连皮带骨，吃到肚子里去！哦，他摇摇头，猛烈地摇摇头，摇醒了自己的意识。哦，采芹，你知道我不会伤害你，请你也不要伤害我吧！我宁愿听最恶毒的真实，不要听最美丽的谎言！

采芹从浴室里出来了，她穿了件纯白的睡袍，站在那儿，纯净得像个天使。他依然靠在床上，目不转睛地看她。采芹，你是天使吗？还是魔鬼呢？

采芹走到床边，坐了下来，她累得一点力气都没有了，累得只想躺下去，关若飞是对的，这种连续的弹奏会要人的命，幸好是关若飞和她搭档，帮她换手。但是，她仍然觉得自己每根骨头都松了，散了。而且，她的头已经痛得快裂开了，过多的咖啡，过分紧张的跑场……她真的快吃不消了。她轻叹了一声。

为什么叹气？他仍然盯着她。没有柔情，没有蜜意，你满脸的倦怠，满眼睛的憔悴。和我在一起，已经变成是你的折磨和负担了吗？傻啊，乔书培！这么多日子以来，你是个睁着眼睛的瞎子，你居然看不出她对你的厌倦！

"采芹！"他低唤了一声，喉咙是沙哑的。

"嗯？"她轻应着，心里又惊悸了起来。唉唉，别再追问吧，别找麻烦吧，我已经累得快死掉了。她躺下身子，把头深深地仰靠在枕头里，放松了四肢。

他伸手摸到床头的烟，取了一支，他燃起烟。坐在那儿，他回头看着躺在他身旁的那张脸。她瘦了，她很苍白，她憔悴而无神……她不是那个被他的爱所滋润着的女孩。他失去她了。他深抽了一口烟，重重地喷出去。他思索着，想着要怎样跟她开口，烟雾弥漫在小屋内。她轻咳了两声，伸手放在他身上。

"别抽太多烟，"她呢哝地说着，打了个哈欠，"会影响你的身体。"

"你不是也抽烟吗？"

"戒了，早就不抽了。你不许的，你忘了？"她翻了一个身，把脸藏进枕头里，似乎准备睡觉了。

"采芹！"他沉声喊，"我们谈一谈，行不行？"

"明天再谈吧，明天，好不好？"她睡意蒙眬了。

"不行！"他大声说。

她惊跳起来，眼睛睁开了，她仰望着他，心里在哀求着。书培，让我休息吧，你不知道我有多疲倦！他瞪视着这对眼睛，灯光下，这对眼睛迷迷蒙蒙的，像隐在薄雾里的星光。天哪，她多美丽！他不要失去她，他不要！他不要！他不要！他伸出手去，颤抖地触摸着她的头发。

"采芹，你辞掉餐厅里那个工作吧！马上辞掉！明天就不要去上班。我现在有工作了，我可以养活你，只要我们把生活水准稍稍降低一点，我可以养活你！"

"书培！"她惊喊，抬起睫毛来，真正地清醒了，"不行，书培，我需要那个工作！"

"需要是什么意思？"

"我……我……"她嗫嚅着，"我喜欢那工作！"

"喜欢？"他的声音提高了，"喜欢弹琴？还是喜欢餐厅里的灯红酒绿？还是喜欢那些捧你场的人？还是喜欢有人对你献殷勤……"

"书培！"她喊，用双手抱住了他的腰，"你不要找我麻烦，你不要！"

不要找你麻烦？他惊悸地望着她，迷惘而混乱。再找你麻烦，你就会离开我了？他用手扳起她的头，她被动地翻了一个身，那白纱的睡袍领口好低，她那白皙的肌肤半露在他眼前。他伸过手去，微带痛苦地去触摸她，你是我的，你是我的，你一定要是我的！她抓住了他的手，滚开了身子，她叹口气：

"不要！我累了。"

累了？累了？累了？一个晚上，你讲了几百声累了？在这一刹那间，他想撕碎她的衣服，他想剥光她，他想蹂躏她，他想占有她，他想挤碎她，他想压扁她！但是，当他看到她眼里那种求饶似的表情，当他看到她面庞上那种"疲倦"，他整个心脏都掉进了冰窖里。她不要你！他深吸着烟，把眼光从她脸上转开了，有种深深的愤怒和近乎绝望的情绪，把他抓牢了。他望着窗子，一语不发，只是闷闷地吞云吐雾。

她注意到了他眼底的悲哀和失望，顿时，歉意和后悔捉住了她。她悄悄地伸手去握他的手，告诉他吧！她心里涌起了一个强烈的欲望，告诉他吧！把殷振扬的事告诉他，把跑场的事告诉他，把她的烦恼告诉他……可是，他会怎么做呢？他又会怎么衡量她呢？有个关在牢里的父亲，有个吃喝嫖赌的哥哥……她能再把自己的"债"去加在他的身上吗？他已经对她的评价越来越低了，她能再让他对她多一层轻视？不不，这是她一个人的烦恼，她只有一个人去解除。殷振扬已经赌咒发誓地说过了，只要还清了这笔债，他会从头做起！他正在学开车，他会去当计程车司机，他会去赚钱养活自己！唉！等以后再告诉他！等以后！如果现在说了，他一定不会允许她跑场，他会和殷振扬冲突、打架，他会轻视她——"你已经弄得一塌糊涂了！你已经身败名裂了……"不不，她不能说！

他把手从她手中挣了出来，熄灭了烟蒂，他再点燃了一支。

你生气了！她想。别生气吧！等以后我再告诉你，等以后，等以后，等以后……她太疲倦了。合上眼睛，她再也无力于思索，她太累了，她睡着了。

她是被一阵敲门声所惊醒的，迷迷糊糊地翻了个身，她看看手表，九点半了，她越睡越晚了。再看看身边，乔书培早就起床了，她四面找寻，屋里没他的影子，是了，他今天第一节就有课。敲门声又急促地响了起来，九点半？谁会来？八成是收瓦斯费的。她高声说：

"来了！来了！"

翻身下床，她仍然浑身酸痛，仍然疲倦得要命。拂了拂散乱的头发，披上一件晨褛，她往门口走去。客厅桌上，有张纸条竖在花瓶上。她伸手拿了起来，心里有些发愣。书培留纸条给她？书培为什么留纸条给她？她低下头去，念着纸条上的字：

采芹：但愿你自己知道你在做些什么！我曾希望你能出淤泥而不染，看样子我错了！我一夜没睡，你却睡得很熟，我不知道在这种情况下你怎能熟睡？你使我痛心极了！今晚，你可否留一点时间和我长谈一次！采芹，认清楚你自己吧，你伤害我已经够深了，是不是还预备继续伤害下去？

书培于清晨

又及：你知道清晨也有彩霞吗？从我们朝东的窗子，一样可以看到彩霞满天，所不同的，早晨的彩霞之后是日出，黄昏的彩霞之后是黑暗，不知道属于我们的彩霞，是黄昏的，还是清晨的？

她把纸条压在胸口，心脏"咚"的一下沉进了地底。天呵，昨晚发生了些什么？天啊，他为什么要写这些？天啊，她伤害他？她怎样伤害他了？天啊，她昨晚到底做错了些什么？……她忽然觉得四肢发软，觉得周围的空气都冻住了。再拿起那纸条，她想重读一次。

敲门声"砰砰砰"地响着，外面有人在嚷了：

"有人在家吗？有人在吗？"

哦，瓦斯费？电费？水费？这个节骨眼儿，还有人来收费！

她冲到房门口，一下子打开房门，懊恼地问：

"干什么？收……"

她蓦然住了口，她的嘴张在那儿，眼睛瞪得好大好大。有一瞬间，她觉得自己脑子里简直没有思想，觉得四肢冰冷而心跳停止。即使门外是个妖怪，是条恐龙，也不能让她更震惊了。那门外，提着个旅行袋，带着仆仆风尘挺立在那儿的，竟是满头白发的乔云峰！

她吓愣在那儿。乔云峰也吓愣在那儿了。他比她的吃惊似乎更大，愕然地站在门口，他呆呆地瞪着她，似乎完全不相信自己的眼睛，完全不相信这个事实，他的眼光发直，里面盛满了恐惧、惶惑、迷惘和不解。

采芹首先恢复了神智，天哪！她疯狂地想，不要这样子见面！不要这样子！她低头看着自己那敞开的睡袍，那拖在身后的衣带，她才从床上爬起来，她知道自己是怎样一副披头散发衣冠不整的狼狈相。转过身子，她飞快地往房间里冲。冲了一半，想想又不对，天啊，总不能把乔云峰这样"冰"在房门口。她又冲了回来，急得想哭，狼狈得想哭，她用手抓紧了胸前的开岔处，该死！为什么要买这件低胸的睡袍呵！她望着乔云峰，战栗地、口齿不清地说：

"乔伯伯，您先请进来坐！我去换件衣服。"

乔云峰清醒了过来，眨动着眼睑，他仍然用不信任的眼光，望着面前这个乱发蓬松、酥胸半露的女孩。殷采芹，居然是殷采芹，那白屋里的女孩？不不，这哪儿是白屋里的女孩？白屋里曾有过一个很纯很纯的小女孩儿，这儿站的，却是个充满诱惑力的、风情万种的成熟女子啊！他抽了口冷气，还抱着万一的希望，他困惑地问：

"书培给了我这个位址，我是不是弄错了？他并不住在这儿，是吗？"

"不不，"采芹慌忙说，"他是住在这儿，现在上课去了，您先请进来坐！"

乔云峰迷惘地走了进来，迷惘地四面张望，迷惘地在椅子里坐了下来，采芹飞快地说：

"您先坐一下，我马上就来！"

她冲进了卧室，把手中的纸条放在梳妆台上。她手忙脚乱地换衣裳，好不容易，才穿上件简单的、家居的蓝色洋装。对着镜子，她飞快地梳着头发，又冲进浴室去洗脸刷牙。重新走出来以前，她站在卧室里，用手在胸前画着十字，嘴里乱七八糟地低声祷告着：

"上帝啊，老天啊，圣母玛利亚啊，观世音菩萨啊……你们帮帮我吧！帮帮我渡过这一关吧！"

终于，她走了出来。心情已经平定了很多，反正，乔云峰已经见到她了，反正，是逃也逃不掉了。倒了一杯茶，放在乔云峰面前，她像个待宰的囚犯。

"乔伯伯，您喝茶。"她低声地说。

乔云峰抬头看了她一眼，他的神色仍然是迷惘的，迷惘、困惑而不知所措的。采芹看着他，心里忽然涌起一股近乎怜悯和同情的情绪，她有许多年没见过乔云峰了，她不知道他已经是个老人了。满头白发，额上都是皱纹，戴着副近视眼镜。他仍然具有以前那种书卷味，可能还更深了一些，他看起来文雅而高贵。那种高贵，像是与生俱来的，像是随身携带的，像是生长在他眉间眼底的。那种高贵，也就是乔书培所具备的。但是，现在，这个高贵的老人显然陷进了一个完全迷惘的境界里，他迷失而无助，孤独而瑟缩。

"我不知道——书培到底是在做什么？"他喃喃地开了口，讷讷地说着，"我有一年多没有看到他了，他说他很忙，不能回去。我……我想，那就让我来看看他吧！他……他……"他抬头望着采芹，住了口，怔怔地发着呆，眼底的迷惘更深了。

"他很好！"采芹立即说，像个罚站的孩子般站在老人的前面。"他真的很好，在设计公司兼了个工作，又在帮苏教授编书……"

"是的，苏教授！"老人的眼睛闪亮了一下，立即又黯淡了下来，"我以为……以为……那女孩叫苏……苏……"他又住了口，低下头去，他手中还拎着那个旅行袋。

"苏燕青！"采芹不知不觉地接了口，"她叫苏燕青，书培和她很……要好。"

乔云峰再度抬起头来，困惑地看着她。

"可是，你……你怎么在这儿？"他糊糊涂涂地问，眉头轻锁着，"他们告诉我，你……嫁给了一个法官。"

老天哪！采芹抽了一口冷气，乔云峰也知道这件事了。她突然有狂笑一场的冲动，老天，命运和她开了多么大的一个玩笑！殷振扬的话对了！采芹，你已经弄得一塌糊涂了，你已经身败名裂了！没有一个正经人会接纳你！她闭了闭眼睛。

"不是法官，"她空空洞洞地、无力却坦白地说着，"是个律师。我也没嫁给他，他家里早就有了太太。一年多以前，我就离开那个人了。"

"这就是书培不回家的原因了？"老人望着采芹，这次，他是直视着采芹了，"你们……是结婚了？还是……同居了？"

"同居。"她低声说，迎视着乔云峰的眼光，"他说……在您同意以前，不……"她咽掉了下面的话，怔怔地看着乔云峰，忽然觉得这句话是毫无意义的。她也在这一刹那间，明白了一件事，明白书培为什么不肯带她回家了！这会杀掉乔云峰！事实上，她已经杀掉他了！那老人又孤独又无助又绝望地坐在那儿，下意识地捏着手里的旅行袋，他好老啊！像是已经一千岁了。他走进这屋子之前，是个六十岁的老人，现在，是个一千岁的老人了。他注视着采芹，镜片后的眼光模糊而涣散：

"他……他……他小时候很听话，"他喃喃地说着，"他有才气，从小就爱诗词，爱画画，我知道他……总有一天，会出人头地。"

"他已经出人头地了。"她热烈地说，不由自主地想安慰和鼓励这个老人。她说得又热烈，又急促，又真挚："他的画被教授推荐到西班牙去参加画展，他的设计是第一流的，虽然他不能定时上班，设计公司还是宁可出高薪用他。苏教授说他的文学修养赛过中文系的高材生，要在他的著作上加上书培的名字……他已经出人头地了，他什么都做得最好，他是——十全十美的！"

老人呆呆地看着她，眼底是一片迷蒙。

"是吗？"他迟疑地问，语气有些恍恍惚惚，"或者，我对他期望太高了。我总希望他是……完美的。不只……完美的人格，还有……完美的人生……我……我……"他对采芹虚弱地笑了笑。这笑容竟比他的迷惘无助更打击了她。他老得好快啊，他已经有一万岁了："我是个守旧顽固的老头子，他知道。所以……他……他……他就不敢回家了。"

他站起身来，茫茫然地拎起了旅行袋。

"我走了。"他说。

"乔伯伯!"她惊喊，"您去哪儿?"

"回家啊!"

"您还没见到书培呢!"她急促地说，"您坐着，我给您到学校找书培去，半小时之内就回来!"

"不用了。"老人凄凉地说，仍然对她虚弱地微笑着，"你会照顾他，是不是?"

采芹深深地吸了口气，她的声音忽然变得坚定而冷静：

"我不会照顾他。今天的大学生和以前不同了，和一个女朋友同居几天，不算什么严重的事。他真正要娶的人是苏燕青，那是个毫无瑕疵的女孩子，您一定会喜欢那个女孩! 对不起，乔伯伯，我不能帮您照顾他，只有苏燕青才能照顾他!"

老人怀疑地望着她。

"你确定吗?"

"乔伯伯，您和我一样了解书培，他如果真要娶我，他早就娶了!"

老人眼底闪过一抹奇异的光芒，他仍然拎着旅行袋走向门口，他的背脊略略佝偻着，瘦长的影子孤独而落寞。但是，他身上那种高贵的气质依然存在，即使是在那衰老的仪容下，仍然有着炯炯发光的本能和灼灼逼人的威力。他退向了门口，凝视着她：

"答应我一件事。"

"什么？"

"不要告诉他我来过了。"

她闭上了眼睛。残忍啊，乔云峰！你为什么不能接纳我？你为什么把我看成污点？你为什么也像一般人那样轻视我？你走了！不要告诉书培你来过了！那么！当他带着苏燕青去见你的时候，殷采芹这段丑陋的历史是在他生命里根本没有存在过了！她咬咬牙，睁开眼睛来的时候，她发现乔云峰正对着墙上的一幅画像凝视着，那是她站在窗前，以彩霞满天为背景而画的那张油画。老人问：

"是他给你画的像？"

"是的。"她回答，心底掠过一抹深切的痛楚，她微笑起来，"注意到背景的彩霞了吗？彩霞有两种，清晨的彩霞之后是白天，黄昏的彩霞之后是黑夜。我后面的彩霞，是黄昏的彩霞。"

老人深深地看了她一会儿。

"你答应不告诉他我来过了？"他问。

"我答应。"她点点头。

他走了。她没有送他下楼，只站在小屋门口，目送他孤零零地穿过"日日春"的小径，孤零零地走下楼，他那瘦削的背影，消失在阳台的转角处了。

她折回到屋里来，慢吞吞地走到梳妆台前，她望着镜子里那张苍白而憔悴的脸庞，你也老了！她对自己说：你也有一千岁了！她又看到书培留下的纸条了，她打开纸条，一次又一次地读着：出淤泥而不染？你错了？我该是污泥里的污泥了。伤害你已经够深了？是不是还预备继续伤害下去？不不！书培，我再不伤害你了，我再不玷污你了！我再不拖累你了！她把头匍匐在梳妆台上，一任眼泪慢慢地泛滥开来。

第二十二章

　　这天，乔书培一天都很忙，整天的课，外加设计公司开会，他忙得连喘气的时间都没有。晚上六点多钟，他才赶回家里。事实上，他今晚七点还要去苏教授家工作，而多日以来，采芹也没时间开火做饭，他明知道这个时间回家，既没有饭吃，采芹多半也已经出去了。可是，他就忍不住要跑回去一趟，整天，他心里一直有种隐隐的痛楚，这痛楚压迫着他的神经，使他心慌而意乱。当他走上小楼的时候，他才想起自己一早所写的那张纸条。"你让我痛心极了！"不，采芹，他心里悠悠长叹，不是痛心，而是恐惧，天知道他有多恐惧，恐惧失去她，恐惧她被别人抢去！恐惧她变心！恐惧她对他不再依恋了。他不太记得自己到底在纸条上还写了些什么，写的时候，他是在一份抑郁愤怒和激情里。或者，她今晚不会去上班了，在收到他这样的纸条后，她多半不会去上班了。他要把握机会和她好好谈谈，如果真有个第三者闯入了……天，他硬甩甩头，去他的第三者！那是陈樵的陷害！一定的！

　　走进小屋的时候，他几乎已经说服了自己，采芹一定在家里等他。因而，一进门，他就扬着声喊：

　　"采芹！"

　　四周静悄悄的，静得离奇。他忽然觉得心往下沉，忽然觉得手足冰冷，忽然觉得一阵冷飕飕的凉意，从他背脊上生起……有什么不对了！这小屋整洁得过分，简直是纤尘不染的。他疑惑地四面张望，触目所及，是墙上那幅画像不见了！他的心狂跳，不祥的预感顿时对他当头罩下来，他直冲进卧室，恐慌地大喊着：

　　"采芹！采芹！采芹！"

　　卧室里寂无回声，他奔到壁橱前，一把打开橱门。正如他猜想的，采芹所有的衣服都不见了！他再拉开所有的抽屉，她拿走了她所有的东西，她走了！她走了！她走了！一时间，他觉得狂暴而昏乱。她走了！她怎么敢走？她怎么能走？她为什么要走？他满屋乱绕，心里还存着个万一的想法，她不是走了。她把衣服送去洗了，她去弹电子琴，马上就会回来。他跌坐在床沿上，于是，他发现枕头上放着一张信笺。哦！她留了信笺！一定是告诉他，她马上就会回来，他一把抓起了信笺，读着上面的文字：

　　　书培：

　　　　你留下的纸条，我已经一读再读，深知我对你伤害已深。我不是个好女孩，我早已失足，早就陷于污泥，而不能"不染"。我再三思量，我不能，也不忍再伤害你了。

　　　　所以，我走了。希望你善自珍重，我永远在我的小角落里，默默地祝福你。我取走了那幅画像。相聚一场，算你送我一点纪念品吧！好可惜，那彩霞，是属于黄昏的。

请不要伤心，请不要难过。人生，本就像一场戏剧，最后，你所看到的一定是"剧终"两个字。好在，一幕戏完了，总有另外一幕戏取而代之。我可以预料，你的生活将因我的离去而更充实。最起码，你不会生活在残缺里——你还有个望子成龙的老父，别忘了呵！

我走了，不会再回来了。请代我问候燕青，当然，还有陈樵和何雯。你看，我走得是平平静静的。书培，与其我们将来在彼此怨恨中分手，还不如在这种"平静"中分手，你说对吗？祝幸福！

采芹

他有几分钟不能思想，只是呆呆地坐在那儿，呆呆地面对着这张信笺，呆呆地陷进了一片虚无。然后，他有些清醒了，她走了！这三个字像一辆十轮大卡车的轮子，不，像坦克车的轮子，重重地从他心底辗过去。她走了！他骤然跳了起来，冲到窗台前，把花盆一把扫落到地下，他再冲入客厅，把茶杯、花瓶、日日春、咖啡壶统统扫落到地上去。在那一阵"乒乒乓乓""稀里哗啦"的巨响和破裂声中去发泄自己心底的悲愤。走了！她就这样走了！"平静"地走了！只为了他早上留了一张纸条给她！

天哪！他用手抱住了头，他在纸条上写了些什么？他死命捧住自己那要裂开的头颅，就是想不清自己到底写了些什么。但是，他伤害她了，他逼走了她！这念头使他直跳起来，所有的血液都在体内汹涌翻腾。不！她不是"平静"地走，她不是"存心"要走。她是生气了！她也是人，当然也会生气！他一定写了很多混账话，所以把她气走了。他模糊地想起，上次他们吵架之后，她也曾经用"沉默"来抗议，但是，后来，她毕竟是原谅了他！她总是原谅他的，不论他做错了什么，她总是原谅他的。那么，这张小纸条不会有多严重了，只要他找到了她，只要他对她解释清楚，只要告诉她，都是陈樵闯的祸……他不是有意要留那张纸条，不是有意说她伤害了他……天哪！他要找到她，就是把台北市整个拆掉，他也要找到她！就是把每一寸土地踏平，他也要找到她！

冲出了小屋，他连门也不关，就直冲下四层楼。第一个想到的地方，就是"喜鹊窝"。叫了一辆计程车，他直驰往"喜鹊窝"，显然，这是家很有名的餐厅，车子一直停在餐厅门口。他看看手表，七点整！这正是餐厅上市的时间，她应该在这儿，老天，让她在这儿吧，她一定要在这儿，她必须在这儿！

伸手去推门以前，他就听到电子琴的琴声了，他怔了怔，不由自主地呆立在那门口，他听着那琴声，正流畅地弹奏着一支老歌，一支他熟悉的老歌：

把酒问青天，
明月何时有？
莫把眉儿皱，
莫因相思瘦，

小别又重逢，

但愿人长久！

……

哦，他如释重负，她在里面！她确实在里面！她弹这支歌，
因为她还想着他！感谢天！他能立即找到她！感谢天！他深吸了
口气，轻轻地推开门，他不想打断她的弹奏，他悄悄地"溜"了
进去。于是，他立刻看到她了，她坐在台上的电子琴前，穿一身
全黑的衣服，衬托得那脸庞特别地白，那眼珠特别地黑……她正
专心地弹奏，那么专心，好像周围什么东西都不存在……他悄悄
地在一个不受注意的角落里坐了下来，叫了一杯咖啡，就用手托
着下巴，一瞬也不瞬地盯着她看，用全心灵去听她弹奏，用全心
灵去"吞噬"着她的美。依稀恍惚，他觉得有个小女孩儿，正扳
着他的手指，去弹那和他无缘的钢琴：多米索米，多米索米，多
米索法……唉唉！又错了。你是笨蛋！乔书培，你一直是笨蛋！
你早就该坐在这儿，听她弹一曲，你就会更深地衡量出她对你的
爱，以及你对她的爱，那么，你就不会写那张混账条子给她了！

那支曲子弹完了，采芹在翻着琴谱。忽然间，客人中有人
高声地鼓起掌来，鼓得又响又急骤，不知是捣蛋还是欣赏，反正
破坏了大厅中的幽静。书培皱着眉头看过去，于是，他大吃了一
惊，那是张熟悉的面孔，那高举双手猛拍的竟是殷振扬！怎么，
他又跑出来了？怎么，采芹一个字也没对他说过？他困惑地望着
殷振扬，于是，他看到有个穿着咖啡色丝绒上装的男人，从一个
黑暗的小角落里站起来，径直走向殷振扬。他在殷振扬对面坐下

来了，不知道对殷振扬低声说了句什么，殷振扬停止了鼓掌，笑着靠进椅子里，大声地说了句：

"姓关的，你怎么说就怎么好！谁叫你是我妹夫呢！哈，我这个倒霉蛋，专当人大舅子！"

这是什么话？乔书培情不自禁地对那个姓关的看过去，灯光下，那男人有一张非常吸引人的脸孔，轮廓好深，挺直的鼻梁和深邃的眼睛，黝黑的皮肤和浓浓的眉。他燃起了一支烟，又对殷振扬说了句什么，殷振扬就笑了起来。小弟送了一瓶酒去，他们在开瓶、倒酒、碰杯、喝酒。

书培心里有些恍惚，头脑里有些发晕。他瞪视着殷振扬和那"姓关的"，看他们微笑，谈天，举杯，喝酒。然后，书培觉得琴声有阵混乱，显然采芹弹错了音，那"姓关的"直跳了起来，似乎有尖锐的东西刺伤了他，他立即抛下殷振扬，站起身来，走上台去。书培也往台上看去，心脏一下子跳到了喉咙口。采芹已停止弹琴，她用手支着额，正倚靠在琴盖上，似乎不胜怯弱。姓关的直冲上去，用手一把扶住了她，在她耳边低语了两句话，采芹摇摇头。姓关的坐了下来，琴声继续下去了，姓关的接替了采芹，他弹得如行云流水。采芹低垂着头，她整个人，似乎都倚靠在"姓关的"的怀里。

书培的心神更恍惚了，头脑更昏晕了。陈樵的话重新在他耳畔响起：

"她不是一个人，有另外一个弹电子琴的男人和她在一起……他们亲热得厉害……"

他的呼吸急促了，他死死地盯着采芹和姓关的。采芹慢慢地站了起来，把电子琴完全交给了那个人。书培注意到那人给予了她一个最关心最温柔最怜惜的凝视。天哪！书培的心脏绞扭了起来，五脏六腑都绞成了一团。怪不得殷振扬喊他妹夫，他懂了！他终于懂了！怪不得采芹决意离开他，他懂了，他终于懂了！怪不得最近采芹不回家，他懂了，他终于懂了。她真的有了一个第三者，她真的变了心，背叛了他，他懂了，他终于懂了！

采芹走下来了，她一直走到殷振扬的座位上，坐了下来。殷振扬递给他妹妹一杯酒，他的嗓门依然很大：

"我看你的身体糟透了，你应该去看医生！"

采芹虚弱地笑了笑。该死！她那笑容依然牵引着他，像有根细线从她身上直通他的心脏，她一颦一笑都拉扯得他心痛。采芹握住那杯酒，一饮而尽，她又用手支着额，呆坐在那儿，殷振扬递给她第二杯。该死！你要灌醉她吗？他再也按捺不住，从自己隐藏的角落里站了起来，他连想都没想，就径直走向了采芹和殷振扬。

他站在他们面前了。

"我能不能加入你们，也喝一杯？"他沉着声音问。

采芹蓦然抬头，脸色变得比纸还白。

"书培！"她喃喃地喊，"你来做什么？"

"这儿是公共场合，没有挂牌子说不许我进来啊！"他说，拉开了椅子，坐了下来。

"哈！"殷振扬怪笑了，看看乔书培又看看采芹，再看看那正往这边注视的关若飞。"真是一次伟大的聚会！"他对乔书培举杯，"欢迎，妹夫！"

又是妹夫？书培心里比雪还明白了。他端过采芹面前的酒杯，一口气灌了下去。直视着采芹，他说：

"你知道你是什么？你是只狗熊！"

采芹睁大眼睛看着他，不知道他在说什么。

"听过'熊捡棒子，捡一支丢一支'这句话吗？"书培说，微笑着，"东北人把玉蜀黍叫作'棒子'，狗熊常常半夜到玉蜀黍田去偷棒子，它们又笨又贪心，看到了棒子，就用左手把它捡起来夹在右胳肢窝里，到了下面，它又看到另一支棒子，就用右手捡起来夹在左胳肢窝里，这样，它每一伸手，原来的棒子就掉了，它一路捡，一路丢……"他再倒满了酒杯，啜了一口，"到最后，它仍然只有一根棒子。"他盯着采芹，笑容消失了，他的眼光痛楚、怨毒而充满了恨意，"你为什么不最后再捡我？"

采芹被击倒了。她的眼睛睁得又圆又大，默默地盯着他，她的嘴微张着，拼命地吸着气，胸部一起一伏，她重重地呼吸，似乎得了呼吸困难症。她的脸色更白了，连脂粉也遮盖不了那份苍白，她的嘴唇上毫无血色。

书培看了电子琴一眼。

"他叫什么名字？"他冷冷地问。

采芹不答。殷振扬笑了。

"原来你还不知道他的名字！"他嬉笑着说，"鼎鼎大名的关若飞，他在娱乐界的名字响当当，比你这个默默无闻的大学生不知道强了多少倍！"他轻蔑地望着书培，因为他的痛苦而得到一份报复性的快乐。

书培抽了口气，是了！关若飞，他听过这个名字，采芹提过这个名字。

"这就是你要离开我的原因，是吗？"他盯着采芹，脸被酒和怒气所染红了，眼睛里布满了血丝。但是，他的声音仍然维持着平静，像海啸前的那股伏流，缓慢而凝重地流动着："这就是你最近不愿回家的原因，是吗？这就是你永远累了的原因，是吗？关若飞，这就是整个问题的关键！陈樵告诉过我，我却不肯相信，关若飞，他是你的第几根棒子？"

采芹仍然不说话，仍然只是呆呆地看着乔书培。仍然大睁着眼睛，仍然拼命地吸着气。乔书培再灌了一杯酒，他的手落在采芹的手上，盖住了那只手，他开始捏紧她，用力地捏紧她，似乎想把她的骨节全体捏碎。

"你一定早就想离开我了，是不是？你走得平平静静，你当然平平静静，因为我的留条给了你最好的借口，是吗？"他摇摇头，眼里的怨毒更深了，"你真是高段！你是第一流的好演员！你可以让我自责得差点自杀，而你却和新的男友优哉游哉地弹电子琴！你……你……"他更紧更紧地握牢她的手，"这些日子以来，你一直过着双重人格的生活，是吗？白天，你是他的，夜里，你回到我的身边，怪不得你累了！累了！永远累了！哈！"他笑了，他的笑容惨淡得像哭，"我居然为了你神魂颠倒，我是傻瓜。不过，请你告诉我一句话，关若飞确实比我强吗？"

她仍然不回答。他摇撼着她的手：

"说话！你说话！不要再做出这股茫然无助的样子来！我不会再被你这对眼睛所骗！你流泪了吗？你为谁流泪？多美丽的泪珠，闪亮得像一颗颗小星星，最好能串成一顶皇冠，罩在你那纯洁得像天使一样的小脑袋上……"

"乔书培，放开她!"

忽然，有个陌生的声音在他身边响起，他一惊，愕然地抬起头来，就和关若飞那对深刻的眼光接触了。关若飞正挺直地站在他们面前，一脸的愤怒和激动。

"乔书培，放开她!"他再说，语气里有种坚定的力量，"你弄伤了她! 快放手! 她已经要晕倒了!"

他望着关若飞，浓眉，深邃的眼睛，又有性格又漂亮又吸引人的脸型。鼎鼎大名的关若飞，他的名字响当当，比你这个大学生不知道强了多少倍! 他松开了握紧采芹的手，直视着关若飞:

"你心痛?"他问。

"我是心痛。"他答，坐了下来，也直视着他，"如果采芹是我的女朋友，我不会伤害她一根小指头!"

"如果?"他冷哼了一声，"如果? 你用了好奇怪的两个字。难道到这种时候，你们还要遮掩什么? 放心，关若飞，假如采芹能为了你而整日不归……"

关若飞一把抓住了殷振扬胸前的衣服，殷振扬正在那儿看把戏似的看得津津有味。而且，他已经有了七分醉意，被关若飞这样当胸一抓，他吓了好大一跳，本能地用手臂一格，咆哮着问:

"干吗? 你要跟我打架? 有没有认错对象?"

"告诉他!"关若飞压低嗓子怒吼着，"告诉这个莫名其妙的书呆子，采芹为什么需要夜以继日地工作? 你说! 殷振扬! 你告诉这个浑小子，采芹为什么要跑场，一天赶到三个地方去演奏! 你说! 你说!"

"不关我事！"殷振扬格开了关若飞，仍然嬉笑着，一副"隔岸观火"的样子，"大概她喜欢跟你老兄在一起，你弹她唱，她弹你唱，这叫夫唱妇随吧！"

"殷振扬！"关若飞怒不可遏，"你是个不折不扣的流氓！你为什么不告诉他，你欠下的赌债，采芹拼了命在帮你还，你为什么不说？为什么不说？为什么不说……"

"喂喂喂！"殷振扬喊着，把关若飞的身子压了下去，"这是公共场合，你一直警告我不要引人注意，你自己怎么这样乱吼乱叫的！你要我告诉乔书培什么？你何不自己告诉他？你爱采芹，不是吗？你敢说你不爱吗？如果不是有你老兄陪着采芹跑场，采芹会跑吗？怎么！你这个王八蛋！他妈的！你的男儿气概哪里去了？你连恋爱都不敢承认……"

"你们……不要吵了吧！"忽然间，一直不开口的采芹幽幽然地开了口，她用手背拭去了面颊上的泪痕，把手怯怯地伸给关若飞，她凝视着关若飞，悲哀地、温柔却口齿清晰地问，"关若飞，爱我是件很耻辱的事吗？你为什么不承认呢？"

关若飞怔住了。他迎视着采芹这对大而明亮的眸子，感到她那冰冷而微颤的手伸向了自己，他就整个心都紧缩起来了。他瞪视着她，心里有点儿明白，也有点儿不明白。她却又细细地、柔柔地说了一句：

"你不爱我吗？"

"见鬼！"他诅咒着，"你明知道我爱你！整个餐厅从经理到小弟无人不知！"

采芹轻叹了一声，回头望着乔书培。

"对不起，书培。"她轻声说。

书培狐疑地望着这一切，他狐疑地看看殷振扬，又看看关若飞，再看看采芹，他的目光停留在采芹脸上。

"你在帮殷振扬还债？"他问，"你在跑场？为什么你不告诉我？那么，你也在'绿珊瑚'表演了？……"

"不要再问了！"采芹疲倦地锁起了眉头，"哥哥是对的，如果没有关若飞，我也不会有兴趣跑场……还债，那是另外一个问题。我喜欢这种生活，书培，对不起。对我而言，你那种生活实在太单调了！"

书培的眼光又尖刻了起来，他的呼吸又急促起来，他的声音又变得沉痛而沙哑起来：

"你是什么意思？你终于承认了，你是存心要离开我？你早就想离开我了？你厌倦我了？"

"唉！"她低叹着，似乎疲倦得快死掉了，她垂下眼睫毛，望着桌布上的格子，"书培，我们的童年都过去了，你知道，童年的爱情都是不成熟的。而我们却在不停地长大，不停地改变我们自己的兴趣。你知道，这些日子，我们虽然在一起，却一直彼此伤害，你说过，我让你失去自尊，失去亲情，失去朋友……"

"那已经是过去的事！"他涨红着脸说。

"是的，是过去的事。"她低语着，"我们的现在却是由过去堆积起来的，所以，你不能把过去一笔抹杀。我们彼此都伤害太深了，在一起，只是增加双方的痛苦……"她吸了口气，"好了，说这些还有什么用呢？我承认了，我是一只捡棒子的狗熊，好了吧？你让我去吧！"

他伸手用力托起她的下巴，他命令说：

"你看着我！"

她被动地抬起睫毛来，被动地望着他。

"你离开我，是因为关若飞？"他一个字一个字地问，"还是因为我让你失望？"

"这又有什么不同？"她挣扎着说，想摆脱他的手。

"有不同！"他有力地说，捏紧了她的下巴，固定了她的视线，"如果是我的所作所为，有伤害了你的地方，有让你失望的地方……"他困难地咬咬嘴唇，那嘴唇上立刻留下两个深深的牙印，他压抑住了自己的自尊，仍然冲口而出，"我可以改！我可以为你改！我可以道歉……如果你是为了关若飞……"他又咬嘴唇，那两个牙印更深了，"我没话说，我只有撤退！"

她定定地望着他，眼光一瞬也不瞬。

"那么，"她低声而稳定地说，"我只能告诉你，是为了关若飞！"

他再看了她一会儿，死死地看了她一会儿。他那样子，就像是已经被宣判了死刑。然后，他松开了握住她下巴的手，转过头来看着关若飞，他对关若飞深深地点了点头：

"她是你的了！"他说，从口袋里掏出一叠钞票，他扔在桌上，"今晚我请客！"他站起身子，望着殷振扬，语声铿锵地说："老虎不吃自己的儿子，哥哥别喝妹妹的血！她如果有个新的开始，你——给她一条生路吧！"转过头，他再也不看采芹，大踏步地走出了餐厅，投身到门外的夜色里去了。

殷振扬愣在那儿了。半晌，他回过头来，看到关若飞也愣在那儿了。而采芹苍白着脸，身子摇摇欲坠。他大叫了一声：

"她晕倒了！"

关若飞及时伸出手去，采芹倒进了他的臂弯里。

第二十三章

乔书培一个人呆呆地坐在小木屋里。

采芹已经走了四天了。对书培而言，这四天像是四个漫长的世纪。早上起床，她不在身边，中午回家，她不在家里，晚上，是空落落的小屋盛着满满的一屋子寂寞。奇怪，以前她在的时候，他并没有特别感受到她的存在。她忙起来的时候，也经常从早到晚不在家，但是，他总知道她会回来，总感觉到她的气息，充满在小屋的每个角落。而现在，她走了，再也不回来了，他在一天比一天加深的痛苦中去衡量自己对她的爱，在那锥心的刺痛里迷失，而在那发疯般的想念里被折磨得快病倒了。

这个晚上，他就又一个人孤独地坐在小屋里，燃起一支烟，品茗着自己的寂寞。许多时候，他总幻觉有人敲门，幻觉她在外面轻呼着他的名字，当他跳起来去开门的时候，门外却一无所有。他认为，自己已经快得神经病了。从认识以来，采芹离开过他很多次，却从没有一次这样让他苦恼悲切得像个濒死的人。

关若飞，那个响当当的人物！他咬牙回思着关若飞的一切，他深吸着气。乔书培，你输了！那个关若飞比你好一百倍，一千倍，一万倍……而你又对采芹那么挑剔，那么残忍，难怪采芹变心……他跳起来，用拳头一拳对墙上捶去，那木屋整个都震动起来了。他苦恼地把背脊贴在墙上，仰头望着屋顶。天哪，采芹，你回来吧！如果我还能补救我的过失……我会用加倍的爱心来对你，我再不挑剔，再不残忍，再不对你说刺心的话了……采芹，你回来吧！他把身子转过来，把头抵在墙上，采芹，我想你，想你，想你……想得快发疯了，你回来吧！不不不，她不会回来了。他刻骨地想了起来：她再不是负气而去，她是真真正正地离开他了，她有了另一个开始，另一个男人！

他忽然听到有脚步声走上楼梯，他惊觉地竖起耳朵，屏住了呼吸，那脚步声走上阳台了，走向小屋了……可能吗？她回来了！可能吗？她听到他心底对她的呼唤了！可能吗？有心灵感应通达了她，许多小说里都写过的，她回来了！他回过身子，靠在墙上，睁大了眼睛，死死地盯着那房门，他的心脏像擂鼓似的狂鸣，震得他的耳鼓都在响，他摇摇头，有敲门声吗？有吗？

"砰砰砰！"敲门声真的响了起来。

他惊跳，动也不敢动。"幻想"又来欺骗他了。

"砰砰砰！"敲门声又响了起来。

他满头冷汗，仍然动也不动。

"书培！"门外在轻唤着，那女性的、温柔的声音！她回来了！她回来了！"书培，你不在家吗？"

我在！我在！我在！他心中狂叫，直冲到门口去了，一把打开房门，他狂喜地喊：

"采芹……"

"哦！"门外的女孩笑靥如花，两个小酒窝在颊上闪动，"对不起，不是采芹，是燕青。让你失望了！"

他往屋里退了两步，他的脸色一定很吓人，因为燕青顿时收住了笑，伸手要去扶他：

"你怎么了？"她惊呼着，"你病了而不看医生吗？你苍白得像个死人！"

"我没什么。"他挣扎着说，退到房间里，在椅子上跌坐下来。那张圆形的大藤椅，采芹在士林买回来的。她每次受了委屈，就把自己蜷缩在这张椅子里。他痛楚地蹙起眉头，为什么你要给她委屈受？她在的时候，你只会欺侮她，冤枉她，责难她……她奔波着为殷振扬还债，你却咬定她迷失堕落。她为什么不把殷振扬的事告诉你呢？她不敢啊，傻瓜，你那样自命清高，她怎敢说出来！她怕你啊，她一直像只受伤的小麻雀，像防风林里那只小麻雀……

"你坐好，我去给你倒杯水来。"燕青嚷着，往厨房里跑，接着就叫了起来，"怎么你家连开水都没有！"

"哦，"他回过神来，"我忘了烧。"

燕青从厨房里出来了，又是笑靥迎人的。

"没关系，我来帮你烧。"她走过来，仔细地看看那小屋，又仔细地看看他，叹了口气，"你怎么把房间弄得这么乱七八糟，你自己也是，你几天没刮胡子了？真是越来越有艺术家气概了！你知不知道，你已经一连两次没去帮我爸爸工作，我老爸很关心你，以为你生病了！"她俯头更仔细地看他，"你是不是生病了？"

"没有。"他闷闷地回答。

"没有？"她挑高了眉毛，眼中闪着光，"你明明生病了，而且病得很厉害，这种病的名字叫'相思病'！是一种心形细菌造成的，那细菌会慢慢地侵蚀人体，从骨头吃到内脏，从内脏吃到肌肉，最后，把整个人都化成飞灰……啊啊，这是种很可怕的病，幸好不传染！"

他想笑，但是他笑不出来。

燕青不再理他。她去厨房烧了开水，泡了两杯茶，把茶端到客厅来，她递给书培一杯，自己拿了一杯。然后，她拖了一张椅子，坐在书培的对面，收起了那副调皮的笑容，她一本正经地说：

"我们来谈谈采芹，好不好？"

他把头转开，皱拢眉头。

"你知道她走了，还谈她干什么？"

"是的，我知道她走了。陈樵都对我说了，她跟一个弹电子琴的——那人叫什么名字？"她忽然问。

"关若飞。"他机械地回答。

"哦，关若飞。"她点点头，"据说，是采芹和关若飞恋爱了，你们三个居然面对面地摊牌了，然后，你把采芹'移交'给了关若飞。是吗？"

书培的眉头蹙得更紧了。

"你一定要谈这件事吗？"他阴鸷地问。

"是的，一定要谈。"燕青坚定地瞪着他，那对大眼睛里盛满了智慧，"因为，你是当局者迷，我是旁观者清。让我告诉你一句话，采芹绝不可能爱上关若飞！"

书培浑身一震，抬起眼睛来，怔怔地盯着燕青。他的呼吸急促了起来。

"你怎么知道？"他哑声问。

"我知道。"她闭了一下眼睛，温柔地看着他。她的声音诚恳、清脆而真挚，"因为我比陈樵他们都深刻地观察过采芹，我像个科学家分析原子似的去分析过采芹，她不可能爱上关若飞，因为——你是她整个的世界，她眼里、心里、思想里、意志里……都被你填得满满的了，她根本没有多余的地位来接纳关若飞。"

他的呼吸更急促了，他的眼睛开始发光了。

"这……这只是你的想法，你没见过关若飞，那人确实是个人才，长得仪表不凡，弹一手好琴……"

她扑下身子，忽然用双手握住他的手，低声问：

"你……有没有觉得过，我并不难看？也还……有一点点可爱之处？"

他怔了怔。

"是的，你确实很可爱，不止一点点。"他坦白地说。

"那么，你为什么没有爱上我？"她率直地问，坐正了身子，"你明知道，追求我的人有一大把，你为什么没有爱上我？何况……"她深深地看他，嘴边浮起一个似笑非笑的表情，"我对你下过相当多的功夫，想尽办法来吸引你的注意，念你念的书，背你背的诗，拼命要表现我的风度和学问，拼命想压倒你那个殷采芹，甚至陪你去帮我老爸做那份枯燥得要死的工作……怎么，我仍然没有办法让你爱上我？"

"哦?"他脑子里有些昏乱,有些歉然,有些糊涂。"对不起,燕青,"他喃喃地说,"事实上,你确实很吸引我,如果没有采芹,我想……"

"要命!"她叫,脸微微涨红了,推开椅子,她站起来,在室内兜了一个圈子,回到他面前的时候,她的脸色已经恢复了平静。"你放心,书培。我不是来向你求爱的,我早就对你放弃了!否则我也不会坦白对你说了!"她说,"我告诉你这些,只为了向你证明一件事,当你心里有了采芹以后,别的女人再强,对你也没有吸引力了。那个关若飞,他的地位和我差不多,只是比我惨!因为他可能不像我这么潇洒。我对你,老实说,想征服你的念头比爱情多,那个关若飞……我不知道了!假若他真爱上采芹,他就是世界上最可怜的人了!采芹,她是绝不可能爱上他的!"

书培目不转睛地看着燕青,他又能呼吸,又能思想,又能分析,又能希望,又能振奋了。他深吸了口气,讷讷地说:

"你怎么能这样肯定?采芹亲口对我承认,她要关若飞而不要我,你怎么能这样肯定?假若她不爱他,为什么她要他?"

"我不知道。"她有点困惑,"或者,关若飞只是她的一个工具,一个借口。或者,是你伤了她的心,她觉得跟你在一起再也没有前途了。或者,她受到了某些压力,使她自惭形秽……像我,像何雯,都可能构成她的压力。你最好想一想,你们分手前,你是不是做了什么让她心灰意冷的事情?"

他直跳了起来。

"那张纸条!"他说。

"什么?那张纸条?"

他叫着："我写了一张纸条给她，我写了很多混账话，天知道！我并没料到会造成这样的后果……可是，"他又萧索了下来，望着她，他摇了摇头，"这仍然只是你的猜测而已，她也很可能爱上关若飞。我们之间发生过比纸条更严重的事，她都没有这样决绝而去。不，这只是你的猜测……"

"好吧！"燕青站起身来，"我只是把我的感觉告诉你！相不相信是你的事，"她摇摇头，深思地说，"采芹，她心里只有你！"她往门口走去，抬头对室内扫了一眼，忽然有所发现地问："那张画呢？你给她画的那张像呢？到哪儿去了？"

"她带走了。她说，相聚一场，算给她的纪念。"

"这不就明白了！"燕青胜利地叫了起来，"既然根本变了心，既然根本爱上了别人，带走你的画干什么？她就该把你干干净净地从她生命里除去，还留什么纪念？她怎能每天对着关若飞，而让你的纪念夹在他们中间？你——"她瞪着他，"还没有成熟，你根本不了解女人！想想清楚吧！"她推开房门，从门口地上拾起了一封信，"嗨，有你一封信，不知道什么时候寄来的！你这个房间真乱！说不定是采芹写给你的，你也不拆封……"

书培直扑过去，一把抢过那封信，看看封面的字迹，他的心就凉了一半。不是采芹，是父亲！父亲从家乡寄来的，一定是命令他"暑假非回家不可"。哦，他已经千头万绪，心乱如麻，怎样回去？但是，如果采芹真离开他了，他就"不如归去"了。归去，归去，他又迷惘起来，他如何归去，面对那小海港，那防风林，那白屋，那岩洞，那海滩和那"彩霞满天"啊！

"我走了！"燕青在说。

他惊觉过来，抬头看着燕青，一时间，他觉得有千言万语，想对燕青说，他无法表达自己内心的感动和感激，如果没有采芹，他真的会爱她的，他想。他也真的受她吸引，他想。燕青对他温和地笑笑，眼睛闪亮地说：

"你什么话都不要对我说，只答应我一件事。"

"什么事？"

"如果有一天，你和采芹结婚了，我一定要当伴娘！"她说，翩然一笑，飞快地跑走了。

书培呆怔在那儿，如果有一天，还会有这一天吗？采芹已经走了，跟另外一个男人走了！如果有一天，还会有这一天吗？他跌进了椅子里，突然想起，他们早就可以结婚了，每一天都可以结婚，他却拖延着，拖延着，拖延着……一直拖到她投进别人怀里。为什么拖延呢？他低下头，望着父亲的来信，他对着那信封凄然微笑。慢吞吞地、机械地，他拆开信封，抽出信笺，他开始读下去。刚读了一个头，他就整个人都震动了，所有的意志都集中了，他仔细地、迅速地念着那封信：

书培：

我用了两整天的时间来思想，来考虑，我到底要不要写这封信给你。现在，我终于想清楚了，终于体会出许多我一向忽略的事情，所以，我必须写这封信给你了。

我猜，采芹一定非常守信用，她绝不会告诉你，我在前天早晨到了你们的小阁楼，和她见了面，谈了话！……我停留了大约半小时，然后，我就走了。虽然采芹曾要去学校找你，是我严词阻止了。因为，当时我被我所看到的景象和采芹的存在吓呆了，我只想赶快离开，让你不要发现我来过。既然你如此处心积虑地隐瞒我，你和采芹同居的事实，那么，你必然对我另有交代。我是从你那小阁楼里逃走了。我想，我当时是下意识地期待你的"另一交代"。你既然和她同居一年多之久，而不谈婚姻，你当然是另有打算了。

我直接乘火车回到了家里，然后，我开始思想，开始回忆，从你童年和采芹的点点滴滴，想到我这次和采芹的"意外见面"。你相信吗？书培，我想得越多，想得越久，我就对采芹的同情越深，好感越重。前天早晨，我们只匆匆地交谈了数语，我没见过比她更敏感而聪明的女孩，她立即发现了我对你的失望，对这整个事件的失望（不可否认，它当时对我像个致命的打击）。她那样迫切地急于安慰我，甚至一再表示她和你只是'暂时同居关系'，你的真正女友是苏燕青。而当我对你的成就怀疑时，她又那样满脸发光地赞扬你、谈你、说你。你的画、你的设计、你的文学编撰工作……她把你说得像个世界上唯一仅有的天才。哦，书培，在那一刹那间，我就了解了一件事，她对你的爱绝不亚于我对你的，虽然这两种爱的性质不同。甚至于，她给我一种感觉，她比我更爱你。我爱你，因为你是我的儿子，她爱你，因为你是你。我爱你，还想占有你，她爱你，连

"占有"的念头都"不敢"有。因为，她自觉她是那么渺小，渺小得像只蚂蚁，像一粒细沙，哪一只蚂蚁或细沙可以"占有""世界"呢？书培，如果当时我不能体会，我现在已经完全体会了。我几乎不太能了解你怎会变成她的"世界"，但是，我想，在她是个小女孩儿的时候，你就已经是她的"世界"了。

不可否认，我一直是个思想保守、生活拘谨、道德观念深重的老人，我固执而严肃。对采芹，我从头就不赞成，我不喜欢她的家庭，不喜欢她的父母，不喜欢她的哥哥，也不喜欢她那段"历史"！你是对的，你宁可躲在台北，而不让我知道采芹的存在，你知道这样会给我太大的打击。哦，书培，你这样"孝顺"我，你预备以后把采芹怎么办？当你必须面对我的时候，你是不是就准备牺牲采芹了？你是不是真狠得下心来打破她整个的世界？你有没有认真衡量过，她在你的生命里，到底有多少比重？如果你没有衡量过，我却衡量过了。我看到了那张画像，你给她画的像，她站在彩霞满天的窗前，浑身沐浴在金色的阳光里……发光的不是天空，而是采芹！书培，我知道了。如果她不是你的"世界"，她起码也是你的"阳光"了。

这两天来，我在和我自己"交战"，不知道我该对这件事采取怎样的态度。但是，我不想还好，我越想就越愤怒。对你的愤怒，对我自己的愤怒。书培，我怎么会把你教育成这种典型？你简直把你的父亲看成没有灵性、不懂爱情的老顽固！你居然不敢面对我，说一句：

"我爱采芹，我要采芹，你同意，我娶她！你不同意，我也娶她！"

书培，你好没个性，好没骨气。我真不懂采芹怎么会爱你！可是，儿子呵，我真谢谢你没有这样做，如果你真敢这样做，你就失去你的父亲了。你也了解这一点的，是不是？你知道我就是那样一个老顽固的，是不是？所以，你宁可独自一个人在矛盾和苦恼中去煎熬了？你既无法抛下采芹，你又无法抛下老父。孩子，你岂不太苦？岂不太苦？

你该谢谢采芹的。短短半小时的会面，她征服了我。天知道，我仍然不喜欢她的家庭、父母、哥哥……可是，如果今年暑假，你不把她带到我面前来，你不和她好好地完成"佳礼"，我是不会原谅你的！永远不会原谅你的！

信已经写得太长了，我不再多说了。如果你还有什么不了解的地方，去问采芹吧！

祝健康

父字

又及：采芹和我谈到那张画像里的彩霞，她曾说，那是黄昏的彩霞，因为黄昏后就是黑夜。请代我转告她，黄昏的彩霞和清晨的彩霞都是一样的。反正，那是你们的"彩霞"。对一对真心相爱、终身相守的情侣来说，不但要共有"朝朝"，而且要共有"暮暮"！

书培一口气念完了这封信，忽然发现自己满脸都是泪水，他把头埋在膝上，让泪水一直涌出来。心里的浓雾却在慢慢地散开，散开，散开……这就是原因了！原来父亲来过了！这就是那个早晨所发生的事：先是自己留了那张混账条子给她，然后父亲来了。于是，他的压力，父亲的压力，殷振扬的压力……他们合力把她逼走了！这就是燕青所说的压力了！这就是了！

　　他举起那封信，忽然把自己的嘴唇紧压在那信笺上。爸爸啊！你不是老顽固，你不是！你不是！你比我更懂"爱情"啊！你在半小时里已经体会出采芹对我的爱，我却在十几年的相处后还不了解！该死的乔书培！你既不如父亲，你也不如燕青，他们都知道采芹不会移情别恋，只有你这个荒唐的白痴，才会认为她会舍你而去！

　　可是，采芹在哪儿？采芹在哪儿？采芹在哪儿？

　　抓起了那封信，跳起身子，他冲出了房门。找采芹去！找采芹去！找采芹去！他全心灵、全意志、全思想、全感情都在呐喊着：找采芹去！

第二十四章

采芹在医院里已经躺了四天了。

这是第四个晚上了，关若飞在病床前来来回回地踱着步子，一面打量那躺在床上，毫无生气的采芹。盐水针已经停止注射了，但是，采芹的脸色仍然和被单的颜色一样白。在那床头柜上，晚上送来的食物盘，依然一动也没动。采芹的眼睛睁着，迷迷蒙蒙地看着窗子，她似乎在想着什么，在沉思着什么，或在回忆着什么。总之，她心中有两扇门，关若飞几乎可以看到，那两扇门正紧紧地关闭着，不让外界任何的力量闯进去。

终于，关若飞停止了踱步，他一下子就停在采芹面前，直瞪着采芹，他下决心地开了口：

"采芹，你听我说！"

采芹受惊地把眼光从窗玻璃上收回来，落在他脸上，她眼底有着疑惑和询问的神色。

"你在医院已经躺了四天了！"他说，"你是不是一辈子预备在医院里躺下去了？”

采芹闪动着睫毛，嘴唇轻轻翕动了一下，吐出了几个模糊的字：

“我会好起来。”

“你会好起来？”关若飞吼着，他忽然冒火了，在床前的椅子上坐下，他直瞪着她，生气地、大声地说，“你怎么样好起来？你什么都不吃！自从进医院，你就靠生理盐水和葡萄糖在维持着！看看你的手腕，”他捋起她的衣袖，注视着那瘦削的胳膊，整个胳膊上都又青又紫，遍是针孔，“医生说，已经没有位置可以再注射了。你为什么不吃东西？你安心要自杀是不是？我真……”他咬牙切齿，“我真窝囊透了！我真想把你丢在这里，再也不要管你了！”

她凝视着他，乌黑的眼珠里有着真诚的歉意。

“对不起，关若飞。”她温柔地低语，“我知道我对不起你！”

“你知道？”他挑高了眉毛，声音压低了，“你知道你什么地方对不起我？”他问。

“太多了！”她低叹着，“我连累你在医院里耽误时间，我让你操心，我使你无法工作……”

他摇头，对她深深地摇头，拼命地摇头。

“都不是！你最气我的是那个晚上，乔书培来的那个晚上！你凭什么把我拖出来当挡箭牌？你凭什么让那小子误会我是你的爱人？”他用手扶住她的下巴，紧盯着她的眼睛，“知道吗，采芹？我一点都不喜欢我扮演的角色，你让我窝囊透了！我越想越窝囊，越想越生气。我不知道你为什么要离开那家伙，但是，我

287

比你更清楚，你绝不是为了我！哈！"他回忆着，"那笨蛋居然把你'给'了我，他走得真漂亮！他妈的！"他忽然冒出一句粗话，又对自己的粗话下了一个注解，"这三个字是从殷振扬那儿学来的。他妈的！"他提高了声音，"我告诉你，那个乔书培'真'是走得漂亮，他对殷振扬讲的那几句话，我简直想为他鼓掌。真要命！采芹，你为什么不爱一个平凡一点的家伙，让我还能保持一点优越感！甚至可以自欺欺人地说服自己，你真的是爱上了我才不要他？"

采芹望着他，他这几句话竟说得她眼睛发亮。他知道她的眼睛是为乔书培而闪亮，他心中酸楚，却也为她的病情萌出了希望。进医院四天以来，这是第一次他看她眼里又冒出生命的光华。

"我们办个交涉好不好？"他柔声低语，"让我去把他找来，你们有任何误会，都可以当面说说清楚！"

她惊跳，脸色顿时变得更白了，眼底的光华在一刹那间全部消失，她神经质地一把抓住床栏杆，试着要坐起来，她挣扎着，喘着气说：

"你敢去找他来，我马上跳楼！"

她的神情把他吓住了，她那样认真，那样严重，显然绝非虚辞恐吓。他慌忙伸手压住了她，急促地说：

"好了，好了，你躺好，我是说着玩的！"

她躺平了，悲哀地看着他。

"关若飞，你并不想要我？"她凄楚地问。

"我不是不想要你，采芹，"他悲哀而坦白地回答，"你和我一样清楚我多想要你，不过，我要的不是你的躯体，是你的心。而现在……我比以前更了解你了，采芹，我——不能要你。"

她软弱地叹口气，居然笑了，那笑容又寂寞又凄凉。

"我懂。"她低低地说，"你不是《飘》里的白瑞德。"

"绝不是！"他同意地说，从餐盘里拿起一杯橘子汁，"喝一点水果汁，好吗？你一定要试着吃东西！"

她再叹口气，顺从地说：

"好吧，我试试看！"

他扶起她的头，把杯子凑在她的唇边，她勉强地喝了一口。立即，她又呛又咳又吐又喘起来，吓得他慌忙按铃叫护士。她大吐特吐，脸由苍白而涨得通红，护士扶着她，让她吐个痛快。她胃里根本没有东西，吐出来的全是清水。好半天，她才平静了，浑身全被汗水湿透了。护士换掉了被单和弄脏的枕头衣物，对关若飞说：

"等一会儿，你再试试看。如果还是不能吃，我们只有再注射葡萄糖。"

"不要再注射了！"她悲哀而痛苦地在枕上摇头，"我怕那针管，那瓶子，不要再注射了。"

"可是，"关若飞叹着气说，"你要吃啊！你为什么不能吃呢？你——"他瞪着她，跺跺脚，"要命，你只是没有生存的意志而已！你潜意识里抗拒食物，你根本不想吃东西，你根本就——他妈的不想活了。"

她疲倦地闭上了眼睛：

"不要跟着哥哥说脏话。"她低语，经过这样一折腾，累得浑身骨头都要散掉了。

病房门被推开了，殷振扬大踏步地跨了进来，仍然满脸笑嘻嘻，一副趾高气昂、得意万分的样子：

"好消息，好消息！"他嚷着，"关若飞，我找到工作了。那老板居然信任我开车，其实，别的技术不行，我的驾驶技术是第一流的！他妈的，开计程车，算我殷振扬今天是落魄了！不过，总比靠妹妹养好些！真他妈的！"他看到采芹了，"怎么，"他愕然地说，"这家医院不行啊？你怎么越治越糟糕了？"

关若飞一把拉住了殷振扬，说：

"你别大吼大叫，让她休息一下，我们到外面去谈谈！"他把殷振扬拉到病房门外。

门外是走廊，有长沙发供人休息，他们在沙发上坐了下来，殷振扬的脸色变了。

"怎么？"他低声问，"她到底是什么病？送进医院来的时候，医生不是说没什么要紧，只是贫血和疲劳过度，休息两天就可以出院吗？怎么现在更瘦了？脸色更坏了？怪不得我妈说，有病千万别住医院，一住医院，就没病变小病，小病变大病，大病翘辫子……"

"喂喂喂，"关若飞说，"你讲点吉利话行不行？"

殷振扬慌忙住了口。

"我今天和医生详细谈过了，"关若飞说，"她身体上确实没什么很严重的病，但是，四天来，她什么都不吃，只要勉强她吃东西，她立刻吐得天翻地覆。医生说，她在潜意识地抗拒生存，换言之，她在下意识地自杀。医生要你同意，如果明天情况还不能改善，要把她转到台大精神病院去。"

殷振扬张大了嘴。

"为什么要我同意？"他问。

"因为你是她唯一的亲属。"

殷振扬怔了几秒钟，然后，他重重地一拍大腿，从椅子上直跳起来，嚷着说：

"医生不知道她的病根，我知道！你别急，我去把那个他妈的乔书培找来，保管她百病全消！你不要吃醋，老实告诉你，我这个妹妹从六岁起就爱上了那个家伙，爱得个天翻地覆死去活来……只有他有办法，我找他去！"他往外就冲。

关若飞一把拉住他，把他拖了回来。

"你慢一点！"他急急地说，"你不要操之过急，说不定弄巧成拙。我刚刚已经向她示意过了，我说要把乔书培找来，谁知我不提乔书培还好，一提到他，采芹就眼睛发直，神色大变，跳起来说要跳楼……我看，找乔书培也没用，搞不好，反而会送掉她的命！"

殷振扬的眼光直射在走廊的尽头。

"不找也不行了。"他喃喃地说，"他自己找了来了！"

"谁？"关若飞惊愕地抬起头。

"除了乔书培还有谁？"

是的，乔书培来了，他正从走廊的那一头，急急地直冲过来，他满头大汗，脸色发青，下巴上全是胡子楂，满头乱发，一脸的憔悴和焦灼，眼睛里布满了血丝，手里紧握着一封信，他一下子就停在关若飞和殷振扬面前了。

"她……她……她怎样了？"他结舌地、惊悸地、恐慌地问。

"不太好。"关若飞摇了摇头，直视着他。

乔书培往病房里就冲，关若飞把他一把拉住。

"不要进去！"他警告地说，"你会杀掉她！"

他站住了，面无人色。

"她到底怎样了？"

"她不想活了！"殷振扬插口说，他说得简单而明了，"四天以来，她什么东西都不能吃，吃什么吐什么，医生说要送精神病房。她也不要见你，听到你的名字她就要跳楼。"

乔书培怔在那病房门口，一动也不动地呆立着。半晌，他一咬牙，又往病房里冲去，关若飞立刻拦在房门口，对他深深摇头，严肃而诚挚地说：

"当心，乔书培，她不能再受任何刺激，你这一进去，说不定会造成不可收拾的后果。你最好想想清楚，你有把握能唤回她生命的意志吗？"

乔书培静静地瞅着关若飞，他的眼睛发红，声音沙哑：

"如果连我都无法唤回她生命的意志，恐怕就再也没有人能唤回了，是不是？"

"是。"关若飞简洁地说，"但是，别忘了，造成她这种局面的也是你！"

有个护士捧着一盘食物走过来了，食物盘里是一碗藕粉，一杯牛奶，她看看拦在病房门口的三个男人。

"请让一让！"她说。

乔书培回过神来，他盯着那食物盘。

"你们不是说，她什么都吃不下去吗？"

"是呀！"护士小姐接了口，"可是，总得试着让她吃呀！再不吃怎么行呢？铁打的人也禁不起饿呀！"

乔书培死盯着那食物盘，心底有根细细的线，在猛然抽动，他从某种记忆底层的痛楚里，蓦然惊觉过来：

"交给我！"他说，接过食物来，他注视着护士，眼光闪烁，"她能吃水果汁吗？"

"她能吃任何东西，只要她吃了不吐出来！"

乔书培飞快地把食物盘放在关若飞手上，飞快地说了句：

"你帮我拿一拿，我马上就来。"

他飞快地转过身子，飞快地奔向楼梯，飞快地消失了身影。关若飞和殷振扬面面相觑，殷振扬喃喃地说了句：

"糟糕！我看这个人也要送精神病院！"

乔书培回来了，手里握着杯水果汁，黄黄的，像蜂蜜般的颜色，他把那杯水果汁放在餐盘中，把手里的几张皱皱的信笺竖在杯子上，他细心地布置那餐盘，好像他要画"静物"画似的。关若飞和殷振扬再面面相觑，谁也不知道他在做什么。终于，他战战兢兢地捧着那餐盘，走进了病房。关若飞和殷振扬情不自禁地跟在他后面。

他径直走向病床。采芹正合目而卧，苍白瘦削得几无人形。听到脚步声，她连眼皮都没动一动。

"采芹！"他低哑地说，"我给你送东西来吃了！"

她如遭雷击，整个人都惊跳了起来，迅速地，她睁开了眼睛，死瞪着他，震颤着说：

"他们还是把你找来了！我说过不要见你，我说过！"

"不是他们把我找来的，"他镇静而低沉地说，喉咙发紧，眼眶发热，声音却坚定而清晰，"是我自己找来的。我一个晚上跑了好多地方，我先去'喜鹊窝'，他们说你四天没上班，我再去'绿珊瑚'，他们也说你四天没来，叫我去'梦湖'咖啡厅试试，我又去了'梦湖'，又没找到，我再折回到'喜鹊窝'，有个小弟才告诉我，你那天晚上晕倒了，他曾经帮关若飞叫计程车送你到中华开放医院来，于是，我就赶到医院里来了！"

她死死地瞪着他，似乎在竭力地自我挣扎，然后，她就蹙紧眉头，用力闭上了眼睛。

"你还找我干什么？"她的声音里夹杂着深切的痛楚，"我已经不是你的了，我也不想再见到你！"

他在床前的椅子里坐了下来，手里还端着那个托盘。

"我在医院门口买到一杯甘蔗汁。"他低声说，声音好柔好细好深沉，"你知道甘蔗汁涨价了吗？要六块钱一杯了。我找了半天，只找到三块钱，我说——我买半杯吧！他居然给了我一满杯……"他的声音哽住了，"你瞧，这还是一个有人情味的世界，是不是？"

采芹不由自主地睁开了眼睛，泪水疯狂地从眼角流下去，濡湿了她的头发，她吸着鼻子，挣扎着说：

"你……不要这样子，你……把我弄哭。"

"对不起，"他也吸着鼻子，"你是要先和我共饮一杯甘蔗汁，还是先看一封信？"

"一封信？"她愕然地问，"什么信？"

他把信笺竖在她眼前，让她去念那上面的字迹，她努力张大眼睛，集中视线，吃力地去看那文字，只看了两段，她已经喘不过气来了：

"不行，我看不清楚，你念给我听！"

"好。"他把托盘放在桌上，拿起那封信，他开始低声地、仔细地、清晰地念着那封信，她一动也不动地躺着，一瞬也不瞬地盯着他。他终于把那封信念完了，包括那段"又及"：

"采芹和我谈到那张画像里的彩霞，她曾说，那是黄昏的彩霞，因为黄昏后就是黑夜。请代我转告她，黄昏的彩霞和清晨的彩霞都是一样的。反正，那是你们的'彩霞'。对一对真心相爱、终身相守的情侣来说，不但要共有'朝朝'，而且要共有'暮暮'！"

他放下信笺，注视着采芹。采芹那含泪的眸子，闪亮得像天际的星辰，她整个面庞，都绽放着无比美丽的光彩。她嘴里喃喃地背诵着：

"对一对真心相爱、终身相守的情侣来说，不但要共有'朝朝'，而且要共有'暮暮'！"她大大地喘了口气，望着书培，喜悦而崇拜地叫着，"哦，书培，他是个多么伟大，多么伟大的父亲啊！"

书培含泪凝视她。

"我只有一点点怀疑……"

"怀疑什么？"

"他会不会嫌你这个儿媳妇太瘦了！"

"哦！"她叫，热烈地握住他的手，"给我那杯甘蔗汁！我又饿又渴！我要好起来，我要马上好起来！"

他捧住那杯甘蔗汁，扶起她的身子，望着她如获甘霖般，一口气喝了下去。她没有呕吐，她一点也没有呕吐。他的眼睛湿漉漉的，怜惜地、专注地、深切地停在她的脸上。

关若飞悄悄地拉了拉殷振扬的衣袖，这间房间里，再也不需要他们两个人了。不受注意地、轻轻地，他们退出了房间，带上了房门。

采芹和书培没有注意任何人的来往和离去，他们只是那样深深地含泪相视，两人的眼光紧紧地交织着，彼此注视着，彼此研究着，彼此吞噬着，彼此包容着……一任时间静静地流逝。

窗外，黑夜正慢慢隐去，彩霞飞满了整个天空。

——全书完——

一九七八年四月十七日黄昏初稿完稿
一九七八年五月十一日黄昏初度修正
一九七八年八月七日再度修正

（京权）图字：01-2025-0195

图书在版编目（CIP）数据

彩霞满天 / 琼瑶著 . -- 北京：作家出版社，2025.1.
（琼瑶作品大全集）. -- ISBN 978 - 7 - 5212 - 3236 - 3

Ⅰ. I247.5

中国国家版本馆 CIP 数据核字第 20258KZ589 号

彩霞满天（琼瑶作品大全集）

作　　者：琼　瑶
责任编辑：王　昉
装帧设计：棱角视觉　纸方程·于文妍
责任印制：李大庆　金志宏
出版发行：作家出版社有限公司
社　　址：北京农展馆南里 10 号　　　邮　　编：100125
电话传真：86 - 10 - 65067186（发行中心）
　　　　　86 - 10 - 65004079（总编室）
E - mail: zuojia@zuojia. net. cn
http: // www. zuojiachubanshe. com
印　　刷：中煤（北京）印务有限公司
成品尺寸：142×210
字　　数：199 千
印　　张：9.25
版　　次：2025 年 1 月第 1 版
印　　次：2025 年 1 月第 1 次印刷
ISBN 978 - 7 - 5212 - 3236 - 3
定　　价：2754.00 元（全 71 册）

品 琼 瑶 经 典

忆 匆 匆 那 年